BRANDON SANDERSON (Lincoln, Nebraska, 1975) es el gran autor de fantasía del siglo XXI. Debutó en 2005 con la novela *Elantris* y desde entonces ha deslumbrado a cuarenta y cinco millones de lectores en treinta y cinco lenguas con el Cosmere, el fascinante universo de magia que comparten la mayoría de sus obras. Sus best sellers son considerados clásicos modernos, entre ellos la saga Mistborn, la decalogía El Archivo de las Tormentas, la serie Escuadrón y las cuatro novelas secretas con las que, en 2022, protagonizó la mayor campaña de financiación de Kickstarter. Con un plan de publicación de más de veinte futuras obras (que contempla la interconexión de todas ellas), el Cosmere se convertirá en el universo más extenso e impresionante jamás escrito en el ámbito de la fantasía. Sanderson vive en Utah con su esposa e hijos y enseña escritura creativa en la Universidad Brigham Young. *Curso de escritura creativa* es el libro que recoge sus valiosos consejos.

*www.brandonsanderson.com*

STEVE ARGYLE es un artista cuya obra aparece en películas, videojuegos, libros, juegos de cartas y otros medios, en cualquier lugar donde las cosas alucinantes cobren vida. Steve anima a todo el mundo a crear de forma activa y abraza la filosofía de que el arte mejora la vida. Es fácil avistarlos a su esposa y a él en estado salvaje, viajando y asistiendo juntos a acontecimientos y aventuras.

# LA GUÍA DEL MAGO FRUGAL
# PARA SOBREVIVIR EN LA
# INGLATERRA DEL MEDIEVO
## POR CECIL G. BAGSWORTH III

Cecil G. Bagsworth III

# LA GUÍA DEL MAGO FRUGAL

## PARA SOBREVIVIR EN LA INGLATERRA DEL MEDIEVO

# BRANDON SANDERSON

ILUSTRACIONES DE STEVE ARGYLE

Papel certificado por el Forest Stewardship Council®

# BRANDON SANDERSON

ILUSTRACIONES DE STEVE ARGYLE

Traducción de Manu Viciano
Galeradas revisadas por Antonio Torrubia

*Para Matt Bushman*
*que es el maravilloso skop de nuestra familia,*
*siempre con una canción a punto*
*pero nunca con un alarde.*
*Así que ya lo hago yo por él*

# ILUSTRACIONES

Por Steve Argyle, © Dragonsteel, LLC

# ÍNDICE

# AGRADECIMIENTOS

No toda la magia que aparece en este volumen es cosa mía. De hecho, hay un montón de personas que han contribuido a hacer realidad este libro. En particular, querría resaltar a tres de ellas. La primera es el asombroso Steve Argyle, gran amigo y magnífico artista. Lo que hice, a grandes rasgos, fue entregarle este libro a Steve y decirle: «Toma, ponte a jugar con él. Haz lo que te apetezca para convertirlo en algo maravilloso». Y la verdad es que, incluso con las expectativas que tenía, sus ilustraciones me dejaron alucinado. Si estáis escuchando el audiolibro, os recomiendo visitar mi página web para ver el arte que ha creado Steve, porque es increíble.

La segunda mención especial es para el doctor Michael Livingston. Aunque lo más probable es que mis lectores lo conozcan sobre todo por su obra ensayística sobre Robert Jordan y La Rueda del Tiempo —leed su volumen *Origins of The Wheel of Time* si os interesa un repaso en profundidad de la historia tras la historia—, también escribe literatura fantástica, a la que os recomiendo echar un vistazo. Es medievalista y profesor universitario de Historia, y tuvo la gentileza de hacer una lectura a fondo de este libro para ayudarme a corregir algunos errores. Por si fuera poco, reescribió todos mis intentos de crear poesía anglosajona para hacerlos más rigurosos y sus poemas son muchísimo mejores. Estoy en deuda con él por el tiempo que dedicó a este proyecto.

La tercera es, por supuesto, mi inigualable esposa, la primera lectora de todas estas «novelas secretas» y la persona para quien las escribí. ¡Es gracias a sus ánimos y a su entusiasmo que tenéis estos libros!

Gran parte del resto de la gente que ha trabajado en este volumen son miembros de mi empresa, Dragonsteel. En el departamento artístico tenemos a ᛁᚼᚠᚠᚼ Stewart como director del proyecto, con la colaboración de Rachael Lynn Buchanan y Jennifer Neal. Bill Wearne ha sido nuestro experto en impresión, que ha hecho grandes contribuciones a este libro. Estas novelas conllevan mucho trabajo adicional en la parte artística y de imprenta, así que les agradezco a todos ellos su ayuda.

El departamento editorial está capitaneado por el continental Peter Ahlstrom, y Kristy S. Gilbert ha sido la editora jefa de este proyecto. También han prestado unos valiosos servicios editoriales Karen Ahlstrom y Betsey Ahlstrom. Kristy Kugler ha sido la revisora.

El departamento de operaciones está supervisado por Matt Hatch. Forman parte de su equipo Emma Tan-Stoker, Jane Horne, Kathleen Dorsey Sanderson, Makena Saluone, Hazel Cummings y Becky Wilson.

Nuestro equipo de publicidad y marketing lo dirige Adam Horne, y entre sus miembros están Jeremy Palmer, Taylor D. Hatch y Octavia Escamilla. Su trabajo en la campaña de Kickstarter fue determinante para que saliera así de bien. Creo que esta es la primera vez que Taylor y Octavia aparecen en unos agradecimientos. ¡Los dos habéis hecho un muy buen trabajo!

El departamento de realización y acontecimientos está encabezado por Kara Stewart. Su equipo es el que se encarga de enviaros centenares de miles de ejemplares, y se han esforzado muchísimo en que este año todo vaya sobre ruedas. ¡Muchas gracias a todos por tanto trabajo! Forman parte del equipo Christi Jacobsen, Lex Willhite, Kellyn Neumann, Mem Grange, Michael Bateman, Joy Allen, Katy Ives, Richard Rubert, Brett Moore, Ally Reep, Sean VanBuskirk, Isabel Chrisman, Owen Knowlton, Alex Lyon, Jacob Chrisman, Matt Hampton, Camilla Cutler y Quinton Martin.

Gracias a nuestras amigas en Kickstarter, Margot Atwell y Oriana Leckert; a nuestros amigos en BackerKit, Anna Gallagher, Palmer Johnson y Antonio Rosales, y a nuestros siempre atentos amigos en Inventor's Guide, Matt Alexander y Mike Kannely.

Entre los lectores alfa de este libro (¡que en esta ocasión recibieron un ejemplar impreso!) se cuentan Brad Neumann, Kellyn Neumann, Lex Willhite, Jennifer Neal, Christi Jacobsen, Ally Reep y Tyson Meyer.

El equipo de lectura beta estuvo formado por Drew McCaffrey, Brian T. Hill, João Menezes Morais, Richard Fife, Joy Allen, Glen Vogelaar, Megan Kanne, Bob Kluttz, Paige Vest, Jayden King, Deana Covel Whitney, Chana Oshira Block, Christina Goodman, Heather Clinger, Zaya Clinger y Chris Cottingham.

Los lectores gamma fueron, entre otros, Brian T. Hill, Joshua Harkey, Tim Challener, Ross Newberry, Rob West, Jessica Ashcraft, Chris McGrath, Evgeni «Argento» Kirilov, Glen Vogelaar, Frankie Jerome, Shannon Nelson, Ted Herman, Drew McCaffrey, Kalyani Poluri, Bob Kluttz, Christina Goodman, Rosemary Williams, Jayden King, Ian McNatt, Anthony, Lyndsey Luther y Kendra Alexander.

BRANDON SANDERSON

# LA GUÍA DEL MAGO FRUGAL

## PARA SOBREVIVIR EN LA INGLATERRA DEL MEDIEVO

# PRIMERA PARTE

# LA SALA BLANCA

Espabilé y levanté los puños mientras una sacudida eléctrica de adrenalina me recorría el cuerpo. Giré sobre mis pies ligeros, buscando a alguien a quien golpear, con el sudor chorreando por las mejillas.

Estaba en un campo.

Un campo soleado, con un bosque cerca.

¿Qué narices…?

¿Qué *leches* estaba pasando?

Con el corazón aporreando como un bajo machacón, traté de hallar algún sentido a la situación. Algo sonó a mi espalda y me volví, con las manos alzadas y en guardia de nuevo.

Era solo un pájaro. Y aquello era solo un campo. Con crestas y surcos, líneas ondeantes en la tierra. Había una parte chamuscada a mi alrededor, salpicada de tallos de grano carbonizados y ceniza humeante. Hurgué en mi memoria buscando alguna pista y la encontré vacía, como una sala blanca esperando a que la pinten.

Nada. No había nada. Excepto… ¿una cierta aversión a nadar?

En ese momento, aquella era la suma total de lo que recordaba sobre mí mismo. No había un nombre. No había un trasfondo. Solo un temor latente por los grandes volúmenes de agua.

Me llevé una mano a la cabeza y miré alrededor, intentando comprender aquel vacío en mi interior. El grano que crecía fuera de la zona quemada tenía unos centímetros de altura. Mi incapacidad para determinar la variedad sugería que, con toda probabilidad, no era granjero.

La parte abrasada del campo formaba un círculo de unos tres metros de diámetro, conmigo en el centro. Al fijarme bien, reparé en que las plantas que tenía bajo los pies *no estaban* quemadas. Miré atrás y distinguí otra pequeña superficie intacta, con una clara forma humana. Con mi forma. Era como una plantilla de persona.

¿Quizá era ignífugo? Era posible que me hubiera hecho mejoras en ese sentido. Parecía ser varón, de altura media y complexión musculosa. Llevaba unas botas recias atadas con cordones, camisa larga, una túnica marrón encima y una capa brillante al cuello. No iba a pasar frío en el futuro cercano. Y bajo la túnica…

¿Pantalones tejanos?

¿Tejanos con túnica y capa? Qué raro.

Maldita sea, ¿era un *cosplayer*? ¿Y cómo era posible que conociera esa palabra y no mi propio nombre?

Claro, así que había venido al campo para sacar fotos en una feria renacentista o algo por el estilo. Llevaba fuegos artificiales para darles un poco de vidilla a las fotos y habían terminado estallándome encima por accidente. Parecía bastante plausible.

Pero, entonces, ¿dónde estaba la cámara? ¿Y el teléfono? ¿Y las llaves del coche?

Tenía los bolsillos vacíos a excepción de un bolígrafo. Me aparté de mi propia plantilla y las botas hicieron crujir los tostados restos de lo que en algún momento había sido vegetación. El aire olía a humo y azufre.

Di un repaso rápido a mis alrededores, pero no encontré nada digno de mención. Tierra, plantas. No había ningún montículo con mis posesiones, lo que hizo que empezara a dudar de mi hipótesis sobre las fotos. A lo mejor simplemente era un tío raro a quien le gustaba ponerse ropa de otra época para... ¿hacerse estallar a sí mismo en el campo?

Ya sabes, lo típico.

A lo lejos vi una pista de tierra que llevaba a un grupo de edificios anticuados de madera, con el techo de paja y unas pocas ventanas, que tenían detrás otra estructura más alta. Estaban tapados en parte por una colina, así que no distinguí muchos más detalles. Negué con la cabeza y solté un prolongado suspiro. Tenía que...

Un momento. ¿Qué era eso del suelo?

Fui corriendo y recogí un papel que aleteaba entre dos tallos de los más largos. ¿Cómo no lo había visto antes? Tenía los bordes quemados y solo unas pocas líneas de texto.

La guía del mago frugal para sobrevivir en la Inglaterra del Medievo

Cuarta edición

Por Cecil G. Bagsworth III

Leí las palabras tres veces y luego eché otro vistazo a los edificios antiguos. Muy bien, no era un *cosplayer*. Estaba visitando algún tipo de *parque temático*. ¿Eso era más friki o menos?

Ahora que ya sabía lo que buscaba, vi que había otro papel suelto más cerca del bosque. Con un poco de suerte sería un mapa de la zona, o al menos me indicaría dónde encontrar un puesto de primeros auxilios. Estaba claro que me había dado un golpe en la cabeza o algo así.

La página estaba más quemada que la anterior. Solo había dos trozos de texto legibles, uno en cada cara.

puede resultar traumático, ¡pero no te preocupes! El paquete que has adquirido incluye una ubicación adecuada en la que recuperarte tras tu llegada. Además, sugerimos utilizar la práctica página de anotaciones al final de la guía para escribir información pertinente sobre tu identidad.

En ocasiones el proceso de transferencia deja la mente un poco espesa, y unos pocos datos sobre tu vida pueden hacer que vuelvan otros detalles. No te estreses por la desorientación inicial. Es un efecto secundario muy común, y lo único que tienes que hacer es

El texto se interrumpía en el lugar más perfectamente horrible. Di la vuelta a la página.

parecer que los paquetes más caros que ofrecen las supuestas empresas *premium* ayudan a que te recuperes con más eficacia. Sirvientes, una mansión de lujo y personal médico. Aunque estamos en condiciones de adaptarnos a esas solicitudes, ¡no temas si no puedes permitírtelas! El Mago Frugal™ no requiere tales extravagancias. ¡De hecho, esa clase de servicios podrían facilitar demasiado las cosas! (Véase el estudio realizado por Bagsworth *et al.* en la página 87).

En efecto, el Mago Frugal™ es una persona competente y confiada por sí misma, y no necesita que la lleven de la manita. Sigue leyendo y conocerás los consejos y los secretos que necesitas para

Vale, así que había comprado algún tipo de viaje organizado. Uno que... ¿dejaba secuelas físicas, por algún motivo? Un pensamiento titiló al borde de mi consciencia.

Aquello lo había elegido yo. *Quería* estar allí.

Por un instante, sentí que estaba cerca de responder a las preguntas más importantes. Pero entonces pasó. Me vi reducido de nuevo a contemplar una sala blanca en el cerebro.

De todos modos, no había llegado a ninguna «ubicación adecuada» para recuperarme. Había despertado en medio de un campo quemado. La reseña casi se escribía sola: «Una experiencia ideal, siempre que seas una vaca pirómana. Una estrella».

Un momento.

Voces en la lejanía.

Mi cuerpo reaccionó incluso antes de registrar los sonidos. Al cabo de unos segundos ya estaba en el bosque con la espalda contra el tronco de un árbol. Moví la mano hacia la cintura por acto reflejo, en busca de...

Diablos. ¿Iba a sacar una *pistola*? No llevaba nada parecido, pero también me preocupó lo rápido y sigiloso que había sido poniéndome a cubierto.

No tenía *por qué* significar nada siniestro. A lo mejor era un campeón del escondite profesional. ¿Quizá un experto en *paintball*?

Había estado pensando en buscar ayuda, así que debería alegrarme de que repararan en mi presencia. Pero algún instinto me urgió a seguir escondido tras el árbol, con la respiración lenta y controlada. Fuera quien fuera, tenía experiencia en esas cosas.

Estaba lo bastante cerca para oír llegar a la gente.

—¿Qué pasa, Ealstan? —dijo una voz tímida de hombre, en inglés perfecto y moderno, aunque con un vago acento europeo—. ¿Espectro de tierra?

—Esto no lo ha hecho ningún espectro —respondió una voz masculina más firme.

—¿Podrían ser las llamas de Logna? —preguntó una mujer—. Mira la silueta de esa figura. Y con todos los ensalmos que había desperdigados por ahí...

—Parece que han quemado vivo a alguien —dijo la primera voz—. Ese trueno en un día claro y soleado... Puede que lo haya consumido el fuego del firmamento.

La voz más profunda gruñó. Resistí la tentación de asomar un ojo. «Aún no», susurraron mis instintos.

—Reúne a todo el mundo —ordenó la voz firme al cabo de un momento—. Esta noche dejaremos sacrificios fuera. Hild, ¿esa skop se ha marchado ya?

—Hace unas horas, me parece —respondió la mujer.

—Envía a un chico a buscarla para rogarle que vuelva. A lo mejor hace falta un amarre. O peor, un aflojamiento.

—Eso le encantará —dijo la mujer.

Otro gruñido. Los tallos crujieron mientras la gente se marchaba. Por fin saqué la cabeza de detrás del árbol y vi que las tres personas caminaban hacia los edificios lejanos. Dos hombres y una mujer con ropajes arcaicos. Los hombres llevaban jubón y unos pantalones sueltos y holgados. ¿No deberían vestir con calzas? Juraría que lo había visto en un museo. La ropa estaba teñida en tonos terrosos deslavazados, aunque el hombre más alto tenía puesta una capa naranja, de un color tan vivo que me costó creer que se ajustara a la época.

La mujer llevaba un vestido marrón sin mangas por encima de otro un poco más largo y blanco, de manga larga. Aparte de la estridente capa, daban el pego como campesinos antiguos... o al menos, mejor que yo con mis tejanos. ¿Otro punto a favor de que aquello fuese un parque temático?

Pero ¿los empleados de un parque temático no hablarían con amaneramientos británicos antiguos? «Vos» y «a fe mía» y «milord» y esas cosas. Aunque claro, ¿mantendrían la farsa si no había nadie cerca?

Necesitaba más información. Vi que otra persona corría hacia ellos con algo en la mano. Papeles quemados. El viento debía de haberse llevado casi todas las páginas de mi libro hacia el pueblo y alguien las había recogido.

Muy bien. Misión aceptada.

*Necesitaba* esas páginas.

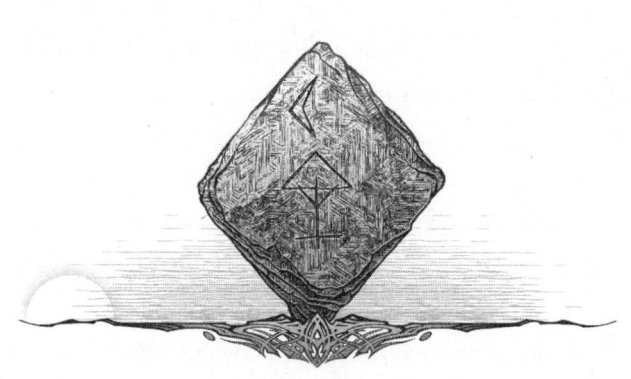

Una parte de mí quería salir y exigirles respuestas. Interpretar el papel de cliente enfurecido y hacer que se salieran del personaje.

Pero… había algo en todo aquello que…

Otra parte de mí estaba convencida de que no eran actores. De que, por demencial que pareciera, todo era auténtico y me convenía seguir oculto.

Vaya. Sí que sonaba ridículo, ¿eh?

En todo caso, el instinto me decía que yo era una persona que confiaba en su instinto. Así que me quedé donde estaba, observando a escondidas desde las sombras mientras la luz solar iba remitiendo. Esperé un poco de más, porque al final se puso todo oscuro.

Oscuro en plan sótano de película de terror. Al encapotarse el cielo dejé de ver las estrellas, y al parecer estábamos en luna nueva. Para colmo, no había ni una sola luz en el pueblo. Había esperado ver alguna antorcha u hoguera.

Di unas palmaditas al árbol tras el que me había escondido.

—Gracias por la cobertura —le susurré—. Eres un buen árbol. Alto, grueso y, lo más importante, de madera. Cuatro estrellas y media. Volvería a esconderme detrás de ti. Te quito media estrella por no ofrecerme un refrigerio.

Entonces me detuve.

Ya era la segunda vez que hacía algo parecido, y me entraron ganas de apuntar la experiencia y mis pensamientos sobre ella en un cuaderno. ¿Sería una pista sobre mi identidad? ¿Acaso era una especie de... reseñador?

Salí de detrás de aquel árbol tan bien puntuado y descubrí que tenía una destreza extraordinaria para moverme a hurtadillas. Avancé entre las hileras de plantas a medio cultivar sin hacer apenas ruido, a pesar de la oscuridad. Impresionante. ¡A lo mejor era un *ninja*!

Crucé el campo y encontré el camino, de tierra apisonada. Eché a andar hacia el pueblo, agradeciendo que las nubes se hubieran disipado lo suficiente para dejar pasar un poco de luz a las estrellas. El pueblo pasó de estar oscuro en plan sótano de película de terror a estar oscuro en plan peli de miedo en el bosque. ¿Podía considerarse una mejora?

No estaba acostumbrado a una oscuridad tan primigenia. Eran las sombras más profundas que había visto jamás, como si ganaran fuerza al saber que no podía controlarlas activando un interruptor.

Llegué al pueblo y me interné entre las casas silenciosas. No habría más de veinte edificios, todos con las paredes de madera y tejado triangular de paja. (Dos estrellas. Seguro que el wifi va de pena).

Oí el rumor de un río en algún lugar a media distancia, y distinguí un gran bloque de oscuridad un poco más lejos. Encontré el río, ancho pero poco profundo, al otro lado del pueblo. Al llegar me arrodillé y recogí un poco de agua con las manos para beberla. Mis nanoides médicos neutralizarían cualquier bacteria presente en ella antes de que me diera demasiados problemas.

Me detuve de pronto, con las manos a medio camino de la boca.

¿Nanoides... médicos?

Sí, unas máquinas diminutas que tenía dentro del cuerpo y que llevaban a cabo funciones sanitarias básicas. Detenían las toxinas, evitaban enfermedades y descomponían los alimentos para ajustarse a mis necesidades nutricionales y calóricas. A las malas, podían sanar heridas en caso de emergencia. La última vez que recibí un disparo estaba recuperado en menos de una hora, aunque luego los nanoides se pasaron más de dos días sin funcionar en absoluto.

¡Madre mía! Aquello era una pieza del rompecabezas. ¿Tenía alguna otra mejora? No me acordaba, pero sí sabía que iba a necesitar más comida que una persona normal. En concreto, debería ingerir alimentos muy calóricos o... ¿carbono? En teoría, cualquier cosa orgánica era válida. Pero unas fuentes eran mejores que otras.

Miré atrás, hacia el pueblo. Algún niño se había echado a llorar, y sus gemidos solitarios me ponían los pelos de punta.

Controlé los nervios, recorrí la orilla del río hasta llegar a un puente de madera y lo crucé. El gran bloque de oscuridad que había visto resultó ser una fortificación hecha de troncos verticales, clavados en tierra y aguzados por la parte de arriba, de unos dos metros y medio de altura.

La muralla parecía bastante recia, aunque había esperado encontrar algo más alto y hecho de piedra. Más estilo castillo. Aquella empalizada de madera me decepcionó un poco, pero no le puse estrellas todavía. A lo mejor era coherente con la época.

Aquel tenía que ser el lugar donde encontraría a las personas importantes del pueblo, como el hombre de la voz profunda e imponente.

Exploré todo el exterior de la fortificación, que apenas era lo bastante extensa para contener unos pocos edificios, pero los portones estaban cerrados y había un gran foso excavado que rodeaba el muro por completo. Distinguí una plataforma elevada de madera en una esquina, dentro de la empalizada. Una garita de guardia. No conseguiría llegar dentro inadvertido si probaba a saltar el foso y trepar por la muralla.

De modo que empleé toda mi experiencia vital —alrededor de media jornada hasta el momento— para urdir un plan. Me escondí tras un árbol cercano con vistas a los portones y esperé a que se abrieran.

(Reseña del árbol: tres estrellas. Nacimiento de raíces incómodo en la base. No apto para ocultadores inexpertos. Véase mis otras reseñas de árboles en la zona para encontrar más opciones).

Estaba planteándome retirar otra media estrella al árbol cuando oí que algo se acercaba deprisa por el camino. Por un instante me sobresalté. ¿Sería un coche?

No. Ruido de cascos. Dos caballos con jinetes que salieron de las tinieblas a la luz estelar, galopando mucho más rápido de lo que me parecía razonable en plena noche. Se detuvieron ante los portones y dieron una voz a la gente de dentro. Los tenía demasiado lejos para oír qué decían, pero al poco tiempo la muralla se abrió.

No distinguí mucho de los jinetes encapuchados mientras cruzaban los portones al trote. En el interior había unas luces que revelaban dos estructuras principales, una hecha de piedra y la otra de madera y paja, como las del pueblo.

Al parecer los recién llegados tenían algo raro, porque casi todo el mundo se congregó a su alrededor, incluidos los guardias. No quedó nadie vigilando el acceso.

Aproveché la oportunidad y avancé sigiloso por la oscuridad. Mis habilidades de ocultación me llevaron al otro lado de los portones sin que nadie me viera. Ese instinto que tenía de pegarme a las sombras, de no presentar un perfil reconocible y de moverme sin hacer ruido hizo que me inquietara preguntarme dónde había podido adquirir aquellas destrezas. Eso y el hecho de que no dejaba de intentar apoyar la mano en una pistola inexistente. No parecían la clase de rasgos propios de un ciudadano respetable que se pasaba el día reseñando árboles.

Me agaché junto a unos toneles y eché un vistazo a mi alrededor. En el centro del patio había una enorme piedra negra con la punta cortada, más alta que ancha. Era como una miniatura del Monumento a Washington a la que le hubieran arrancado la punta. Al fondo se alzaba una pequeña cuadra, donde los dos jinetes habían desmontado y entregado las riendas a un mozo.

Un chico salió corriendo hacia el edificio de piedra. Parecía estar mucho mejor construido que los demás. ¿Sería la mansión del señor? Y, en ese caso, ¿el de madera podía ser un salón de reuniones?

Me resultó curioso ver que ante el edificio de piedra había una serie de cuencos con velas al lado. Algunos contenían fruta, otros crema, y...

... y vi un papel chamuscado.

El chico regresó al poco tiempo e indicó a los dos jinetes que lo siguieran. Entraron juntos en el edificio de madera que había tomado por un salón de reuniones y me pareció oír la palabra «refrigerio» mientras cruzaban la puerta. Quizá debería haberme interesado por esos hombres, pero mi atención estaba fija en aquel papelito. ¿Procedería de mi libro? ¿Por qué lo habían dejado allí, delante del edificio?

Era todo muy estrambótico. ¿Quizá había pasado a formar parte de algún absurdo experimento social? ¿De algún concurso de telerrealidad?

Me obligué a esperar durante unos tensos minutos hasta que, como esperaba, un hombre con capa naranja salió de la mansión acompañado por otros dos que iban armados con largas hachas y escudos redondos de madera. No parecían llevar armadura. Tenían un aspecto vagamente vikingo.

—¡Oswald! —gritó uno de ellos hacia la garita de madera—. ¡Cierra los portones!

Mientras el señor y sus dos hombres entraban en el salón, un soldado más joven bajó a toda prisa de la torre. Sonrió a los otros dos y se inclinó un poco demasiado ante el señor antes de dirigirse a los portones y empezar a cerrarlos.

Era el momento de actuar. Como dice el viejo dicho, *carpa diem*: atrapa el pez. Ya había salido y estaba cruzando el patio antes de que mi cerebro tuviera tiempo de pensar. Mi cuerpo parecía saber que, aunque no debía dejar pasar la ocasión, tampoco debía correr a toda velocidad. Haría demasiado ruido. Sintiéndome expuesto, rebasé a paso rápido la gran piedra negra y luego los cuencos y las velas, hasta recoger el papel.

Al cabo de unos segundos ya me había ocultado de nuevo contra la pared del salón de reuniones. El corazón me atronaba en el pecho. Hice unas pocas inhalaciones largas y silenciosas para tranquilizarme y luego bajé la mirada hacia el papelito.

Ah, sí. Oscuridad. Peli de terror. Tal y cual. Bueno, pero había una ventana un poco más allá. Tenía el postigo cerrado, pero dejaba salir un poco de luz. Fui hasta allí con cuidado y alcé el papel hacia el resquicio.

Estaba lleno de palabras impresas, como las de las otras páginas que había encontrado. Pero aquella apenas estaba quemada. Decía:

### TU PROPIA DIMENSIÓN

Las complejidades del viaje dimensional no tienen importancia y lo más recomendable es no complicarte la vida con ellas. En Mago Frugal S. A.® ya nos hemos ocupado de todo lo difícil. Lo único que tienes que hacer tú es elegir el paquete que quieras y recibirás una dimensión SimilTierra™ impoluta.

Dejé de leer y las palabras se emborronaron al desenfocar los ojos. Otra diminuta pieza del rompecabezas encajó en su sitio.

Aquello no era un parque temático, ni un extraño experimento social, ni un concurso.

Era otra dimensión.

Y me *pertenecía*.

# TU PROPIA DIMENSIÓN

Las complejidades del viaje dimensional son irrelevantes para lo que nos ocupa, y lo más recomendable es no complicarte la vida con ellas. En Mago Frugal S. A.® ya nos hemos ocupado de todo lo difícil. Lo único que tienes que hacer tú es elegir el paquete que desees y recibirás una dimensión SimilTierra™ impoluta.

Dicho eso, un poco de historia no hace daño. ¡A no ser que algún caballero te ensarte con su espada! (Era solo una pequeña broma interdimensional. Nuestras dimensiones son perfectamente seguras).[1]

Aunque el viaje interdimensional se descubrió en 2084, la tecnología no se desclasificó y desreguló hasta hace relativamente poco. La nueva situación legal no solo permite el turismo recreativo dimensional, ¡sino también una oportunidad única! Como Mago Interdimensional™, formas parte de una novedosa comunidad de exploradores. ¡Imita a los antiguos colonos que se apresuraron a reclamar tierras en el Oeste americano y obtén la propiedad de una dimensión exclusiva!

Mago Frugal S. A.® posee los derechos sobre toda una franja del 305.º espectro de dimensiones derivadas medievales de categoría dos. Toda esa palabrería significa, sencillamente, que nuestras dimensiones son parecidas entre ellas y se hallan a dos categorías de distancia de la propia Tierra. Las cosas te resultarán familiares, ¡pero tampoco demasiado! Queremos que sea emocionante, al fin y al cabo.

Nunca dejamos de cribar las dimensiones para seleccionar solo las más favorables para que las habiten nuestros magos. ¡Hazte ya con una buena dimensión, antes de que se agoten![2]

---

1. Aviso legal: la afirmación anterior tiene como único propósito el entretenimiento. El viajero interdimensional será plena y exclusivamente responsable de toda muerte, mutilación, herida, desmembramiento o empalamiento que pueda sufrir en su propia dimensión. En caso de disputa, se considera que el viajero acepta la cláusula de arbitraje, que se llevará a cabo en una dimensión elegida por la empresa.

2. Aviso legal: la afirmación anterior tiene como único propósito el entretenimiento. Las dimensiones son teóricamente infinitas y, por tanto, no pueden «agotarse».

Sí, me pertenecía.

Inglaterra me pertenecía. El planeta me pertenecía. El *universo entero* me pertenecía. Sobre el papel, por lo menos.

No tenía muy claros los detalles, porque mi memoria seguía funcionando a un rotundo nivel de cero estrellas sobre cinco. Pero sabía que la gente podía *comprar* dimensiones. Bueno, en realidad lo que se compraba era el acceso exclusivo (gestionado mediante una contraseña cuántica indescifrable que solo tú podías utilizar) y el derecho legal a hacer lo que te diera la gana en esa dimensión. En fin, si en algunas no se aplicaban ni las leyes de la *física* tal y como las conocemos en nuestra dimensión, ¿por qué iba a hacerlo la Constitución General de Naciones Unidas?

Daba igual cómo se racionalizara: aquel lugar era mi patio de juegos, del tamaño de un planeta.

Pero… ¿en qué me convertía eso? ¿En turista? ¿En fanático de la historia? ¿En aspirante a emperador mundial? ¿Cuáles habían sido mis motivos para ir a ese lugar? ¿Y por qué había despertado en un campo, en vez de en alguna fortificación preparada de antemano o en... no sé, algún lugar científico?

Bueno, desde luego no había sido académico en mi vida anterior. Pero sabía que algo había salido mal.

Mientras meditaba sobre todo eso, las voces que llegaban desde el salón me recordaron que debía estar atento al entorno. Estaba desarmado y confundido. Si entraba allí como si nada, les explicaba que teóricamente era el dueño de todo aquello y les pedía que hiciesen el favor de obedecerme... sospechaba que vendrían hacia mí como si nada, me explicarían que a la espada que acababan de clavarme en las tripas le daba igual lo que afirmara y me pedirían que hiciese el favor de no sangrar tanto en la alfombra.

¿Podría impresionarlos con mis fantásticos conocimientos futuristas? ¿Tenía algo de eso? Me devané los sesos, pero al parecer mi conocimiento futurista se reducía a un puñado de citas de películas. También sabía que los ordenadores llegarían a existir en algún momento. Se basaban en circuitos. Y en, hum... procesadores.

Tenía mis nanoides médicos, pero sería complicado alardear de ellos en plan «¡Mirad, soy un dios!» para impresionarlos. Mi «superpoder» más constante era la capacidad de que me tosieran mucho encima sin enfermar. Podía curarme de una herida grave, sí, pero mientras los nanoides se reconstruían a sí mismos estaría expuesto si alguien decidía hacerme repetir la gesta. No parecía haber nada que constituyera un buen mecanismo para apaciguar a la plebe.

¿Podría hacer que me mordiera una serpiente y no morir? ¿Dónde podía encontrar una serpiente?

Tenía que hacerme con el resto del libro. A lo mejor contenía información sobre alguna línea de asistencia.

Rodeé con cuidado el edificio por la parte de atrás, en dirección a una ventana cerrada más próxima a los sonidos que se oían.

—Desde luego, no querría ofender al conde —estaba diciendo una voz profunda. La identifiqué como la de don Capa Naranja, el señor de la zona—. Pero esto es de lo más inusual. Tenemos a una skop en el pueblo. Quizá ella pueda...

Lo interrumpió otra voz diciendo algo, más baja pero amenazadora.

—¿Ahora? —preguntó Capa Naranja—. ¿Queréis visitar el lugar... ahora?

Se oyeron pasos y los hombres salieron del edificio. Maravilloso. Me había perdido toda la conversación.

Recorrí el lado del salón, esperando captar algo relevante mientras se marchaban.

—Si ese hombre al que buscáis anda cerca —dijo el señor—, lo encontraremos. Pero debo advertiros que tenía todo el aspecto de que lo había fulminado un acto divino.

Los visitantes no respondieron. Salieron por los portones recién abiertos y el señor, a todas luces molesto, los siguió dando zancadas y negando con la cabeza.

Un momento.

¿Me buscaban a mí?

Me buscaban a *mí*.

Me embargó el alivio. Se había producido algún error en la transferencia a aquella dimensión, así que por supuesto los responsables habían enviado un equipo a rescatarme. Por tanto, *no* era el único que podía acceder a esa dimensión. Quizá les había dejado la clave y les había dado permiso para venir a ayudarme.

Levanté el brazo, dispuesto a llamarlos, y entonces oí un sonido.

Eché mano a mi inexistente pistola una vez más mientras me volvía, y encontré a dos personas agachadas detrás. Me habían estado siguiendo con sigilo por las sombras de detrás del salón. La mujer que había más atrás, de veintitantos años, me señaló con expresión alarmada.

Adopté al instante una postura de combate. Manos por delante, pies listos para la acción. Vaya, qué cosas.

El hombre más joven que estaba delante de la mujer llevaba un cuchillo, con el que atacó de inmediato. Por instinto, lo bloqueé con el antebrazo.

Y... no me hizo daño.

¿Por qué narices no me hacía daño?

El joven me había dado una buena cuchillada y yo la había aguantado como un campeón, sin hacerme ni un rasguño. ¡Sí que tenía otras mejoras! ¿Placas hipodérmicas? ¡Era un luchador! Podía...

Oí gritos en mis recuerdos.

Fogonazos de luz. De un tiempo anterior.

Sentí dolor, una profunda vergüenza. Me estranguló, como una enredadera negra alrededor de los pulmones.

Me agarré la cabeza, intentando desterrar aquellos espectros de la memoria mientras, a la vez, me aferraba a ellos por ser algo *real* de la persona que había sido. ¿Qué me estaba pasando?

El hombre atacó de nuevo. Sentí un pánico intenso y casi incontrolable, y en esa ocasión tardé más en bloquear el golpe.

Había caído… Había…

La hoja del cuchillo alcanzó mi muñeca expuesta y los ojos del hombre se ensancharon al ver que no me cortaba. Retrocedió un paso. Trastabillé, abrumado por los fragmentos de recuerdos.

Luces intensas. Voces furiosas. No lo…

Parpadeé y desvié la mirada a un lado. La mujer había encontrado un tablón de madera en alguna parte. Se me echó encima y esa vez no reaccioné. Estaba demasiado alterado. Pero en teoría, las placas me protegerían de…

El tablón me dio en toda la cara y sufrí un momento de agonía antes de que los nanoides interrumpieran mis receptores de dolor. Vi las estrellas un instante, pero al menos ya estaba inconsciente cuando di contra el suelo, de modo que aquellos recuerdos terribles dejaron de asaltarme.

## ¿He viajado en el tiempo?

**R:▷** No, en absoluto. Quizá te resulte antiintuitivo, dado que lo más probable es que ahora mismo estés viviendo en tu propio castillo, al mando de legiones de campesinos mientras gozas de una de nuestras Experiencias Mejores que la Vida Real™ como inventar la electricidad, escribir las obras de Shakespeare o intentar batir el récord de tiempo en la conquista de Francia.

Aunque el entorno *parezca* medieval, tu Dimensión Personal de Mago™ ha pasado más o menos por la misma cantidad de siglos que la nuestra. No obstante, nuestras dimensiones están escogidas con esmero y han tenido un desarrollo tecnológico y social más lento. En otras palabras, estás viviendo una experiencia semiexacta que recuerda a la Inglaterra medieval, pero *no* has viajado en el tiempo.

¿No acabas de entenderlo? Piensa en Nebraska. Nebraska es un estado interior en el centro de los Estados Unidos de América. Por su falta general de importancia y su lejanía de los centros poblados más modernos, va unos años por detrás de las costas en ropa, música y distribución de juegos de cartas coleccionables.

Podrías tener la impresión de haber viajado en el tiempo cuando visitas Nebraska, pero unos meticulosos estudios científicos con relojes sincronizados demostraron que no existe dilatación temporal alguna. (Véase Luddow, Sing y Coffman, «Nebraska es así de verdad», en *Revista de estudios relativistas*, vol. 57, junio de 2072).

Igual que Nebraska va unos años por detrás de todo el resto, tu Dimensión Personal de Mago™ va alrededor de medio milenio por detrás de la nuestra. Así que, a grandes rasgos, has adquirido tu propia y exclusiva SuperNebraska™.

Cuando desperté, la mujer y el hombre jóvenes estaban de pie en el techo.

O... un momento, era yo quien estaba bocabajo. Sí, eso tenía más sentido.

Noté una leve palpitación en la base del cráneo y supe que, sin los nanoides, me zumbaría todo a lo bestia por el impacto del tablón en la cara. Tenía las manos y las piernas retenidas con firmeza. ¿Estaba sujeto a la pared? Sí, me habían colgado de una viga del techo y luego me habían atado las manos a la espalda. Me pregunté a qué habrían fijado el otro extremo de la cuerda.

Era una técnica de interrogatorio novedosa, así que le otorgué un punto por la originalidad, pero... ¿una silla no habría sido más eficiente? No en vano era un clásico. (Tres estrellas. Ver más películas de espías y evaluar de nuevo).

En el instante en que abrí los ojos, la mujer dio un paso adelante. Tenía el pelo rubio muy rizado, que apenas le llegaba al cuello, y llevaba un vestido negro sin mangas por encima de otro blanco que sobresalía por las sisas y el dobladillo. Tenía un elegante bordado de color granate en el cuello, pero la cuerda blanca que le ceñía la cintura parecía algo raída y le daba al conjunto un intencionado aspecto casero.

La mujer entornó los ojos.

Vale, a ver. ¿Cómo iba a salir de aquello? La vergüenza y el miedo de antes se habían esfumado por completo, reemplazadas por cierto bochorno. Era evidente que tenía mejoras físicas, pero aun así me había dejado dar con un tablón en toda la cabeza. Qué poco profesional.

—Habéis cometido un error muy grave —le dije.

La mujer ladeó la cabeza en vez de responder.

—Soy un ser muy poderoso —añadí—. Me habéis enfurecido.

El joven se escondió tras ella y asomó un ojo para mirarme. No tenía nada extraordinario: era más bajito que ella, con rizos rubios parecidos y complexión ligera. Al fijarme bien, lo encontré más joven de lo que había creído. Tendría unos quince o dieciséis años.

—Sefawynn —susurró el chico—, no creo que la inversión esté sirviendo de nada. ¡Aún conserva sus poderes!

—¿Se te ha comido, Wyrm? —preguntó la mujer.

—No.

—Entonces la inversión funciona —dijo ella.

—No funciona —repliqué—. Ahora mismo estoy haciendo acopio de poder. Si no me liberáis, desataré el fuego y la destrucción sobre vuestra casa.

La mujer entornó más los ojos y alzó las manos, con los dedos hacia arriba y los pulgares señalándose entre sí. Entonces habló.

Moro en la misma muerte    del más mustio amorío.
Visión y vela soy    y vigilante vivo.

Al terminar se acercaron un poco los dos, como si quisieran ver qué efecto me había producido.

—¿Poesía? —dije—. Me gusta.

El joven apretó el brazo de la mujer.

—Prueba con un alarde más fuerte.

Ella asintió y compuso el mismo signo con las manos antes de hablar de nuevo.

Sacudí al ser salvaje    de Sepulcro Saeta.
Canción y coro soy,    y consumada canto.

Fruncí el ceño y los dos retrocedieron.

—Ni se ha inmutado —susurró el joven—. Eso es malo, ¿verdad, Sefawynn?

—No lo sé —respondió ella cruzándose de brazos—. Nunca había aflojado un aelv. —Se dio unos golpecitos con el índice en el brazo—. Trae al pequeño padre, pero con disimulo, sin que se enteren los visitantes.

El chico asintió, pero titubeó un momento.

—No me pasará nada —dijo la mujer sin mirarlo—. La inversión lo ha dejado indefenso.

—Pero acaba de decir...

—Te lo repito, Wyrm —lo interrumpió ella—. ¿Se te ha comido?

El chico bajó la mirada, como si tuviera que comprobarlo.

—Si los poderes del aelv no estuvieran contenidos —dijo la mujer—, no nos tendrías aquí tan campantes. O bien estaríamos bajo su control, o bien seríamos charquitos de jugo humano, machacados contra el suelo. Ve a traer al pequeño padre. A mí no me pasará nada.

El joven asintió de nuevo y se fue corriendo. Volví a reevaluar su edad a la baja. A lo mejor había dado un estirón exagerado.

—¿Podrías enderezarme, al menos? —pregunté a la mujer—. Empiezo a marearme.

Ella me observó sin responder.

—Veamos —dije—. Estás llamándome... ¿ílev? No sé muy bien lo que es. ¿Te importa ponerme al día?

Silencio.

—¿El chavalín es tu hermano? —pregunté—. ¿Sois hijos del señor?

Tenían que serlo, porque ambos iban mejor vestidos que la gente común del pueblo. Pero ¿por qué llamaba «pequeño» padre al señor? En todo caso, estaba claro que no iba a contestarme.

—Has visto cómo el arma del chico me rebotaba en el brazo —dije—. Te lo advierto, soy una persona poderosa y empiezo a cabrearme.

Sus ojos eran como el acero, su rostro absolutamente inexpresivo. Cero estrellas. Preferiría conversar con un cadáver. Por lo menos no estaría fulminándome con la mirada todo el rato. Y seguro que además se le daba mejor escuchar.

Desvié la atención hacia mis mejoras. Estaba claro que llevaba implantes en los antebrazos. Se llamaban... placas. Sí, eso era. Tenía una malla de microfilamento bajo la piel, apoyada por nanoides estructurales y refuerzos en los huesos. Es decir, que sería necesario un láser de potencia industrial o armamento militar para atravesarme la carne, siempre que mis nanoides siguieran funcionando. Otra persona mejorada podría tumbarme a puñetazos con el tiempo suficiente, pero era invulnerable para un puñado de campesinos medievales.

Al pensarlo, activé por instinto una capa superpuesta a mi visión. Mostraba un listado de mis mejoras y su estado. ¡Vaya tela! Tenía placas que subían desde las yemas de los dedos hasta los hombros y me cruzaban la espalda. Otro conjunto se extendía por las piernas, desde los muslos hasta los pies. Ambos equipamientos permitían redistribuir la presión y me concedían ciertas ventajas en términos de fuerza, sobre todo en capacidad de agarre.

Eran unas mejoras carísimas. No era raro empezar a poner placas en algunas partes del cuerpo y luego pasar a otras. La mayoría se decidía por la cabeza y el pecho en primer lugar. Era lo que más sentido tenía.

Pero la conmoción que habían sanado mis nanoides indicaba que no era lo que había hecho yo. Fruncí el ceño mirando el listado. *Sí* que llevaba placas en el cráneo y el pecho, pero aparecían como *inactivas*. ¿Qué narices pasaba?

Tenía la vaga impresión de que esas mejoras no las había comprado yo, de que me ganaba la vida trabajando y ni por asomo tenía esa cantidad de dinero. Así que tal vez... ¿quien hubiera pagado mis mejoras no había terminado de instalarme las placas de la cabeza y el pecho? Pero, entonces, ¿por qué las de los brazos, piernas y espalda sí que funcionaban?

No había respuestas en mi memoria, así que traté de desatarme. Por desgracia, los nudos eran buenos y mi fuerza de agarre mejorada no servía de nada si no llegaba a las cuerdas. Los músculos del pecho no parecían presentar ninguna mejora, porque probar a tensarlos no hizo que rasgara las cuerdas ni nada. Seguro que lucí bastante ridículo, eso sí.

Al cabo de un tiempo la puerta se abrió y las lámparas de aceite que había en la mesa chisporrotearon mientras entraban dos hombres. Uno era el joven de antes. ¿Wyrm, se llamaba? El otro era Capa Naranja. Musculoso y con más de metro noventa de altura, parecía un gigante al lado de la mujer. Tenía la barba entrecana, como el pelo, y parecía tener alrededor de cuarenta y cinco años. Pero, caray, tenía toda la pinta de poder meterse en un combate de boxeo contra un peñasco. Y ganar.

¿No se suponía que la gente del pasado era mucho más bajita que la moderna, o algo por el estilo?

—Te seré sincera, pequeño padre —dijo Sefaaa... ¿Cómo se llamaba la mujer?—. No tengo ni idea de qué hacer con este.

—¿Y qué es? —preguntó el señor entornando los ojos al observar mis tejanos, revelados del todo al tener los bajos de la túnica caídos hasta el cinturón.

—No puede ser un espectro de tierra —respondió ella—, porque es visible del todo. Pero fíjate: tiene menos vello que las mujeres, el pelo rapado, manos femeninas...

—¡Oye! —exclamé.

—... y una constitución poco musculosa, además de...

—Mi gente me considera bastante atlético.

—... la tez pálida y rasgos delicados en la cara —concluyó ella—. Observa también sus dientes perfectos y las uñas impolutas. Conozco bien la tradición, pequeño padre. Este hombre encaja como un guante en la descripción de un aelv.

—No es un dios, entonces —dijo el señor, relajándose.

—Sigue siendo muy peligroso —repuso la mujer—. Puede que incluso más. Un dios querría de nosotros algo natural. Un aelv...

—Ha aceptado una ofrenda, pequeño padre —añadió el joven—. El encantamiento. No ha hecho caso a la comida ni a la bebida.

—La palabra escrita —dijo el señor, dando un paso hacia mí—. ¿Vino contigo a nuestros dominios, aelv, o fue su llegada lo que te atrajo? ¿Qué debemos hacer para apaciguarte y aflojarte?

—Liberarme —respondí con mi voz más intimidante—, y disculparos por el trato que he sufrido.

El señor sonrió. Había temido que encontraría una boca llena de dientes sucios y podridos. También me equivocaba en eso, porque el hombre parecía conservarlos todos y, aunque no eran de un blanco puro, tampoco parecían estar descomponiéndose. No los tenía rectos del todo, pero, para tratarse de alguien que vivía en una época anterior a los dentistas, su sonrisa no estaba nada mal. (Dos estrellas y media. No hará estallar la cámara).

—¿Que te liberemos? —dijo—. ¿Crees que es la primera balada que oigo, aelv?

—Había que intentarlo —respondí—. Muy bien, necesitaré una baya que jamás haya visto el sol, dos piedras pulidas por una rana y una hoja de belladona. A cambio, dejaré vuestro pintoresco pueblo con mis bendiciones y regresaré junto a mi gente.

El señor lanzó una mirada a la mujer, que se encogió de hombros.

—Veré… qué puedo hacer —me dijo él.

—O también —propuse— podrías decir a esos dos hombres que me buscan que estoy aquí. Y entregarme a ellos.

—¡Ja! —exclamó el señor—. ¡Sí que eres astuto! Pero dado que no eres pelirrojo ni tienes rasgos de forastero, no creo que les intereses.

Un momento.

¿Aquellos hombres *no* me buscaban a mí?

El señor se volvió hacia la mujer.

—Tengo que regresar con los mensajeros del conde antes de que se extrañen de mi ausencia —le dijo—. Hay algo raro en ellos, en todo lo que sucede hoy. ¿Os quedáis aquí o venís conmigo?

—Yo me quedo —dijo ella—. Llévate a mi hermano y envíalo a avisarme si ocurre alguna otra cosa extraña.

Capa Naranja asintió y se marchó, seguido por el joven. Su interacción con la mujer me había resultado curiosa. Ella ni se inclinaba ni lo trataba con tanta reverencia como podría haberme esperado. No se había oído ni un solo «milord».

De verdad iba a tener que descartar todo lo que creía saber sobre el pasado.

La mujer seguía observándome. Maravilloso. ¿Iba a mantener una segunda «conversación» con la pared?

—Escucha —dije—, ¿podemos…?

—Dejémonos de embustes, forastero —me interrumpió—. Sé lo que eres en realidad.

L o… sabes? —pregunté.

—Este es un pueblo decente —dijo ella—, con un thegn fuerte y aplicado. Pero no son gente rica. ¿Por qué diantres lo has escogido para tu estafa?

¿Estafa?

—Aceite y plantilla para crear la figura quemada —prosiguió—, lo cual reconozco que es ingenioso. Las páginas de texto esparcidas por ahí no son nada nuevo, pero me extraña que hayas tenido el descaro de llevarte una de una ofrenda. Eso sí, ¿las exigencias que has hecho al thegn? Ridículas.

Ah, pensaba que era un granuja que venía a camelarme a los lugareños. Venía a ser una descripción adecuada de un turista dimensional.

—La próxima vez —añadió—, encógete al oír mis alardes. Me parece increíble que, con lo mucho que has preparado la estafa, investigaras tan poco. Tienes el aspecto exacto de un aelv y hasta te has afeitado la *barba*, pero ¿no sabes interpretar ni un poquito? ¿Cómo puedes ser tan incompetente y tan hábil a la vez?

«Síguele la corriente —me sugirió el instinto—. Puedes manejar la situación».

—El golpe en la cabeza —respondí—. ¿Hacía falta que me pegaras tan fuerte? Si al despertar casi ni sabía lo que he desayunado, imagínate lo que recordaba del plan.

La mujer gruñó, todavía cruzada de brazos, y los rizos dorados se mecieron cuando negó con la cabeza mirándome.

—Pero no trabajas solo. Esos mensajeros tienen tu mismo acento.

—Ya —dije—. Tenían que explicar a tu padre cómo librarse de mi encantamiento. Entonces aparecería yo de noche y le daría un susto, para presionarlo un poco.

—¿Por qué crees que Ealstan es mi padre? —preguntó ella.

—Lo has llamado…

—¿«Pequeño padre»? ¿«Thegn»? ¿«Señor de estas tierras»? —Su ceño se arrugó más—. Pronuncias palabras pero no las comprendes. Mi hermano y yo solo estamos de paso por la zona. Nos han hecho volver porque necesitaban a una skop.

—Ah —dije—. El… golpe en la cabeza…

Suspiró.

—¿Por qué venir a Stenford? Wellbury está camino abajo y tienen muchísimos más recursos.

—Allí me conocen —respondí—. Escucha, tampoco necesitamos tanto. Lo justo para ir tirando, nada más. Queríamos que el señor de aquí se asustara al ver un ílev y nos pagara por marcharnos. —Me encogí de hombros bocabajo—. A mis amigos no les hará gracia que me hayáis capturado, por cierto.

Se frotó la frente con el pulgar y el índice, cerrando los ojos.

—¿Por qué te describen mal?

—Iba a disfrazarme —dije—, para tener un aspecto más exótico. Mira, esto tiene una salida fácil. Hazme un par de alardes más delante del señor y yo reaccionaré como tú digas. Luego me entregas a mis amigos y no exigiremos nada a cambio. Todos contentos.

—Vaya —dijo ella.

—¿Qué?

—Suena hasta razonable.

—Te prometo que solo quería comer caliente —dije—. Viajamos a otro lugar donde hay buenas ganancias, pero andábamos escasos de provisiones.

Asintió, como si ya se esperase algo parecido.

Y... maldición. Cada vez cobraba más forma un retrato nada favorecedor de mí. Habilidades furtivas. Mejoras de combate. Diestro en la estafa.

Pero si había sido un ladrón, ¿por qué se me revolvió el estómago solo de pensarlo? ¿Por qué todos mis instintos se oponían con tanta fuerza a la idea? Si yo era esa persona, lo normal sería que admitirlo me tranquilizara.

En vez de eso, una parte de mí estaba chillando. «No —decía—. No es quien eres».

—Perdona, ¿cómo te llamabas?

—Sefawynn —respondió ella.

—Eso. Sefawynn, está claro que no eres de las que ahorcarían a alguien por tener hambre. No nos compliquemos la vida. Hasta te contaré cómo he hecho el truco del brazo, si quieres.

—Conozco a los de tu calaña —replicó—. Demasiado y todo. Sé que te llevarás todo lo que puedas. Que me traicionarás sin pensártelo. Pero ni se te ocurra, ¿entendido? Te comprendo mejor de lo que crees.

—Claro, como quieras —dije—. Después de esto, no volveré a acercarme a este pueblo ni a sus habitantes. Te doy mi palabra.

—Como si valiera gran cosa.

Volví a encogerme de hombros.

—O la aceptas o intentas convencer al pequeño padre de que soy un mentiroso. Y entonces haré mi mejor imitación de un ílef y ya veremos quién se sale con la suya. Pero si llegamos a eso, *también* habrá alguien que pierda.

—Aelv —dijo ella—. Ae-lv. Por lo menos pronúncialo bien.

—Éilev —intenté.

—Te vas acercando.

Vino hasta mí y se sacó un cuchillo del bolsillo. Anda, pero si tenía bolsillo en el vestido. Era curioso encontrar a alguien en la Edad Media que lo tuviera, cuando Jen siempre se quejaba de que nunca los había en sus vestidos.

Un momento, ¿quién era Jen?

Sefawynn se tensó al cortar las ataduras de mis manos, lista para pelear. Muy despacio, pasé las manos delante y me froté las muñecas intentando no resultar amenazador.

—Gracias —dije.

—Prepárate —me avisó ella antes de desatar la cuerda que me sujetaba los pies.

Situé bien las manos, caí en voltereta, terminé de pie y sacudí una pierna para librarme de las cuerdas. «¿Has visto? —pensé—.

Atlético». No hui corriendo hacia la puerta. Mi mejor opción para liberarme seguía siendo dejar que me entregara a aquellos mensajeros.

Solo que no me habían descrito a mí. Pero según Sefawynn, teníamos más o menos el mismo acento, ¿no? Diablos, realmente necesitaba más información.

—No tendrás mis otros «encantamientos» por aquí, ¿verdad? —pregunté—. Me costó mucho trabajo hacerme con ellos.

—No deberías jugar con la palabra escrita —dijo ella—. Llamarás la atención de los dioses.

—Tendré que arriesgarme.

Negó con la cabeza ante mi aparente necedad.

—La verdad es que no sabía qué hacer con ellos —dijo—. Quemarlos provocaría sin duda la ira de Logna, pero guardarlos enfurecería a Woden. Así que te los traeré. Y luego tendrás que llevarte tus ryros contigo y con tus estúpidas meirdes.

Mucha jerigonza sin sentido, pero asentí en agradecimiento de todos modos. Los papeles eran la mejor manera de obtener información sobre aquel lugar. Apenas sabía nada sobre la Edad Media. Jen se reiría de mí si...

Ah, no.

Jen estaba muerta.

Fue raro sentir una repentina sensación de pérdida y dolor por una persona cuyo rostro no lograba recordar. Pero estaba allí, un nudo… no, un *chillido* que de sopetón se hizo audible en mi interior.

El sufrimiento era intenso y crudo, como un cardenal antes de ponerse morado. Había perdido a Jen. De algún modo, la había *perdido*.

Trastabillé y apoyé una mano en una columna de madera. Me llevé la otra a la cabeza. Jen. Maldición… Todo ese asunto había sido el sueño de Jen. Aquel lugar, todo aquello, era lo único que me quedaba de ella.

Su voz se coló en mi mente: «¿No es increíble? Han vivido generaciones y generaciones de personas a lo largo de milenios, pero son todas igualitas que nosotros. Si transportaras a alguien del antiguo Egipto a la era moderna, no habría forma de distinguirlo. Tendría las mismas pasiones. La misma inteligencia. Los mismos sesgos, aunque sobre cosas distintas.

»Ya lo verás. Algún día, cuando nos lo podamos permitir, lo verás».

Fue casi lo único que recordé en ese momento. Solo unas palabras, una voz. Y el dolor. Demasiado íntimo para hacer chistes con él. Demasiado real para pertenecerme.

Sefawynn dio un paso hacia mí, observándome con suspicacia. Sí, podía parecer que estaba haciéndole la clásica treta de fingir debilidad, y supuse que temería que pretendiera arrebatarle el cuchillo. Así que me obligué a componer una tenue sonrisa.

—Lo siento —dije—. Estar colgado bocabajo *no* me ha ido muy bien para el dolor de cabeza. ¿En serio hacía falta que pegaras tan fuerte?

Puso los ojos en blanco.

—¿Estás poniéndome los ojos en blanco? —pregunté con brusquedad.

—Anda, mira —dijo ella, haciéndolo de nuevo—. Hay telarañas en el techo.

—Tienes suerte de haberme pillado por sorpresa —afirmé—. Puedo ser muy peligroso en una pelea.

—Cuidado —dijo ella—. Las arañas de los aleros buscan los huecos vacíos y abandonados para tejer sus redes. Tú sigue hablando y se pondrán a investigar la caverna hueca que tienes entre las orejas, aelv.

Me miró inexpresiva. Me crucé de brazos.

—¿Cuál es el plan?

—Le contaremos al señor que he utilizado tu vetusto nombre para amarrarte. Si pregunta, dile que el cræft te obliga a cumplir mi voluntad y que voy a desterrarte.

—Craift —dije—, entendido.

—Cræft —repitió ella.

—Craift.

—Ese acento... —dijo ella, negando con la cabeza—. Eres waelish, ¿verdad?

—¿Galés? —aventuré, por una vez deduciendo a qué se refería—. Eh... sí. Ya lo creo. Y estamos en...

—Weswara —respondió—. ¿Donde viven los weswaranos? No vas a hacerme creer que no lo sabías.

¿Weswara? No era un gran experto en historia británica, desde luego, pero... ¿no debería sonarme de algo?

—Venga, vamos —me urgió Sefawynn—. Será mejor que hablemos con lord Ealstan antes de que tus amigos digan algo que no deben y nos fastidien el plan.

Fui tras ella mientras Sefawynn recogía una lámpara, de esas antiguas que parecen salseras, y apagaba las demás a soplidos. Al salir me di cuenta de que habíamos estado en una cámara lateral del salón de reuniones, bastante cerca de donde me habían derribado.

El patio estaba desierto en esos momentos, aunque las velas todavía iluminaban los cuencos de bayas y leche delante de la mansión del señor. Supuse que era algún tipo de superstición popular, una forma de apaciguar a aquellos «espectros de tierra» que había oído mencionar.

—Así que eres poetisa —dije—. ¿Interpretas alardes y baladas? ¿Una... skop? ¿Os llamáis así?

—Tampoco debería sorprendente tanto —repuso ella, con la mirada fija al frente mientras llegábamos a la mansión, donde encontramos al joven guardia de la torre plantado con hacha y escudo.

—Ah, hola —dijo el joven a Sefawynn—. Hum… voy a ver… si podéis entrar.

La skop asintió. Eché una mirada atrás, precavido. La primera vez que me estampas un tablón en la cara, es culpa tuya, pero la segunda vez que…

Un momento.

Las velas seguían en su sitio, igual que los cuencos. Pero su contenido ya *no estaba*.

Sefawynn se dio cuenta de que me sobresaltaba, porque se giró, llevándose la mano al bolsillo.

—¿Qué es lo que pasa? —siseó.

—Las bayas y la leche —dije señalando—. Han desaparecido.

—Normal —respondió ella, relajándose—. Los espectros llevan tiempo cerca de ti. Si te portas bien, probaré a hacerte un aflojamiento. Creo que uno de ellos podría estar molesto por la página que te has llevado.

—¡Pero si era mía!

—Después de entregársela a ellos como ofrenda, ya no —dijo ella—. Ya te he avisado sobre las inscripciones.

Escudriñé de nuevo el patio. Aunque parecía vacío, aquellas sombras podían esconder mucho. Como había demostrado yo mismo al… hum, dejarme capturar.

«Esto tiene que ser algún tipo de farsa», pensé.

No tuve tiempo para darle muchas más vueltas, porque enseguida volvió el guardia amable. Se apresuró a abrirnos la puerta y hasta hizo una inclinación a Sefawynn cuando entró. Por lo visto, en aquel lugar se respetaba a los poetas. La señorita Bushman, mi profesora de lengua y literatura en el colegio, habría estado orgullosa.

¡Otro recuerdo que volvía! Sonriendo, seguí a Sefawynn a un pequeño recibidor. Había un par de lámparas de aceite colgadas con cadenas del techo, y una alfombra de vivo color naranja y rojo en el suelo. Sefawynn siguió adelante, protegiendo con la mano la llama de su lamparita.

Giró a la izquierda y me llevó a una gran sala abierta con un hogar en el centro y un caldero encima. El techo era alto —las estructuras de aquel lugar no parecían tener más de una planta— y las paredes estaban decoradas con escudos y lanzas.

Cerca del fuego, lord Ealstan y una mujer alta, que supuse que sería su esposa, estaban hablando con los dos mensajeros. Ambos miraban hacia él, pero alcancé a verlos de perfil.

Era la primera vez que les veía la cara. Me detuve en seco. Los *conocía*. El de la izquierda, la enorme bestia parda cuyo mentón y cuya frente parecían competir entre ellos, era Ulric Stromfin.

Un hombre que, sin la menor duda, seguro del todo, *con una probabilidad del cien por cien*, quería verme muerto.

### ¿Por qué hay cosas en mi dimensión
### que contradicen la historia?

QUIENQUIERA
QUE SAQUE ESTÉ
CUCHADOR

**R:** ▷ Ninguna dimensión alternativa es exactamente igual que la nuestra. Cada una de ellas presenta cierto nivel de desviación respecto a lo sucedido en nuestra dimensión.

No obstante, unas divergen más que otras. Las dimensiones más similares a la nuestra, llamadas dimensiones de categoría uno, están reservadas en su mayoría por el gobierno para el estudio de la historia. También hay unos pocos «parques temáticos dimensionales» en los que se hacen visitas guiadas que muestran cómo eran las cosas en realidad durante la Edad Media. Pero ¿qué interés tiene viajar a un lugar como ese cuando es posible, por no mucho dinero más, poseer una dimensión completa?

En Mago Frugal S. A.® hemos escogido una franja específica de dimensiones que ofrecen la experiencia SimilTierra™. Nuestras dimensiones guardan la suficiente cercanía con la verdadera historia para proporcionar algunas vivencias anticipables y emocionantes, como torneos, caballeros, castillos... ¡y hasta la Inquisición española![1] Sin embargo, ofrecen también las suficientes novedades para que nunca te aburran como un libro de historia.

Aunque es improbable que nuestras figuras históricas existan en tu dimensión, habrá nuevos monarcas a quienes conocer. Quizá no vayas a saludar a Ricardo II, ¡pero puedes convertir a Tom II en tu vasallo! Visitarás reinos con nuevos nombres y fronteras. ¡Presenciarás batallas que jamás se libraron en la Tierra! Las costumbres locales en nuestras dimensiones suelen desviarse de formas fascinantes respecto a los registros históricos de nuestro planeta.[2]

---

1. Nuestros clientes que opten por las dimensiones Comodín del Mago™ no tienen garantizado un periodo concreto de la Edad Media. Nuestra franja abarca desde el equivalente de principios del siglo VII d. C. hasta mediados del XIV. Además, algunas dimensiones SimilTierra™ presentan variaciones culturales significativas en Gran Bretaña: en algunas los romanos dominaron la isla entera, y en otras no llegaron a poner el pie en ella. Si deseas una época o una experiencia específica, asegúrate de adquirir una Dimensión Completamente Garantizada™.

2. ¡Damas! ¡Y caballeros a quienes les vayan esas cosas! ¡Y cualquier otra persona que suela mencionarse en proclamas como esta! ¡Atención a nuestras dimensiones exclusivas de Auténtico Matriarcado Celta™ si buscáis una experiencia en la que las mujeres llevan los pan-

El Mago Frugal™ no es solo una persona emprendedora y astuta, ¡sino también un explorador, exploradora o explorado-re a quien le entusiasma la idea de que una dimensión suponga un desafío!

---

talones! (Nota legal: en esas dimensiones nadie suele llevar pantalo-nes). ¡El precio incluye clases de pintura facial!

Ulric Stromfin. El actual líder de la división de Seattle del cártel Fabian de mejoras.

Las mejoras eran caras. Casi nadie las llevaba, aparte de los nanoides médicos básicos, que se administraban universalmente al nacer si los padres estaban de acuerdo. Para obtener cualquier otra cosa hacía falta un dineral. Y al cártel se le daba de maravilla encontrar a gente desesperada y hacer que firmara unos contratos de lo *más* ilegales. Del tipo que en realidad ni se redactaba ni se firmaba, pero que podía suponer la muerte en caso de incumplimiento. ¿Quieres entrar en la liga de artes marciales mejoradas sin restricciones y alcanzar el estrellato? El cártel te financiaba el viaje. ¿Necesitas nanoides médicos avanzados para tu esposa, que padece una enfermedad rara? El cártel te echaba una mano. Y aparte de eso, estaban las mejoras ilegales, como las que incrementaban el sigilo o la capacidad armamentística. A cambio de obtenerlas, te metías en unas deudas de aúpa. De las de «Pásate la vida pagándola». Había legiones enteras de ladrones obligados a compartir todo botín con el cártel.

Que supiera tanto al respecto solo por verle la cara a un hombre venía a confirmar lo que era. Un mafioso o, en el mejor de los casos, un ladrón. Quizá pertenecía a un cártel rival. No se me ocurría ninguna otra razón para saber tanto sobre cómo funcionaban, ni para estar tan seguro de que Ulric me quería muerto.

Actué por instinto. Agarré a Sefawynn del brazo, le tapé la boca con la otra mano y me la llevé de vuelta al recibidor. El movimiento brusco le apagó la lámpara y derramó un poco de aceite en el suelo.

La empujé contra la pared al lado de la puerta y esperé, tenso. ¿Me habrían visto? Al no oír gritos, miré a Sefawynn y encontré sus ojos como platos y… Anda, qué cosas. Me había puesto la punta de su cuchillo contra el lado del cuello. A esa chica se le daban bien las armas.

Decía mucho sobre Ulric que, incluso con ese cuchillo rozándome la piel, me preocupase *mucho* más él que ella.

—Ese hombre no es quien yo pensaba, y no podemos dejar que me vea —susurré—. Por eso te he agarrado. Voy a soltarte, pero *por favor* no llames su atención.

Poco a poco le quité la mano de la boca. Sefawynn me miró, pero no movió el cuchillo. Respiré despacio y me llegó un aroma a hierbas: menta, salvia, tal vez romero. ¿No se suponía que la gente apestaba en la Edad Media? Yo pensaba que se bañaban como cada quince días, o algo así.

Por fin retiró el cuchillo, entornando los ojos.

—Creía que eran amigos tuyos —susurró.

—Antes no les he visto la cara —dije—. Esos no son mis amigos.

—¿Y quiénes son?

—El más alto se llama Ulric —respondí—. Es un ladrón, pero no como yo. Está al mando de un cártel. Esto... es el líder de una banda de ladrones.

—¿Como un jefe bandolero?

—Eso mismo. O puede que hasta más importante. Escucha, ese hombre es muy *peligroso*. No es un ladrón de los de «Fingiré ser un áilef». Es de los de «Me da igual que encuentren los cadáveres».

—Tenemos que avisar al thegn —dijo ella.

—No, tenemos que *escondernos*.

—Mi hermano está ahí dentro.

¿Estaba? Después de ver a Ulric ya no me había fijado en nada más. Y... ¿cómo se llamaba el otro? El hombre más bajito y flaco que tenía al lado, con cara de pala y mejoras de boxeador, era...

*Quinn*. Quinn Jericho. Sicario y mano derecha de Ulric. No recordaba que ninguno de los dos se hubiera dejado barba, pero llevándola encajaban con todos los demás hombres que había visto en aquel lugar.

¿Qué hacían allí? ¿Para qué buscaban a alguien que no era yo?

—A tu hermano no le pasará nada —susurré—. Pero a *nosotros* sí, como me vean. Escóndeme hasta que se vayan.

Justo cuando empezaba a pensar que estaba forzando demasiado su confianza, Sefawynn señaló con la cabeza hacia la derecha. Nos metimos en una sala pequeña, una armería. O al menos vi unas cuantas espadas y hachas en un soporte. No había más luz que la que entraba desde el recibidor, y se quedó casi en nada cuando Sefawynn juntó la puerta dejando solo una rendija.

Menos mal que nos habíamos dado prisa, porque no pasaron ni dos minutos antes de que Ulric y Quinn salieran al recibidor, seguidos por el thegn y su esposa y, tras ellos, por tres sirvientes, entre los que estaba el hermano de Sefawynn. La skop y yo nos apiñamos junto a la puerta para mirar por la rendija.

—Enviaré aviso —dijo lord Ealstan— si alguien ve a ese hombre del pelo rojo.

—O si hay algún otro suceso extraño —respondió Ulric—. No quiero enterarme por otras personas de que se ha descubierto otro contorno llameante en tus campos, thegn.

—Menos aires —dijo Ealstan—. Enviaré aviso al conde. A ti no tengo por qué informarte de nada en persona.

«Venga, Ulric, márchate —pensé—. Estás haciéndote pasar por mensajero. No puedes cabrearte si la gente te trata como tal».

—No me gusta nada ese tono, thegn —dijo Ulric en vez de marcharse, quitándose la capucha de la capa mientras se volvía—. Soy… hombre de confianza del conde. Hablo con su autoridad.

—Puede que Alwin confíe en ti, forastero —replicó Ealstan—. Y si es verdad, me alegro por ti. Pero aquí no tienes ninguna autoridad. Ve a decirle lo que has visto y transmítele mi promesa. Si los espectros de tierra están inquietos, como advierte el mensaje que traes, descubriremos la causa.

—Eso espero, eso espero —dijo Ulric, inspeccionando el recibidor—. Vienen nuevos tiempos, thegn. Nuevas… formas de hacer las cosas. ¿No te emociona?

Maldición. Conocía ese tono en la voz de Ulric. Incluso le había oído decir esas palabras exactas.

Eché mano a una espada.

—¿Nuevos tiempos? —dijo la esposa de Ealstan—. Vienen siempre, queramos o no. Y los capearemos como capeamos los cambios de estación, que traen amigos y enemigos, hombres y espíritus.

—¿Y si esos cambios de estación me traen a mí? —preguntó Ulric—. ¿A mí, que no soy ni una cosa ni la otra?

—¿Ni amigo ni enemigo?

—Ni hombre —dijo él— ni espíritu.

Metió la mano en la capa y sacó una Torrington 11940, una pistola de uso militar con eyectores de fuerza y, supuse, munición expansiva con carga antinanoides. Un arma como esa podía derribar a cualquiera, por duras que fuesen sus mejoras.

El guardia sonriente de la puerta podía darse por muerto.

Aparté la mirada del disparo. Una potencia de fuego como esa podía atravesar dos centímetros de acero y convertir cráneos en confeti. El estallido resonó flagrante. A Ulric no le gustaban los silenciadores, aunque iban incluidos en el precio y no restaban fuerza al arma.

Un tenue sonido de oleaje en las orejas me indicó que los nanoides estaban situándose para protegerme de más ruidos fuertes. Cuando volví a mirar, unos botas en la puerta fueron lo único que alcanzaba a ver del guerrero muerto. Había humo en el aire. Eso tampoco era lo habitual. Ulric quería que su arma causara impresión, y comprendí por qué al mirar a los lugareños. Lord Ealstan se había puesto delante de su esposa, pero tenía los ojos desorbitados y la mandíbula laxa. Los guardias que había detrás parecían aturdidos y las armas les flojeaban en las manos.

—Mato a quien me da la gana —afirmó Ulric—. Vienen nuevos tiempos, como decía. ¿Necesitas alguna otra prueba, thegn?

—No —dijo Ealstan.

Ulric apuntó a un guardia de los que se hallaban detrás del señor.

—No, *mi señor* —se corrigió Ealstan.

—Excelente —dijo Ulric—. Ardo en deseos de que colaboremos. Tu gente tiene una tradición, si no me equivoco. ¿Bearn-gisel? ¿Lo he pronunciado bien?

—Sí —susurró Ealstan.

—Excelente —repitió Ulric.

Hizo una seña a Quinn, que apartó al señor y la señora y agarró a...

¿Al hermano de Sefawynn?

Vaya, hombre. Debían de haberse fijado en que el chico iba mejor vestido, lo habrían oído llamar «pequeño padre» a Ealstan y habrían atado los cabos equivocados, igual que yo. No sabía lo que significaba «bearn-gisel», pero, a juzgar por cómo empuñaba el cuchillo Sefawynn, no era nada bueno.

Quinn se llevó al chico junto a Ulric.

«Se lleva a un rehén —comprendí—. Para que al señor de la zona no se le ocurran ideas raras». Qué crueldad.

Sefawynn agarró la puerta, dispuesta a salir hecha una furia. Le paré el brazo y se volvió de golpe hacia mí. Su mirada me *retaba* a intentar detenerla.

Acepté el reto, embargado por un pánico que casi me paralizaba. Después de dispararle a ella, lo más probable sería que registraran la armería por si había alguien más escondido dentro.

Negué frenético con la cabeza, mirándola. «No —vocalicé—. ¡No!».

—Tú obedece, thegn —dijo Ulric—, y podrás visitar a tu hijo en Wellbury. El alguacil ve con buenos ojos mis visitas. Estoy seguro de que allí tratarán al chaval con... especial atención.

Sefawynn intentó zafarse de mí y, por un momento, me planteé salir yo mismo y embestir contra Ulric. Si se sorprendía al verme y lograba quitarle el arma de la mano...

Pero mis placas solo funcionaban a medias. Estaría arriesgando la vida para nada. Apreté el hombro de Sefawynn, suplicándole sin palabras. No, por favor.

Ulric y Quinn salieron tirando del chico y ordenaron que les trajeran sus caballos.

Sefawynn cayó de rodillas y empezó a temblar. A llorar. No se movió nadie hasta que el ruido de cascos en la noche anunció la marcha de los dos «mensajeros». De vuelta a la oscuridad que los había engendrado.

**L**a primera en romper el sortilegio fue la esposa de Ealstan. Se arrodilló junto al cuerpo, negando con la cabeza.

—Traed a Hairud —ordenó—. Hablaré con ella, y luego con la madre de Oswald, e informaré a las dos de su heroísmo... y de su muerte. Prepararé una urna funeraria y lo enterraremos en nuestro túmulo. Ha muerto defendiéndonos.

—Sí, Rowena —dijo un guardia, y se fue corriendo.

Dejé escapar un suspiro largo y aliviado. Nos había ido por demasiado poco. Pero, aun así, seguía vivo. (Cinco estrellas. Escondrijo adecuado, pese a la ausencia de árboles).

Lord Ealstan dio un *puñetazo* en la pared que hizo temblar la estructura entera.

—¿Qué era eso? ¿Qué es lo que ha hecho? ¡Que alguien traiga a la skop! Hay que decirle que a su hermano lo...

Dejó la frase en el aire y miró hacia nuestra puerta, quizá porque había oído el gemido que dio Sefawynn cuando mencionó al chico.

Abrí la puerta, levanté las manos y salí rodeando a Sefawynn. Ealstan masculló una maldición, hincó una rodilla y agachó la cabeza. Su esposa y el guardia que quedaba lo imitaron al instante.

—Honorable espíritu —dijo Ealstan—, capturarte es lo que ha provocado todo este mal. Por favor, no te lleves a nadie más de los míos. Te traeré todo lo que me has encargado, y más si quieres. Por favor, ten *clemencia*.

—Eh...

¿Qué iba a decirle? Eché un vistazo por la puerta principal y aparté la mirada enseguida. El pobre guardia estaba como si le hubieran dado un cañonazo. Ulric no era... un hombre sutil.

La visión me dio náuseas, lo cual era... buena señal, ¿verdad? Significaba que no era una persona tan horrible como Ulric y los suyos.

«No lo eres, no —pensé—. Pero sí que eres un cobarde. Y un egoísta. ¿Eso es lo primero que se te pasa por la cabeza al ver un cadáver? ¿Alegrarte de encontrarlo nauseabundo?».

—No es ningún espíritu, ni tampoco un señor —dijo Sefawynn, pasando a mi lado—. Ni un aelv. —Parecía destrozada, con los ojos rojos, y tenía los nudillos blancos de empuñar la daga con tanta fuerza—. Si fuese cualquiera de esas tres cosas, habría podido ayudar. Lord Ealstan, debo pedirte que me prestes tu caballo más veloz.

—Skop —dijo él, todavía arrodillado y con la cabeza gacha—, no debería... haber permitido que se llevaran a tu hermano. No habrá más alardes para esta casa. Lo siento.

—No eres tonto, pequeño padre —respondió ella—. No podías enfrentarte a lo que sea que fuera eso. La única persona que podría haberlo detenido… era yo. Pero no he hablado. Un caballo. Deprisa, por favor.

—¿Qué vas a hacer? —pregunté.

—Perseguirlos hasta que hagan un alto —dijo ella, agarrando aún su cuchillo con todas sus fuerzas—, y entonces enfrentarme al monstruo e intentar amarrarlo o aflojarlo. Si es un aelv o un espíritu, quizá lo logre. Si es un dios…

—No es un dios —le aseguré—. Ulric es una persona normal, aunque en su momento pensé que podría tener una parte de primate o algo. Pero si vas tras él, te matará con…

Callé cuando me lanzó una mirada asesina con esos ojos enrojecidos. Sí, vale. No hacía falta que me dijera lo que pensaba de mí en esos momentos. Acababa de salvarle la vida, pero lo entendía. Nadie tiene muchas ganas de agradecer nada después de ver cómo secuestran a su hermano.

—Haré que te preparen un caballo —dijo Ealstan mientras se levantaba e indicaba al guardia y a su esposa que hicieran lo mismo—. Pero no te precipites y haz planes, skop. Esa criatura se lleva a tu hermano a Wellbury, así que lo encontrarás en casa de Wealdsig. Si el chico no habla demasiado, debería estar a salvo.

—Por favor —añadió Rowena—, al menos deja que te preparemos provisiones. Y que te acompañen nuestros guardias.

—No quiero que me vean llegar —respondió Sefawynn—. Quizá un guardia para ayudarme sería aceptable. Y agradecería las provisiones, sí. Me retiraré al wēoh de vuestro fundador para meditar, si me lo permitís. Necesitaré alardes. Alardes poderosos.

—Por supuesto —dijo Ealstan.

El thegn hizo una seña al segundo guardia para que la escoltara, y el hombre cogió una lámpara y salió con ella a la oscuridad.

Rowena se puso a ocuparse del cadáver, haciendo gala de una práctica familiaridad con la muerte mientras colocaba un escudo sobre la mitad superior del cadáver, que estaba destrozada. Luego llamó a unas cuantas sirvientes, todas mujeres, para que la ayudaran.

Todo el mundo, el señor incluido, evitó acercarse a mí.

Sefawynn podía darse por muerta. Iba a perseguir a Ulric para recitarle poesía. La única incógnita era cuánto tiempo pasaría Ulric carcajeándose antes de dispararle. Pero *eso* no era culpa mía. Bueno, a ver, mi llegada era lo que había llamado su atención, por lo que de eso sí que era responsable. Pero ni siquiera recordaba haber iniciado ese viaje. Era posible que me hubieran enviado a esa dimensión sin querer, o algo así.

Esas justificaciones me sonaban huecas. Después de haberme escondido en la armería, después del pánico que había sentido, sabía exactamente lo que era.

—Perdona —dije a una sirviente que pasaba apresurada con un pedazo de Oswald envuelto en tela—. Tenía unos… encantamientos cuando he llegado aquí. ¿Sabes dónde pueden tenerlos guardados?

La mujer señaló con un dedo tembloroso hacia la sala del hogar. Se escabulló antes de que pudiera preguntarle nada más, así que entré. Era curioso lo poco que aquella sala olía a humo. Al fondo había una despensa con distintas carnes y frutos en cestas.

Las páginas de mi libro estaban tiradas de cualquier manera en un rincón, medio chamuscadas, hechas polvo y desordenadas. Algunas hojas estaban arrugadas o dobladas.

—¿No podrían haberlas apilado bien, al menos? —murmuré mientras buscaba una lámpara.

La encendí con un palo del fuego, cogí un taburete bajo y fui hacia la despensa. Aunque todos mis instintos me decían que saliera de allí, tenía demasiada curiosidad. Aquel batiburrillo de papeles podía contener los secretos de quién era, y sin duda me revelaría en qué época me hallaba.

Me senté y parpadeé tres veces para abrir el protocolo de control de nanoides. Me alegré de recordar cómo se hacía eso, al menos. La capa visual superpuesta me advirtió de que la vigilia básica llevaba activa más de cuarenta y ocho horas, por lo que tendría que dormir al cabo de otras veinticuatro, más o menos. Por lo visto, que me hubieran dejado inconsciente no contaba. Tampoco me preocupaba demasiado: podías aguantar cinco o seis días seguidos sin necesidad de un comando de anulación, que de todos modos yo tenía.

Fui a recoger los papeles del suelo y al instante me levanté de un salto. Estaban amontonados en una pulcra pila.

Miré alrededor, pero no había nadie ni en la despensa ni en el gran salón aparte de mí.

Igual… igual dormir me hacía más falta de lo que había indicado la advertencia. Había sido un día muy *muy* largo. Con el corazón atronando en el pecho, me obligué a volver a sentarme.

Cuando miré de nuevo los papeles, las pocas páginas que antes estaban dobladas habían dejado de estarlo, y reposaban las primeras del montón.

—¡Va, venga ya! —exclamé.

Recogí la pila y me la puse en el regazo. Si alguien intentaba meterme miedo, no iba a conseguirlo.

Pero tener tantas páginas en mi poder me desalentó un poco. Aun así, me obligué a seguir adelante. A partir de los números de página, fui agrupándolas en montoncitos de diez… y quien estuviera gastándome bromas me dejó hacerlo tranquilo.

Lo quería todo bien ordenado antes de intentar encontrarle algún sentido. Pero mientras recolocaba las páginas, encontré una que me llamó la atención. Tenía una serie de preguntas impresas y un número que la situaba al final del libro, al ser mayor que trescientos. Unas líneas debajo de las preguntas indicaban que las respuestas debía escribirlas el propietario.

«Para facilitar la transferencia —comprendí—. Para despertarte la memoria al llegar».

Al principio de la página había una pregunta simple y directa: «¿Cómo te llamas?».

Y debajo, manuscrito en tinta azul, estaba el nombre de John West.

Caray, sí que era mi nombre.

Debajo de eso preguntaba: «¿Qué profesión tenías antes de convertirte en Mago Interdimensional™?».

Esa parte de la página estaba algo quemada, pero aun así distinguí una palabra que no me esperaba en absoluto.

«Policía».

Leerla hizo emerger un conjunto vago de recuerdos. La academia. Llevar uniforme. Vaya, al final no era un ladrón.

Era un inspector especialista del Departamento de Policía de Seattle, División Anticártel y de Mejoras Ilegales.

# PyR:

## ¿Qué puedo esperar de mi dimensión?

**R:** Mago Frugal S. A.® ofrece solo dimensiones de la más alta calidad. Todos nuestros paquetes estándar, incluida la gama Comodín del Mago™, vienen con tres garantías.

Antes de pasar a ellas, deberíamos explicar cómo se investigan las dimensiones en un principio (más información al respecto en la página 85).

Los aparatos que nos permiten escoger una dimensión concreta son, por desgracia, poco precisos. Imagínate que el espectro total de las dimensiones disponibles es como el espectro electromagnético de la luz visible. Teóricamente existen infinitos colores, ya que hasta el más ínfimo cambio en el espectro supone pasar a otro distinto.

Nuestra tecnología nos permite determinar una franja de

dimensiones que comparten unos atributos similares. Puedes visualizarlo como los colores «azules» del espectro.

Estudiar con más aumentos la banda de colores podría proporcionarte una gama de tonos «azul oscuro». Del mismo modo, estudiar más de cerca la franja dimensional te llevaría a un conjunto de dimensiones cuyo momento actual se parece mucho al Medievo de nuestra historia.

Pongamos que restringes el examen a un azul concreto, el #000099 del espectro de color. Ese azul se corresponde con la franja de dimensiones específica que hemos adquirido, el 305.º espectro de categoría dos en las dimensiones derivadas medievales.

Sin embargo, llegados a ese punto, al igual que a nuestros ojos les costaría distinguir entre los diferentes tonos del azul #000099, nuestra tecnología ya no es capaz de aislar los distintos lugares individuales que contiene el 305.º espectro de dimensiones derivadas medievales de categoría dos. A grandes rasgos, lo que hacemos es elegir al azar una de las infinitas dimensiones que comprende esa franja, investigarla, registrar sus atributos y luego ponerla o no a la venta según su idoneidad.

Dada la cantidad de variables implicadas en el proceso, y con objeto de asegurar tu satisfacción, ofrecemos tres garantías básicas. Si tu dimensión no cumple al menos estas tres condiciones, puedes devolverla por su precio completo o solicitar una dimensión nueva. (Nota: los paquetes extras pueden adquirirse con garantías adicionales. Véase la página 192).

## GARANTÍA NÚMERO 1

Tu dimensión tendrá una isla de Gran Bretaña poblada por seres humanos capaces de trabajar el acero pero que aún no han descubierto la pólvora. Su sociedad y su cultura serán funcionales y aproximadamente equivalentes al periodo clásico tardío, la Alta Edad Media o la Baja Edad Media (antes de la pólvora) en la Tierra.[1]

## GARANTÍA NÚMERO 2

La gente de Gran Bretaña hablará un idioma inteligible para el visitante moderno. ¡Precisamente por ese motivo escogimos nuestra franja dimensional!

Hay mucha palabrería histórica, aburrida y científica, que teoriza sobre lo que pudo ocurrir para que se diera esta hazaña lingüística. Resumiendo, creemos que en algún momento del pasado lejano se produjo una gran migración de refugiados normandos a Gran Bretaña, y dicha migración ejerció una profunda influencia en la lingüística local. El resultado final es asombroso. ¡Hay que oírlo para creerlo! De modo que sí, entenderás lo que dice la gente.[2,3]

---

1. Entre nuestros paquetes extras ofrecemos una cantidad limitada de dimensiones medievales tardías ya en la era de la pólvora. Véase la página 189. ¡Barco a la vista, grumete!

2. Las garantías de acento británico y/o uso de palabras que «suenan medievales» están disponibles como añadidos a nuestros paquetes extras. Debemos señalar que, incluso en el mejor de los casos, podrían utilizarse argots o palabras inesperadas. ¡Es un punto a favor, no un defecto! Su existencia incrementa la originalidad de tu Dimensión Personal de Mago™.

## GARANTÍA NÚMERO 3

Ni la gente de las islas británicas ni la del continente europeo estará sufriendo una pandemia global en estos momentos. Esta garantía es válida durante cinco años a partir de la adquisición del paquete. Nota: recomendamos con vehemencia que los Magos Interdimensionales™ tengan sus nanoides médicos personales actualizados en las semanas previas a la partida. No solo te protegerán de las enfermedades locales, sino que también asegurarán que no llevas nada peligroso a tu reino.[4,5]

---

3. Disponemos de dimensiones con variantes inteligibles del inglés antiguo, el latín, el gaélico, el inglés medio y distintas lenguas celtas, germánicas y britonas, que ofrecemos a precio reducido. En ocasiones también ofrecemos dimensiones en las que los habitantes de Gran Bretaña utilizan un idioma comprensible para los hablantes modernos del italiano, el español, el francés y otras lenguas romances. Véase la lista actual en nuestra página web. Advertencia: ¡estas dimensiones vuelan!

4. Nota legal: nuestra Garantía SinPeste™ queda anulada para todo cliente que rechace el uso de nanoides médicos personales. Entra en tu dimensión bajo tu propia responsabilidad. Quizá sea buena idea llevar un ataúd a medida.

5. ¿Eres un alma bondadosa o sientes tal afición por la medicina que quieres comprar una dimensión que *SÍ* esté pasando por una pandemia global masiva? ¿Alguna vez has deseado curar la peste negra por tus propios medios? ¡Consulta nuestra sección de Paquetes Fantásticos en la página 191 para descubrir cómo hacerlo! Las dimensiones pandémicas están disponibles a un precio muy reducido, dependiendo de la gravedad de la epidemia. Advertencia: estas dimensiones tienden a ofrecer una esperanza de vida bastante reducida.

Era poli.

Eso explicaba *muchas* cosas. Era bueno ocultándome porque trabajaba en el frente, investigando actividades clandestinas. Sabía cómo operaban los cárteles porque los había estudiado, me había infiltrado en ellos, había planeado cómo derribarlos. Tenía mejoras proporcionadas por el departamento. Ulric me quería muerto porque sabía lo que era. Y había venido a esa dimensión porque el cártel estaba allí.

Seguía sin recordar muchos detalles de mi vida, pero la abrumadora sensación de alivio que me invadió al descubrir esa información era toda la prueba que necesitaba. Había deseado, muy en el fondo, no ser un criminal. Lo que había averiguado *encajaba*. Esa persona era *yo*.

Me llamaba John West y, maldita sea, era un *héroe*.

Así que, ¿qué era lo que había hecho?

Bueno, estaba claro que algo debía de haber fallado en mi investigación. Mis recursos eran demasiado escasos para pensar otra cosa. Iba vestido a medias para la época, a medias no. Me faltaba un lugar seguro que usar como base mientras me recuperaba y, con que hubiera hojeado el libro antes de partir, habría sabido que era buena idea. Diablos, ni siquiera tenía pistola.

Así que parecía lógico que hubiera tenido que venir con prisas, que me hubieran sorprendido o que de algún modo no esperara terminar allí tan pronto. Hasta el momento, mi efectividad había sido evidentemente de una estrella. Podría ser peor, pero solo como resultado de una burda incompetencia.

Me tocaría leer más partes del libro para mitigar mi ignorancia. Tenía más de trescientas páginas y había recuperado como mínimo la mitad. A decir verdad, los primeros capítulos no aportaban demasiado. Se parecían más a un folleto publicitario que a un verdadero manual, pero quizá la verdadera información estuviera más adelante. En fin, ¿en qué cabeza cabía que alguien redactara un texto promocional de trescientas páginas?

Por el momento, me guardé el libro bajo el brazo y evalué el estado de las cosas. No estaba en condiciones de proseguir con la misión, pero ¿cuándo me había detenido eso? Que yo supiera, nunca. Además, ¿qué otra cosa iba a hacer? ¿Esconderme? Ulric tenía a un joven inocente en sus garras. Qué narices, tenía una *dimensión entera* en sus garras.

Tenía que encontrar la forma de regresar a mi propia dimensión y traer refuerzos. No sabía cómo salir de allí, pero suponía que Ulric y sus compinches sí. Seguirlo a hurtadillas y recopilar información era la jugada correcta.

Ese día había sido un cobarde. Tal vez hubiera sido la decisión correcta en términos tácticos, pero desde luego no me había sentado nada bien. Así que ahora iba a hacer lo que consideraba más adecuado.

Fui a buscar a Sefawynn. En el patio encontré a lord Ealstan preparando dos caballos con sillas de montar y provisiones, cerca de la gran piedra de obsidiana. Los portones estaban abiertos y al otro lado se entreveía una luz titilante en la distancia media.

—¿Es Sefawynn? —pregunté a Ealstan, señalando hacia la luz.

—Sí —respondió.

Me sentí más a salvo en la oscuridad que en el patio del que acababa de salir, pero en esa ocasión no permití que la sensación me engañara llevándome a pensar que era un delincuente. La luz oscilante resultó ser una lámpara colocada sobre un banco en el centro de un pequeño círculo de hierba, rodeado por unas piedras triangulares situadas a la misma distancia unas de otras. Tendrían como metro y medio de altura, así que no eran enormes en plan Stonehenge, y las puntas se inclinaban hacia la derecha. Sefawynn estaba sentada en el banco, con los ojos cerrados y la cara levantada hacia el cielo.

¿Estaría rezando? Decidí no interrumpirla. Me apoyé en una piedra y abrí de nuevo los protocolos de mis nanoides. Manejando los menús con parpadeos o golpecitos de los dedos en la pierna, me interné a tres niveles de profundidad hasta encontrar los comandos que controlaban las mejoras concretas. Por fin podría leer detalles sobre lo que tenía.

Placas de antebrazo reforzadas y paquete mano-a-mano, decía un encabezado. Pero había otro más interesante: Placas protectoras de órganos vitales. Pulsé ansioso y entré en el submenú.

Su estado se describía con un simple Desactivado. No tenía sentido. El sistema debía de tener algún fallo. Por desgracia, unos cuantos golpes de prueba en el pecho con la punta de un palo demostraron que la información era correcta. Estupendo. A lo mejor la explosión lo había averiado. Desplegué otro menú y seleccioné Activar.

En la capa visual apareció: Contraseña requerida.

Menuda estupidez. ¿Por qué iba a hacer falta una *contraseña* para activar mis mejoras? Tecleé con los dedos en la pierna unas cuantas contraseñas que me vinieron a la cabeza, pero ninguna funcionó.

Pulsé en Resolución de problemas, pero el sistema intentó cargar una página web. Maravilloso. No había manual ni documentación disponibles sin conexión, lo cual supuse que era comprensible. Había muy pocos lugares sobre la superficie de la Tierra que no dispusieran de la omnipresente internet inalámbrica en los tiempos que corrían. Quien hubiera diseñado el sistema no había tenido en cuenta que su usuario pudiera teleportarse a la Inglaterra antigua.

Tampoco tenía ningún archivo local almacenado en los nanoides ni en un disco duro orgánico. Por lo menos, el motivo de eso sí que lo recordaba. Los datos locales, en el cuerpo, no eran lo bastante seguros. Los protocolos del departamento dictaban que se guardase todo en remoto.

Aun así, el hecho de que no me hubiera descargado ninguna base de datos útil era una prueba más de que había emprendido aquella misión a tontas y a locas. Salí al menú principal e introduje el comando que invocaba una función secreta.

Ni siquiera supe muy bien cómo lo había hecho. Pero apareció un nuevo encabezado: Mejoras de acción furtiva.

Vaya, vaya.

¡*Por fin* venía lo bueno!

Activé al instante la visión nocturna, que confirió un brillo considerable a la zona que tenía alrededor. No alcanzaba del todo los niveles diurnos, pero coloreaba mi entorno.

Además de la visión nocturna y una agudeza de tres aumentos, tenía algunas otras pequeñas mejoras. Sensibilidad y estabilidad incrementadas en los dedos, que debían de ser para forzar cerraduras y otros trabajos delicados. Un par de mejoras de vigilancia que me permitían hackear sistemas de forma inalámbrica. Supuse que no serían demasiado útiles en la Edad Media, pero vete a saber. También podía subir el volumen auditivo; esa era buena. Y tenía una modificación cutánea que me proporcionaba cierta capacidad de camuflaje. Podía hacer que la piel de las zonas con placas del cuerpo se volviera verde oscuro, o de unos cuantos colores más.

Por último, tenía una mejora vocal. Oooh, eso sí que podía ser divertido. Gracias a ella, debería ser capaz de imitar otras voces, aplicarles efectos interesantes y ganar *de calle* cualquier concurso de karaoke. Cosa que tendría que inventar, además de la electricidad y de... bueno, la música pop. Pero era bueno saber que tenía la opción. (Cuatro estrellas para los superpoderes ocultos. El día, o mejor dicho, la noche acababa de volverse mucho más brillante).

Memoricé los controles de las mejoras furtivas para no tener que acceder a aquel menú para activarlas, más que nada porque no estaba nada seguro de que *pudiera* regresar a él, y luego salí. Sefawynn estaba mirándome.

—Pareces contento —dijo.

—He estado buscando un poco en mi interior —respondí—. Sefawynn, quiero ayudarte a rescatar a tu hermano.

La skop me observó un momento antes de hablar.

—No sé si quiero la ayuda de alguien que no es digno de confianza. Ni siquiera me has dicho cómo te llamas.

—Lo comprendo —dije—. Haces bien en no fiarte de mí. No he sido sincero del todo contigo.

—¿Ah, no? —replicó ella, y puso los ojos en blanco—. Anda, mira, estrellas. Qué bonitas.

—Esta vez hablo en serio, Sefawynn —le dije—. Crees que soy un charlatán, un estafador. Pero no lo soy. Es importante que entiendas esto. —Hice una pausa efectista—. Soy un mago.

# ERES UN
# MAGO

El siguiente texto es un extracto de *Mis vidas: La autobiografía de Cecil G. Bagsworth III, el primer Mago Interdimensional*™ (Ediciones Mago Frugal™, 2102, 39,99 $. Ejemplares firmados disponibles para suscriptores del club Fans Frugales™).

Hice mi primer viaje a la Edad Media en 2085, ya que formaba parte de las expediciones iniciales del gobierno a dimensiones alternativas. Mi experiencia sobre el terreno y mis logros en la guerra de Micronización llevaron a que requirieran mis servicios en concreto. Y yo me lancé de cabeza a la misión, como siempre ha sido mi naturaleza.

Después de ganar mis primeras justas, granjearme la confianza del rey y utilizar una batería primitiva para hacer una demostración de luz eléctrica al abad, me di cuenta de una cosa importante.

Era un mago.

Muchas sociedades tienen unas leyendas curiosamente similares en torno a lo que a veces llaman «hombres sabios» o «mujeres ingeniosas». Ya sean los *de kloka* suecos, los *dyn hysbys* galeses o los tres reyes bíblicos, el folclore europeo y de Oriente Próximo siempre ha sentido fascinación por la figura del erudito-sanador-filósofo.

De hecho, en inglés la palabra «*wizard*», es decir 'mago', tiene la misma raíz que «*wisdom*», 'sabiduría'. Y aunque la cultura popular moderna se ha apropiado del término para evocar largas barbas y sombreros puntiagudos, o de vez en cuando la imagen de un chaval con cicatriz y varita, en tiempos antiguos no era principalmente la magia lo que identificaba a tales individuos. Era el *conocimiento*. Sí, ese conocimiento acostumbra a vincularse con lo arcano o lo místico en los relatos, pero ¿qué es la magia sino una ciencia aún por descubrir?

En la vida que llevas ahora mismo, quizá te consideres una persona mediocre, atrapada en la rutina. Quizá lamentes lo poco que has logrado. Pero considerando la historia humana en su totalidad, eres un ser *divino*. Los conocimientos que posees a partir de una simple educación secundaria son inmensos comparados con la sabiduría completa que mostraron algunas de las mentes más importantes de la historia. Portas unas maravillas tecnológicas que literalmente podrían derrumbar reinos guardadas en el bolsillo, o quizá implantadas en tu propio cuerpo.

¿Alguna vez has querido provocar un impacto real en la vida? ¿Cambiar el mundo, pero no en el sentido pedante de «plantar un árbol», sino en el literal de «dar pie al Renacimiento»? ¿Gobernar reinos? ¿Salvar millones de vidas? ¿Modificar el curso de la historia? ¿O algo tan sencillo como obtener renombre por tu incalculable conocimiento?

Cuanto más estudio la historia, más me doy cuenta de que los grandes logros no tienen tanto que ver con la aptitud como con la oportunidad. Al igual que la naturaleza aborrece el vacío, la historia siempre asignará los papeles importantes a las personas que tenga disponibles.

Atribuimos a los hermanos Wright la proeza del primer vuelo humano, pero la verdad es que había otras docenas de personas que les pisaban los talones. Si no hubieran sido ellos, lo habría hecho algún otro.

Tal vez te enseñaran en clase de física que Einstein inventó la ecuación $E=mc^2$, pero basta con una documentación superficial para averiguar que la idea de la equivalencia entre masa y energía se construyó a lomos de una gran cantidad de científicos que estaban trabajando en ella al mismo tiempo. Einstein solo era el mejor utilizando notaciones concisas.

En pocas palabras, los Beatles no inventaron el rock moderno. El rock moderno inventó a los Beatles.

Tu vida no es mediocre. Lo único que ocurre es que vives en la época equivocada. Encuentra tu Dimensión Perfecta™. Abraza tu destino, ya sea traer la luz como Prometeo o ejercer un dominio implacable, y viaja por las dimensiones.

Conviértete en un mago.

**U**n qué? —preguntó Sefawynn, ladeando la cabeza.

—Un mago —repetí—. Ya sabes, la gente que hace magia.

—No conozco ninguna de esas dos palabras.

Vale, ¿qué era lo que ponía en el libro?

—Soy un hombre sabio. Un erudito-filósofo… esto… crítico de poda. Tendréis alguna palabra para llamarlo, ¿verdad?

—¿Un runian? —preguntó ella—. ¿Alguien que escribe?

—Claro, eso y mucho más —dije—. Una persona que sabe cosas. Cosas extrañas, peligrosas. Como Merlín.

—¿Te refieres a… Myrddin?

—¡Sí! ¡Ese!

—Dioses —dijo Sefawynn—. *Sí* que eres waelish.

—Vale, espera, puedo demostrártelo.

Levanté los brazos y les ordené que se pusieran rojos como la sangre. Quedaría lo bastante teatral. Solo que… diablos, ¿cómo era el comando directo que lo hacía?

—Anda, mira —dijo Sefawynn—, una estrella fugaz. Y una constelación que parece un oso. Fascinante.

—Espera un segundo —pedí.

La skop no me hizo caso: recogió su lámpara y salió a la oscuridad. Correteé para que no se me escapara mientras seguía intentando recordar cómo se activaba el menú oculto.

—Veo en la oscuridad —le dije—. ¿Eso no te parece impresionante? Y puedo...

Gruñí al tropezar con un matorral. Caminar, recorrer menús e intentar demostrar lo místico que era al mismo tiempo no había sido buena idea. Me desenmarañé del arbusto y encontré a Sefawynn parada con la lámpara en alto, observándome.

—Conque ves en la oscuridad, ¿eh?

—Necesitaba unas bayas —repuse—. Asuntos de magos.

—Claro, claro.

Se volvió y siguió andando a buen paso hacia la fortaleza del señor. Unos segundos después encontré el menú oculto y alcé los antebrazos, que ahora eran de un fuerte carmesí.

—¡Ja! —exclamé.

—Tinte de raíz de granza —dijo ella, casi sin molestarse en volver la mirada hacia mis brazos—. Lo he visto hacer muchas veces. ¿Qué será lo próximo, convertir tu cayado en serpiente con un pase de mano? ¿Usar un cuchillo falso para fingir que tienes la piel de hierro? Ah, no, espera. Eso ya lo intentaste.

—El cuchillo era de tu hermano —le recordé.

—Aún estoy pensando en cómo pudiste darle el cambiazo —dijo ella sin aflojar el paso.

—Escucha —insistí, dando zancadas para no quedarme atrás—.

¿Puedes estarte quieta un momento? ¿Sabes lo frustrante que es intentar hablar contigo?

—¡Ah, perdona! —restalló, volviéndose hacia mí de golpe—. ¡Siento mucho desconfiar de ti cuando ya has reconocido que *eres un charlatán*! ¡Siento mucho no creerme tu *tercer* intento de estafa de la noche! ¡Siento mucho que toda esta wergia se te haga tan difícil! ¡Debes de estar teniendo un día duro y wergioso! *¡Qué espantoso es todo para ti!*

Paré en seco, sintiendo su ira casi como una fuerza física. Sefawynn hizo unas cuantas inhalaciones rasposas, con los ojos muy abiertos, antes de dar media vuelta y retomar la marcha.

—Siento lo de tu hermano —dije a su espalda—. Quiero ayudarte, Sefawynn.

Se detuvo otra vez, pero no se volvió.

—Wyrm y yo somos pobres. No habrá nada de valor para ti.

—No necesito ningún pago —dije—. Pero conozco a los hombres responsables. Ya has visto de qué son capaces. Yo comprendo sus armas. Puedo ayudarte a contrarrestarlas. Y pienso ir tras ellos de todos modos, así que, ya puestos, vayamos juntos.

Lanzó una mirada en mi dirección, juzgándome. Evaluándome.

—Además —añadí—, se me da muy bien mentir de vez en cuando. Podría serte útil.

—¿Bien? —Señaló mis manos—. ¿A eso lo llamas mentir bien?

—Eh, al principio has creído que era un áiluf, ¿verdad? Soy un recién llegado a tus tierras, pero creo que, teniéndolo todo en cuenta, tampoco lo he hecho tan mal. No sabes tanto sobre mí como crees.

Chasqueé los dedos y devolví mis brazos a su tono de piel normal. Eso al menos impidió que volviera a marcharse. Dio un paso hacia mí, levantando la lámpara.

—Se dice «aelv». Y eso último ha sido impresionante —reconoció.

—Bueno, es...

—No me digas cómo lo has hecho. Terminaré descubriéndolo. —Me observó de nuevo y luego movió la lámpara—. Venga, vamos.

Con una sonrisa, apreté el paso para seguirle el ritmo. Podría haber encontrado el camino a esa otra localidad por mi cuenta, pero no me cabía duda de que sería muchísimo más fácil rastrear a Ulric teniendo a alguien de allí para orientarme. Además, hacerlo así quizá conllevara el beneficio añadido de ayudar a que Sefawynn siguiera con vida.

Había permitido que se llevaran a su hermano. Sabiendo por fin quién era en realidad, me había propuesto compensarlo. A ser posible, de un modo que terminara con Ulric encerrado en una celda de los calabozos de Seattle para presos con mejoras.

—¿Tienes nombre? —me preguntó.

—Llámame Runian —dije.

Era mejor que no se supiera mi verdadero nombre. Si Ulric tenía secuaces por allí atentos a gente de nuestra dimensión, un nombre como John West iba a ser un pelín cantoso.

—Sabes que eso es como llamar «Botero» a un botero, ¿verdad?

—Conozco a gente que se apellida así —dije—. A mí ya me va bien. —Me toqué la cara—. ¿Tendría que dejarme barba, para llamar menos la atención?

La skop me miró.

—¿No serviría? —pregunté.

—Hará falta algo más que cuatro pelillos para que no llames la atención.

Miró hacia mis manos.

—*No* tengo manos femeninas —afirmé.

—Lo dices como si fuera un insulto —dijo ella—. Por aquí hay quien piensa que las mujeres somos algo más que hombres que no se hicieron lo bastante grandes.

Maldición.

—Respeto a las mujeres —dije—. Siempre me pongo una cinta rosa en octubre para dar visibilidad al cáncer de mama.

¿Por qué leches recordaba justo eso? Era incluso menos útil que aquel asunto de que no me gustara nadar.

—Eres una persona de lo más extraña —me dijo mientras llegábamos a la muralla de madera que rodeaba la fortaleza de Ealstan—. Te recomiendo seguir afeitado. Vas a destacar hagas lo que hagas, pero así al menos parece intencionado. Etéreo. La gente se lo pensará antes de incordiarte. Quizá. En todo caso, lo más probable es que se te queden mirando el tiempo suficiente para que yo huya.

Pues nada, dejaría los nanoides médicos con sus instrucciones actuales de afeitarme. En el patio, Ealstan ya tenía tres monturas listas. Una de ellas parecía ser un animal más pequeño de carga. ¿Una mula, tal vez? Sabía tanto de caballos como sobre mí mismo en esos momentos.

—Pequeño padre —dijo la skop—, este de aquí se empeña en acompañarme.

Señaló hacia mí con la cabeza.

—¿Ah, sí? —preguntó él, mirándome.

—¡Lo estoy pasando de maravilla en esta visita! —exclamé—. ¡Cómo sois los mortales, con vuestras excentricidades! ¡Iba a disfrutar mucho viéndote buscar las baratijas que te he exigido! ¡Un montón!

»Pero, por desgracia, el monstruo que ha matado a tu soldado robó un arma de trueno a mi pueblo. Mi padre, el príncipe de los áelefs, me ha encargado que la recupere y castigue al mortal por su necedad. Lamento tener que abandonar nuestro juego y cumplir con mi familia.

Lancé una mirada a Sefawynn, esperando encontrarla con los ojos en blanco otra vez. Pero me hizo un leve encogimiento de hombros, en plan: «Bueno, servirá». Quizá incluso en plan: «No está mal. Tres estrellas por el esfuerzo». ¿O era lo que quería ver?

Chasqueé los dedos y puse mis manos rojas otra vez.

—Para la venganza —expliqué mientras a Ealstan se le desorbitaban los ojos—. Este es el mensaje que envía mi padre. Ya no debes seguir temiendo mis encantamientos ni mis trucos.

Detrás de Ealstan, Sefawynn meneó la mano por delante de ella. «Igual empiezas a pasarte», parecía decir. Pero ¿qué sabía ella? Tenía al pequeño padre bien impresionado, sobre todo después de chasquear los dedos de nuevo y teñirme las manos de negro para hacerle el gesto de silencio y guiñarle un ojo.

Ealstan dio una voz para que ensillaran otro caballo y lo trajeran. Llegó al trote un animal enorme y blanco, de ojos suspicaces. Diablos. Iba a tener que montar en él, ¿verdad? Dudaba mucho que trajera suspensión de serie, o altavoces Bluetooth.

—¿Dónde está el soldado, pequeño padre? —preguntó Sefawynn.

—Mereces llevarte al mejor que tenemos —respondió él.

Hizo un gesto a su esposa, que estaba saliendo de la mansión con un escudo y un hacha. Ealstan la besó y sujetó las armas con unas correas de su silla de montar.

—¿Tú? —dijo Sefawynn—. Pequeño padre, no puedo permitir que...

—Al chico se lo han llevado de mi mismo hogar —la interrumpió él—. Y los forasteros cabalgan hacia el conde. Es mi deber como thegn, y como tu anfitrión, ocuparme de esos hombres. Es mi intención acompañarte, skop, y ganarme de nuevo mis alardes.

Ella inclinó la cabeza.

—Como desees, entonces.

Vaya. Bueno, tendría que seguir practicando a hacerme pasar por elfo. Metí las páginas del libro en un pliegue de la silla que parecía hecho para llevar cosas. Entretanto, vi que Sefawynn caminaba hasta la piedra grande del centro del patio. Apoyó la mano en ella y siguió con las yemas de los dedos lo que parecían ser unas tallas en la superficie.

¿Eran... runas? Sí, parecía que sí. Eran como las que se veían en los juegos de fantasía. Hasta reconocí unas pocas. Huy, qué raro. ¿Resplandecían... un poco?

Qué va, sería un efecto óptico. Señalé la piedra con el mentón.

—¿Qué es eso?

Ealstan torció el gesto.

—¿Es necesario que te burles de nosotros, aelv?

—Eh… Bueno, está en *mi* naturaleza.

—Nuestra piedra rúnica tiene una historia llena de orgullo —dijo Ealstan—. Amarra y pacifica a nuestros espectros, incluso ahora mismo. Ríete de mí si es necesario, pero no de ella. Por favor.

Vale, vale. Sefawynn volvió y asintió mirando a Ealstan. El señor, a su vez, señaló hacia el lejano horizonte, donde casi empezaba a asomar el sol.

—Te cedo el mando de este viaje, skop, pero recomiendo que partamos ya, con la primera luz del alba bendiciendo nuestro camino.

Ambos montaron con pericia en sus caballos. Yo me quedé al lado de mi montura. A ver, ¿pie en la… cosa del pie… y luego izarte? La yegua me contempló mientras pensaba cómo hacerlo.

—No me mires así —gruñí—. Se supone que los vehículos no te devuelven la mirada.

—Aelv —dijo el thegn—, ¿hay algún problema?

—He cabalgado en la cacería salvaje —respondí—, y una vez crucé el firmamento sobre un arcoíris hecho sólido. Pero las dos veces fue en monturas áelef, que responden como el viento. Esta bestia no parece… respetarme.

—¡El respeto hay que ganárselo! —exclamó el thegn—. Ten la mano fuerte. ¡El animal debe saber que tú lo diriges!

—Sí, vale —dije, y logré montar con cierto esfuerzo—. Creo que por hoy nos conformaremos con hacer que no se ría de mí, humano.

—La yegua me seguirá allá donde vaya, honorable aelv —dijo el señor conteniendo una risotada. Adiós a mi aire de misterio—.

Sostén las riendas, pero no las tenses si no quieres que pare. Y no tires con fuerza a menos que desees ver de nuevo los arcoíris.

—Vaaale... —dije.

Ealstan miró a la skop, que asintió y abrió la marcha mientras la luz empezaba a brillar.

Bueno, pensé que tampoco me había salido mal del todo para ser mi primer día en la Edad Media. Había hecho amigos (bueno, compañeros). Había descubierto quién era (o mi nombre al menos). Hasta había averiguado por qué estaba allí (para detener a los tipos de los mentones industriales).

Decidí mejorar mi calificación. Dos estrellas y media: no está mal para alguien sin barba. Era una gran mejora respecto a cómo me habían ido las cosas al principio.

Con un poco de suerte, el siguiente paso incluiría recordar por qué narices estaba allí sin refuerzos, armas ni equipo en condiciones.

## FIN DE LA PRIMERA PARTE

# SEGUNDA PARTE

# CÓMO SER UN MAGO SIN INTENTARLO SIQUIERA

Leer yendo a caballo no era tan fácil como habría querido, y mucho menos si tu libro no estaba encuadernado. Pero después de parar tres veces a recoger páginas sueltas que se me habían caído, empecé a pillarle el tranquillo. Lord Ealstan no dejaba de echarme miradas, creo que porque pensaba que dejar caer las páginas era alguna especie de truco mío. Parecía estar perdiendo parte del miedo que me había tenido y reemplazándolo por un confuso entretenimiento.

Bueno, ya me preocuparía más adelante de impresionarlo. De momento seguí buscando respuestas en las páginas a una pregunta que parecía bastante importante. ¿En qué dichosa época estaba?

Aquel lugar no se parecía en nada a la Inglaterra medieval que había visto en las películas. ¿Dónde estaban los caballeros con coraza completa? ¿Y las doncellas saludando con pañuelos y llevando capirotes? ¿Y los bufones? ¿Y los... pasteles de carne? Supuse que no sabía demasiado sobre la época.

Unas preguntas cautas me revelaron que Ealstan jamás había oído hablar de ninguna fortaleza hecha toda de piedra, y mis descripciones de castillos le resultaron extravagantes.

—Suena a que estaría todo muy vacío —dijo mientras los caballos recorrían el camino de tierra apisonada—. ¿Qué haría uno con tanto espacio? Casi ni vería a su familia. Pero debe de ser muy resistente, eso sí.

—Yo sí que he oído mencionar algo parecido —terció Sefawynn desde más adelante—. En historias sobre las tierras del Oso Negro.

El nombre pareció silenciar a Ealstan. O tal vez fuese la fatiga. Ninguno de los dos había dormido ni un minuto la noche anterior, y no tenían nanoides médicos que los mantuvieran espabilados.

—Tendríamos que apretar el paso —dijo Sefawynn volviendo la cabeza hacia nosotros.

—Haremos daño a los caballos si los forzamos demasiado, skop —respondió Ealstan—. Sigamos a este ritmo. Esos dos hombres habrán tenido que parar para dormir. Nosotros no lo hemos hecho, así que deberíamos llegar a Wellbury antes que ellos. Podemos preguntar al alguacil qué está pasando *de verdad* y tender una emboscada a los secuestradores para cuando lleguen.

Era un plan razonable. ¿Cómo te encargas de alguien dotado de poderes místicos? Buscas refuerzos y atacas utilizando el factor sorpresa. Por desgracia, nuestros enemigos no habrían parado para dormir.

—No... No creo que podamos llegar a Wellbury antes que ellos, Ealstan —dije—. Ulric y Quinn no necesitan dormir. Y, dependiendo del tiempo que hayan tenido para prepararse, sus caballos podrían... hum... no ser mortales, a pesar de su apariencia.

Si yo hubiera estado planeando venir a la Edad Media pero llevarlo con cierto disimulo, me traería caballos mejorados. Qué diablos, lo más seguro es que me trajera un par de aeromotos, por si acaso.

—¿No necesitan dormir? —dijo Ealstan—. Dijiste que eran hombres normales y corrientes.

—Que han robado algunos poderes a los áelefs —repuse—. Sospecho que Ulric posee el Amuleto del Vigor, que concede a un mortal una constitución parecida a la de un áelef.

—Entonces ¿tú no duermes? —preguntó Ealstan.

—Entro en trance una vez por semana, más o menos —dije—. Para contemplar la belleza de mi tierra natal y dejar que me renueve. Se parece mucho a cuando los mortales dormís, ya que vuestra especie no sabe distinguir entre algo refulgente como una renovación y algo vulgar como caer inconsciente sin más.

Ealstan se puso a pensar en ello, pero Sefawynn dejó que su montura perdiera terreno hasta quedar a mi lado y Ealstan se adelantó para ocupar su lugar.

—Raíz de achicoria —me susurró.

—¿Disculpa? —dije.

—Una vez fui a ayudar a una mujer cuyos hijos no podían dormir —explicó ella, lanzando una mirada a Ealstan para asegurarse de que no nos oía—. La mujer culpaba a los espectros, pero lo que pasaba era que los niños mascaban raíz de achicoria, que sirve para mantenerte despierto. Así es como lo haces.

—Un verdadero artista nunca revela sus secretos —repliqué—. ¿Has resuelto ya lo de los brazos?

—Aún no —dijo ella, y su expresión se volvió más solemne—. ¿Por qué crees que sus caballos no son mortales?

—Hay cosas que se pueden dar de comer a los caballos para hacer que viajen mucho tiempo sin necesidad de descansar —respondí—. Es un secreto de los runianos.

Me observó con ojos entornados, me figuré que intentando decidir si mentía o no.

—No pretendo timarte, Sefawynn —le dije—. Es la explicación más cercana a la verdad que puedo darte. Por favor, créeme.

Negó con la cabeza, pero volvió la mirada hacia delante y, caray, qué cansada parecía de repente. Hombros caídos, ojos rojos. Pero seguía adelante de todos modos, sin protestar.

—Lo encontraremos —prometí—. Voy a rescatar a Wyrm.

Sefawynn volvió a mirarme, pero esa vez asintió despacio. Y... Vaya, me había desviado del tema sin darme cuenta. ¿No estaba intentando averiguar en qué época había caído?

Jen lo habría sabido nada más llegar. Mientras pasaba páginas, la eché de menos. Se había ido de viaje a Europa y había muerto. Desaparecida en un abrir y cerrar de ojos. Como pintura húmeda en un lienzo abandonado bajo la lluvia. Su familia nunca me había apreciado. Me enteré de su muerte por un mensaje de texto. Ni siquiera se celebró un funeral.

Ella siempre había querido viajar a una de aquellas dimensiones, y ahora era yo quien estaba en una. En parte por ella...

La información iba volviendo a mí gota a gota. Por ejemplo, empezaba a recordar bastante sobre mi infancia en Tacoma. Y sobre el momento en que buena parte de mi vida comenzó a encajar cuando tenía unos veinticinco años: la academia de policía. Pero seguía habiendo muchas lagunas. ¿Por qué había empezado relativamente tarde en la academia? ¿Qué había estado haciendo desde entonces?

Había llegado a la dimensión en la que estaba para detener a Ulric, ¿verdad? ¿Qué relación tenía eso con lo que recordaba de Jen? Una parte de mí tenía la sensación de que estaba allí para cumplir su sueño, ya que ella no podía. Entonces ¿qué era todo aquello? ¿Una operación policial o un homenaje a un ser querido difunto? ¿Podía ser las dos cosas a la vez?

En todo caso, al cabo de un tiempo encontré algo de información útil en el libro.

¡Si has optado por una dimensión Comodín del Mago™, quizá te desorientes un poco al principio! En las dimensiones alternativas puede suceder literalmente cualquier cosa, pero ciertas características son mucho más probables que otras. (Otras son tan absurdas e inverosímiles que, a pesar de ser viables en teoría, resultan imposibles en términos estadísticos. Véase PyR: ¿Puedo tener una dimensión llena de plátanos parlantes?).

Es perfectamente posible que termines en una dimensión que no se ajuste a nuestra historia, por mucho que intentemos entresacarlas y venderlas como experiencias únicas. Pero antes de entrar en pánico, te proponemos estas simples líneas divisorias para que determines en qué época podrías estar. (¡Recuerda que, aunque tratemos la Gran Bretaña medieval como un solo periodo histórico, el Medievo fue bastante variado! En él se incluyen muchas culturas distintas, revoluciones tecnológicas y eras).

¿Ves castillos, caballeros y estandartes? ¡Enhorabuena! Has encontrado una dimensión en la Plena Edad Media. Ve a participar en un torneo.

No necesitaría aquellos textos si hubiera visto castillos o caballeros. Negué con la cabeza y seguí leyendo.

¿En tu dimensión se habla sobre César, hay soldados que visten de rojo y a la gente le encanta construir fuertes? ¡Podrías estar en el periodo romano! Estuvieron viviendo un tiempo en Gran Bretaña... ¡y existen muchas dimensiones en las que conquistaron la isla entera! De hecho, en algunas Gran Bretaña pasa a ser el centro del Imperio romano después de que Roma caiga ante los invasores. Véase la página 182 para más información.

¿De verdad creían que no iba a darme cuenta si la gente de allí fuese romana? ¿Por tan tonto me tomaban los autores de aquel libro? Aunque... a la luz de los problemas que había tenido hasta el momento, decidí no seguir con ese razonamiento.

¿La gente de tu dimensión se pinta la cara de azul para ir a la guerra? ¿Usa poco o ningún metal en su vida cotidiana? ¿Le gusta mucho el arte a base de nudos o carga con pedruscos enormes de un lado a otro sin motivo aparente? ¡Quizá estés en una dimensión de dominio celta! Era el pueblo nativo de Gran Bretaña y, en la mayoría de las dimensiones, no cuenta con tantos avances tecnológicos como los que encontrarías en una dimensión romana o de la Plena Edad Media. ¡Más información en la página 184!

Parecía posible. A aquella gente sí que les gustaban las piedras, o al menos las colocaban alrededor de su arboleda religiosa. Y desde luego no daban la impresión de estar muy avanzados. Pero sus espadas parecían hechas de hierro. Seguí leyendo.

¿La gente de tu dimensión parece vikinga? ¿Tienen un dominio aceptable del conflicto armado y llevan armadura y escudo, aunque no cosas avanzadas como coraza completa? ¿Adoran a dioses que suenan como a nórdicos pero con nombres ridículos? ¡Podrías estar en una dimensión anglosajona!

—Eh, Sefawynn —dije—. ¿Cómo se llamaban esos dioses a los que adoráis?

La skop me miró.

—¿Cómo es posible que sepas tanto y tan poco a la vez?

—Contéstame, anda —insistí.

—Vivimos bajo el ojo de Woden —dijo ella—, a quien pertenece esta tierra. Es dueño de todas las palabras y quien las dispuso. En su sabiduría, nos concede la bendición.

—¿Bendición? —intervino Ealstan—. Maldición, querrás decir.

—No blasfemes —le espetó Sefawynn—. Woden exige sacrificio. Si persistimos el tiempo suficiente, verá nuestra tenacidad y volverá las tornas de nuevo a nuestro favor.

Qué curioso.

—¿Y hay algún otro dios? —pregunté.

—Logna —dijo Ealstan—, madre de monstruos, ladrona de palabras. Tiw, el guerrero, y Thunor, hijo de Woden. Friag, esposa de Woden y madre de Thunor, la creadora original de la escritura, que murió en la guerra contra el Oso Negro. Fue entonces cuando Woden nos prohibió escribir.

La verdad era que aquellos nombres sonaban familiares. ¿Woden podría ser Odín, tal vez? ¿Y Thunor era... Thor? ¡Mira qué cosas! ¡Sí que había algo útil en aquel libro!

—¿De dónde proceden vuestros antepasados? —pregunté.

—Huimos cruzando el mar —dijo Sefawynn—, para evitar la embestida de los hordaleses. Reclamamos para nosotros esta tierra, expulsando a los traicioneros waelish, que al principio nos ofrecieron terrenos pero luego intentaron robarnos. De verdad, ¿cómo puede ser que no sepas...?

Casi ni la escuchaba, porque me había puesto a leer otra vez.

«Anglosajón» es un término general que se emplea para referirse a las distintas tribus germánicas (también con raíces culturales escandinavas) que se asentaron en la Gran Bretaña de nuestro planeta durante el siglo v. ¡Más información en la página 186!

Busqué anhelante y...

La página 186 no estaba. Por supuesto. Lo único que tenía eran los últimos párrafos de la sección en la página 188.

pueblo belicoso que, sin embargo, tuvo una influencia profunda y relevante en la sociedad británica. ¡El mismísimo nombre de Inglaterra procede de la tribu conocida como los anglos!

Los propios anglos («ængli» en su idioma) y los sajones (o «seaxe») no aparecen en la mayoría de las dimensiones que hemos observado. De hecho, durante su verdadera época histórica tampoco utilizaban el nombre «anglosajones», sino los de sus tribus, como los gewisse o los mercianos.

No te preocupes si nadie conoce esos nombres en tu dimensión. ¡Es lo normal! En vez de eso, encontrarás a tribus con sus propias tradiciones, costumbres y creencias. Ante la duda, busca historias de gente parecida a los vikingos que llegaron y expulsaron a los británicos originales. (Los anglosajones llamaban *waelisc* a los extranjeros en su idioma. Es de donde procede el gentilicio moderno «galés»).

Me alegró tener por fin la respuesta a *algo*. Un vistazo rápido a la página de antes me reveló que la era posterior a la anglosajona era la normanda. En aquellas dimensiones, al parecer Gran Bretaña había caído bajo la influencia del idioma normando en algún momento del pasado, pero aun así nuestra historia tendía a repetirse, con una segunda invasión normanda más adelante.

De la era normanda, por lo menos, sí que sabía algo. Fue cuando los franceses, o un pueblo antiguo parecido a ellos, llegaron en barcos y conquistaron Gran Bretaña allá por el año 1066 d. C. Teniendo eso en cuenta, estaba en algún momento entre los años 500 y 1066.

Por tanto, no habría castillos ni... ¿trabuquetes? Todo lo que sabía era sobre años posteriores. Pero, en fin, así no tendría tantas ideas preconcebidas en las que equivocarme, ¿verdad?

Madre mía, Jen habría estado encantada con todo aquello.

Pasé las siguientes horas a caballo pensando en alguna manera de impresionar a mis compañeros. Aparte del truco de las manos, la única otra cosa vistosa que podía hacer con mis mejoras era cambiar la voz, pero mis instintos me decían que ese poder debería mantenerlo oculto. No era la clase de ventaja que te interesaba revelar para hacer un truco en una fiesta.

Seguro que habría algún otro modo de dejar pasmados a un par de anglosajones atrasados e ignorantes, ¿verdad? Contaba con una educación moderna, la ventaja de conocer el futuro y mi comprensión del método científico. Solo el hecho de saber leer y escribir ya me convertía en una excepción por aquellos lares. De veras era un mago.

No obstante, cuando saqué el bolígrafo y escribí el nombre de Sefawynn, la skop palideció y me siseó.

—¡No provoques la ira de Woden! Los encantamientos nos destruirán. Puede que hayas engañado a Ealstan, ¡pero no te excedas y te engañes a ti mismo!

Vale, sí. No había servido de mucho. Seguro que podría hacer alguna otra cosa. ¡Era un hombre moderno! ¡Pólvora, electricidad, antibióticos!

Pero ¿sabía cómo *crear* pólvora, electricidad o antibióticos? ¿Lo último no tenía algo que ver con el... moho? Y la pólvora llevaba pis de murciélago o algo así, ¿verdad? Vaya. Aquello no se debía a la amnesia inducida por el tránsito dimensional, sino a que nunca había tenido que generar electricidad, y lo que me habían enseñado sobre la penicilina ya no lo recordaba.

Caí en la cuenta de que la educación moderna, por elogiable que fuese, dependía de dos cosas. Primero, de la especialización. La tecnología actual era demasiado compleja para llevarse a cabo como actividad individual. Y segundo, de los materiales de referencia. El verdadero propósito de la escuela era enseñarnos a aprender. No me cabía duda de que podría fabricar pólvora si tuviera acceso a un mero artículo de la Wikipedia. Comprendía el proceso de experimentación, pero no había memorizado la suma total del conocimiento humano. ¿Para qué, si una búsqueda rápida en internet podía proporcionármelo?

Todo esto estaba muy bien hasta que te quedabas atrapado en el pasado. Desde luego, era un fallo del sistema. (Internet moderna: tres estrellas y media. Muy mala recepción en la Edad Media. Resolvedlo pero ya, equipos de desarrollo).

Mientras cabalgaba, empecé a hacer bocetos distraídos en los márgenes de la página sobre los anglosajones. Desde que le había pillado el truco a mantenerme a lomos de la yegua, casi no tenía que sujetar las riendas. El animal iba a la suya y seguía a los demás. Y eso me dejaba tiempo para pensar en qué cosas sí que *podría* crear por mi cuenta.

—Oye, Ealstan —dije sin dejar de bosquejar—, ¿te suena la idea de un muro de escudos?

—¿Guerreros aunando esfuerzos? —respondió él—. ¿Usando lanza y escudo para formar una línea contra el enemigo? Es una táctica de guerra muy habitual, aelv. ¿Por qué lo preguntas?

—Intento averiguar unas cuantas cosas. ¿Y las norias? ¿Tenéis norias?

—¿Para triturar el grano? —dijo en tono divertido—. Sí. Había una en Stenford. ¿Es que no la has visto?

—Estaba ocupado buscando mortales a los que gastar bromas —respondí—. Por cierto, cuando vuelvas a casa no mires bajo la cama. —Veamos, ¿quizá herramientas sencillas? Tenían la rueda, y la palanca sería evidente—. ¿Qué hay de las poleas? ¿Tenéis poleas para levantar cosas?

—Pues claro que sí —dijo él riéndose—. En nombre de Logna, ¿cómo crees que construimos la muralla del fuerte?

Maldición. De verdad no sabía nada que pudieran aprovechar, ¿verdad? ¿No me podían haber enviado a la época de los cavernícolas? A ellos sí que podría haberlos dejado flipando con mi capacidad de crear fuego a partir de dos palos.

Porque eso sabía hacerlo, ¿no? Había que... ¿frotarlos entre ellos muy deprisa, o algo así?

Vaya, hombre. Seguro que me habría devorado un tejón dientes de sable o algo por el estilo. Más me valía dar las gracias por...

Sefawynn dio un repentino respingo.

—En el sagrado nombre de Tiw, ¿qué es eso?

Cabalgaba de nuevo a mi lado y me señaló las manos.

—¿La escritura? —dije—. Sí, ya sé. Los encantamientos y...

—¡No! —exclamó—. ¿Qué has hecho ahí al lado?

Miré el boceto rápido que había dibujado de su cara. No era ninguna maravilla, solo cuatro trazos...

... hechos con una comprensión moderna de la perspectiva. Sombreados con líneas cruzadas. El resultado de un conocimiento artístico básico sobre la musculatura subyacente y el funcionamiento de las sombras.

¡Madre mía! A lo mejor mi educación no había resultado inútil del todo.

# PyR:

¿Puedo tener una dimensión llena de plátanos parlantes?

No.

**S**efawynn llamó a Ealstan, que retrocedió hasta unirse a nosotros. Cogió el dibujo, lo observó, miró a Sefawynn y luego otra vez hacia la página.

—Dioses —susurró—. ¡El parecido es increíble!

No es que fuera tan bueno. Bolígrafo sobre margen de guía no era precisamente mi medio favorito. Pero se habían quedado *fascinados*.

Como llevábamos ya unas horas cabalgando, decidieron descansar un poco. Desmontamos y nos acomodamos en una pequeña hondonada que había junto al camino. Sefawynn sacó un poco de carne curada y pan para comer. Ealstan me pidió con respeto si podía verme dibujar.

Encontré una zona algo más amplia de papel en blanco al final de un capítulo e hice un boceto rápido de él. Mientras dibujaba, pensé en cuánto arte podía haber visto aquella gente en la vida, si es que había visto alguno. Quizá algo de cerámica decorada. O alguna filigrana o lacería en los adornos de piedra o metal.

Tal vez sus diseños tuviesen un detalle y una complejidad increíbles, pero incluso los artistas con más talento de los viejos tiempos trabajaban en un estilo equivalente a dibujar muñecos de palitos en la era moderna. Tuvo que llegar el Renacimiento para que se iniciaran los estudios sobre anatomía y perspectiva que engendraron la pintura y la ilustración realista.

Mientras dibujaba, Ealstan no dejó de mirar por encima de mi hombro. Hasta Sefawynn se acercó a echar un vistazo. Cuando el boceto empezó a cobrar forma, Ealstan se llevó la mano a la boca y se le ensancharon los ojos.

—Soy yo —susurró—. Aelv, tienes una habilidad ultraterrenal.

Sonreí mientras activaba las mejoras de estabilidad en las manos para darme más ventaja. Aun así, mi creación tampoco fue demasiado impresionante para los niveles modernos. ¿Qué pensaría Ealstan si supiera que no había terminado la carrera de Bellas Artes? Seguro que...

¡No terminar Bellas Artes! ¡A eso había dedicado mis años de juventud! La laguna que tenía en la memoria entre el instituto y la academia de policía menguó. Había intentado hacerme artista.

Había dejado la carrera después de tres años, al decidir que mi arte jamás podría rivalizar con el de los demás alumnos. Había sido un impostor. Un estúpido al pensar que podía crear algo con un valor duradero.

¿Pero luego... había practicado el arte de algún modo... en la academia?

—Aelv —dijo lord Ealstan—, esa imagen no te concede poder sobre mi alma, ¿verdad?

Me tentó la idea de...

«No. Sé bueno».

—No, Ealstan —respondí, terminando el boceto y reparando en que al boli se le terminaba la tinta—. Es solo un dibujo, sin nada místico. De hecho, comparado con los artistas que hay entre mi gente, ni siquiera es tan bueno.

—Los otros artistas deben de tener una pericia digna de dioses, entonces —dijo Ealstan—. En la vida había visto nada parecido a lo que acabas de hacer. ¡Y qué rápido!

Negó con la cabeza. Cerca de nosotros, Sefawynn había sacado un pequeño plato de barro de su morral. Lo dejó en el suelo y puso tres pequeñas bayas encima. Al lado colocó tres tiras de cuero.

—Skop —dijo Ealstan—, estamos mucho más allá de los límites del amarre, no digamos ya de nuestro hogar. Esto es terreno abierto, sin casas cerca.

—Lo sé —respondió ella—. Es una prueba.

Miró hacia donde habíamos atado los caballos, que masticaban satisfechos la hierba que crecía junto al camino. A juzgar por los otros huecos en la hierba, estábamos en un lugar de descanso habitual para los viajeros.

—Voy a lavarme —dijo—. Si estáis preparados para seguir la marcha antes de que regrese, dadme una voz.

Ealstan asintió mientras Sefawynn se marchaba y luego desenganchó su hacha de la silla de montar y sacó una piedra para afilarla. Ninguno de los dos parecía interesado en sentarse y relajarse sin más. El hacha era más pequeña de lo que había anticipado, basándome en otras parecidas que había visto en videojuegos. Tenía el mango largo y recto y la cabeza fina, aunque un poco alargada.

El thegn reparó en que estaba observándolo mientras se sentaba en un tronco y empezaba a afilar su arma, dando lentas pasadas rasposas al metal.

—¿Puedo suplicarte un poco de información, aelv? —me preguntó—. ¿Esos hombres a los que perseguimos... pueden matarse con un hacha normal?

—En teoría, sí —dije—. Pero sería dificilísimo. Su piel resiste los golpes y no puede perforarse ni cortarse. La única forma de derrotarlos sería no dejar de atacar hasta que el... hum, el cræft que los protege se agote. Cuando sus sistemas estén sobrecargados, podrás matarlos.

Asintió, pensativo.

—¿Puntos débiles? ¿Los ojos, a lo mejor?

—Resistirán casi igual de bien —respondí—. De verdad, lord Ealstan, *no* deberías enfrentarte ni a Ulric ni a Quinn.

—Pero no usan arcos, ¿verdad? —preguntó él.

—Tienen algo peor. Unas armas áelev llamadas pistolas.

—Pero ¿no tienen arcos?

—No.

—Bien —dijo él—. Odio los arcos. Te paran antes de que puedas entablar verdadero combate.

—Las pistolas hacen lo mismo. Ya viste lo que le pasó a tu soldado. Ulric puede dar copias de esa arma a sus esbirros, y todos serán capaces de matar con solo apuntar a una persona y activarla. Dentro de la pistola hay una sustancia que es como trueno cautivo y, cuando se le añade fuego, explota y proyecta un pedazo de metal.

El thegn asintió pensativo.

—Como una honda, pero más poderosa.

—Pues sí, la verdad —dije, sorprendido de que hubiera hecho la conexión.

—Así que quizá podría… —Calló antes de terminar la frase y agachó la cabeza—. Mis disculpas, aelv. No debería pensar en robar un arma dweorgar.

—No, el problema no es ese —dije—. Si pudieras quitarle la pistola a Ulric y usarla tú, sería una idea estupenda. No me ofendería para nada. El problema es que no funcionaría.

¿Cómo hablarle de armas modernas con control biométrico? Las pistolas del equipo de Ulric estarían codificadas individualmente para cada uno de ellos y no dispararían si las empuñaba otra persona.

—Las armas conocen a sus dueños —expliqué a Ealstan—. No son listas como una persona, pero sí que identifican la mano que las sostiene. Hay una pieza metálica llamada gatillo que se acciona para activar el arma, pero solo funcionará si lo hace su dueño. Lo siento.

—Comprendo, honorable aelv —dijo él.

Dio una lenta y cuidadosa pasada a su hacha con la piedra de afilar. El movimiento podría resultar siniestro si lo hiciera otra persona, pero Ealstan le daba un aire profesional y rutinario. Eso y que se había preocupado de que la hoja no señalara hacia mí.

Mastiqué un poco de carne seca, no sabía de qué tipo, y se iluminó un pequeño indicador de carbono en la esquina de mi visión. Los nanoides querían más, por supuesto. Tendría que buscar un poco de carbón o algo. Quizá en la hoguera de aquella noche.

—¿A qué distancia se encuentra esa ciudad, Wellbury? —pregunté.

—A bastante —dijo Ealstan—. Tardaremos lo que queda de día en llegar.

Parpadeé, sorprendido.

—Un día. ¿Está solo a *una jornada* de distancia?

—Sí —dijo él—. Más adelante, a otro día a caballo, está Maelport, donde vive el conde. Es quien gobierna estas tierras.

—¿Hasta dónde se extienden sus dominios?

—Unos pocos días más al norte —respondió Ealstan, señalando—, al otro lado de Stenford. Y otro día al sur de Maelport. Son diez pueblos, cada uno con un thegn como yo. Dos alguaciles, como Wealdsig. Un conde.

—¿Y el rey?

—No tenemos. Los reyes son cosa de los waelish y su Oso Negro. No les fue muy bien. La palabra correcta aquí es «bretwalda».

Madre mía, ¿un condado que podía recorrerse en unos cinco días al paso? Tenían que ser bastante menos de doscientos kilómetros. No eran unos dominios muy extensos, pero supuse que en esa época las cosas funcionaban a una escala distinta.

Ealstan siguió pasando la piedra por el hacha con movimientos regulares, meditabundos.

—Sin ningún ánimo de ofender, lord Ealstan —dije—, no eres lo que había imaginado.

—¿A qué te refieres, honorable aelv? —preguntó él.

—Esperaba que alguien que ocupara tu puesto fuese más… exigente, supongo. Más egoísta. Eres el señor de un pueblo entero y, aun así, has venido a esta misión en persona.

—Soy thegn, honorable aelv —respondió él. Cuando vio que la palabra no parecía decirme nada, añadió—: Soy asistente del conde y protector de esta región. Sí, poseo tierras, pero ser el thegn de un pueblo es un honor que va más allá de eso. Hago lo que puedo por estar a la altura de ese honor, aunque me preocupa que últimamente...

Negó con la cabeza.

—¿Qué te preocupa?

—Es una fragilidad de los mortales —me explicó—. Los hordaleses luchan por nuestras piedras rúnicas, y luego está el Oso Negro y sus bestias oscuras, y... —Respiró hondo—. Y yo me hago viejo, aelv. Fui demasiado lento para proteger a Oswald y al hermano de la skop. Y no es mi único... fracaso reciente. Empeorará con los años, y el conde cada vez parece menos y menos preocupado por los pueblos exteriores.

—¿Viejo? —pregunté sorprendido—. Disculpa, Ealstan, pero... a mí no me pareces tan viejo. ¿Qué tendrás, cuarenta años?

—Cuarenta y dos —dijo él—. No es una edad tan avanzada para muchos otros, tal vez. ¡Mi abuela llegó a más de un siglo! Y con la mente clara todo el tiempo. Pero ella no blandía un hacha. Ni cargaba en los hombros con el peso de defender a un pueblo.

Imaginé que, si dependías de la fuerza física sin mejoras para proteger aquello que amabas... pasar de los cuarenta *debía* de resultar complicado. La mayoría de los atletas se retiraban antes de esa edad, por muchos avances médicos que tuviéramos.

—¿Tienes que... combatir muy a menudo? —le pregunté.

—Mi deber es para con mi tierra y mi señor —dijo Ealstan—. Voy allá donde ambos requieran. El conde a veces exige mi hacha y últimamente habla de intentar convertirse en bretwalda. Se pelea con los otros condes. No diré que es un necio, pero haría bien en dedicar su atención a otras cosas.

»Nuestras costas sufren incursiones. Es raro que pase una semana sin que encontremos alguna señal de los hordaleses. Y luego están las invasiones del reino del Oso. Nuestro pueblo ha recibido seis ataques distintos desde que soy thegn, y estuvimos a punto de caer todas las veces.

A pesar de su imponente altura y de sus brazos, de pronto Ealstan pareció muy pequeño.

—La última incursión que sufrimos fue hace poco más de un año —prosiguió con voz suave—. Perdimos a seis personas. Yo… perdí a mis dos hijos. Podría haber impedido dos de esas muertes, si hubiera sido más fuerte. Fue el primer momento en que comprendí que el tiempo empezaba a reclamarme. Debe de ser maravilloso poseer unas armas que maten con tanta facilidad, para apartar el peligro de tus seres queridos.

—No es tan bonito como crees —dije—. Permiten a una gente muy peligrosa matar sin apenas repercusiones. —Pensé un momento más—. Ese hombre que murió, Oswald. ¿Lo conocías bien?

—Era hijo de mi hermano —explicó Ealstan.

—¡Un pariente cercano!

Me miró a los ojos, frunciendo el ceño.

—Aelv… en el pueblo *todos* somos parientes cercanos. Mi familia lleva generaciones trabajando esta tierra. Desde el mismo cruce, hace ya siglos.

Huy.

Claro. Pueblo pequeño, escasa movilidad social y la exigencia de granjear todas y cada una de las temporadas para sobrevivir. Aquel hombre no temía perder la fuerza porque iba a fallarle a su señor. Temía perderla porque literalmente podía costarle su familia.

—Me has hablado de incursiones —dije—. ¿También hay... bandidos en esta tierra?

—A veces —respondió él—. Pero es más normal encontrar a hordaleses sueltos, abandonados por sus barcos. O a refugiados de otras tierras, desesperados. A esos a veces podemos acogerlos.

—Y los demás, a la cárcel, supongo —dije.

—No conozco esa palabra.

—¿El sitio donde se mete a los culpables?

—¿Hasta que yo los juzgue? Usamos un hoyo en el suelo.

—¿Y luego?

—¿Luego? —dijo él, confundido—. Si son culpables, están muertos. Si son inocentes, los devolvemos a su hogar.

—¿Y los delitos menores?

—Azotes y esas cosas —respondió, frunciendo el ceño—. ¿En tu reino se hace de otra manera?

—De otra muy distinta —dije—. No hacemos daño a los culpables, pero a la mayoría los encerramos mucho tiempo.

—No pretendo faltarte al respeto —repuso Ealstan—, pero parece que eso me haría bastante daño a mí.

—Es... complicado —dije.

Pero imaginé que su vida también sería complicada. Tratar de conservar la fuerza y las habilidades, sabiendo que en cualquier momento podían salir invasores o soldados del bosque para matarlos a todos. Sabiendo que cada hombre que luchaba a su lado era un pariente directo. Y que algunos iban a morir.

Caray.

Sefawynn volvió al poco tiempo, con el pelo rubio mojado y adherido a la cabeza y con un vestido distinto. Dejó su morral y vi que asomaba de él la manga de su vestido anterior. Así que, por lo visto, «lavarse» significaba «darse un baño». ¿Habría algún río cerca? Activé las mejoras auditivas y distinguí con claridad el sonido del agua. Pero lo que se oía eran olas. Estábamos en la costa.

¿Y si les pedía que me dibujaran un mapa de su tierra? Empecé a trazar el contorno de Inglaterra, pero me quedé sin tinta y no logré pasar de unos pocos trazos. Pero... ¿no había un mapa en alguna página del libro? ¿Estarían dispuestos a echarle un vistazo si tapaba la escritura?

—¡Ja! —exclamó Sefawynn levantando las tiras de cuero, que estaban trenzadas entre sí con un complejo patrón.

Miré el plato que había al lado de las tiras. Las bayas habían desaparecido. Ealstan no se había acercado en ningún momento y yo no las había tocado, así que Sefawynn debía de habérselas guardado con disimulo. Pero ¿por qué? ¿Qué sentido tenía?

—¿Qué significa? —preguntó Ealstan—. ¿Un espectro de tierra libre, lejos de las piedras rúnicas? ¿Está vinculado a algún bosque cercano, quizá?

—No es libre —dijo ella, señalándome—. Se ha vinculado por sí mismo a él. Un copliegue, por lo que deduzco de este.

Ealstan se inclinó hacia delante, con la mano en el hacha.

—¿Qué ryro es este? ¿Bueno o malo?

—Aún no estoy segura —respondió ella, observándome—. Pero ha hecho la tarea, lo que sugiere un buen ryro. Estaré atenta.

Pensé en aquello desconcertado, mientras sus estridentes palabras resonaban en mis oídos por la audición mejorada. ¿Estaban haciendo aquellas ceremonias rituales o religiosas para que las viera yo o, sencillamente, eran sus costumbres particulares?

Abrí la boca para preguntar, pero entonces mis oídos mejorados captaron algo en la lejanía.

—¿Lo habéis oído? —pregunté, levantándome y mirando en dirección al sonido.

—¿El qué? —dijo Ealstan.

—Cuernos —respondí, arrugando la frente—. Vienen de ahí.

—¿Qué... clase de cuernos? —preguntó Ealstan.

—Toques largos y graves —dije—. Tres notas claras.

Ealstan miró a Sefawynn.

—Por favor —dijo—. Sé que nos retrasará, pero necesito al menos verlo.

La skop apretó los labios, pero hizo un asentimiento brusco. A los pocos segundos me habían obligado a montar de nuevo y habíamos abandonado el camino en dirección a la costa. Traté de pedirles explicaciones, pero el sonido de los cascos y mi deseo de mantenerme en la silla me lo impidieron.

Obtuve pronto mi respuesta. A instancias de Ealstan, desmontamos y nos acercamos agachados al acantilado bajo para observar el agua unos quince metros más abajo. Las olas rompían contra la roca. Y navegando en paralelo a la costa, a tan poca distancia que asustaba, había tres barcos.

Hasta yo sabía reconocer los barcolargos vikingos. Y por la postura de mis compañeros y por la maldición susurrada que profirió Ealstan, supe que *no* eran una visión alegre.

# PyR:

**Vale, ¿y por qué no puedo tener una dimensión llena de plátanos parlantes?**

R: Suelen hacernos peticiones como esa. «¡Querría una dimensión en la que los humanos vuelen!». O: «¡Búsquenme una dimensión sin ranas, por favor, que me dan miedo!». O: «¡Quiero una dimensión con el cielo a cuadros!».

Solicitudes como estas revelan una incomprensión fundamental tanto de las dimensiones alternativas como de la probabilidad. La teoría dimensional predominante se basa en la idea de los «puntos de ramificación». Todas las dimensiones compartieron la historia de la nuestra hasta llegar a un momento en que se ramificaron, cuando un acontecimiento puntual provocó que su futuro se desviara del nuestro, a veces en detalles minúsculos, a veces de manera sustancial.

La magnitud de las diferencias entre una dimensión dada y la nuestra depende de dos factores. El primero es cuándo tuvo lugar el punto de ramificación. Si fue hace muchísimo tiempo, es probable que haya diferencias significativas, aunque no está garantizado (¡existe la evolución en paralelo!). El segundo es qué provocó la ramificación. Si se produjo a consecuencia de un acontecimiento masivo, como que un asteroide impactara contra la Tierra en la década de 2020 de una dimensión mientras fallaba en la nuestra, los cambios podrían ser más que notables, aunque el punto de ramificación sea reciente.

Las dimensiones próximas entre ellas en el espectro dimensional tienden a poseer atributos similares. Imagínelo como un árbol. El tronco es nuestra dimensión y cada rama representa una desviación. Luego esas ramas se dividen en otras menores a causa de otros cambios sutiles, aunque suelen compartir las cualidades de su rama originaria.

En Mago Frugal S. A.® hemos adquirido una rama de ese árbol en la que Gran Bretaña tiende a estar habitada por gente de la era medieval que habla idiomas comprensibles para nosotros. Pero la distribución dimensional funciona a modo de

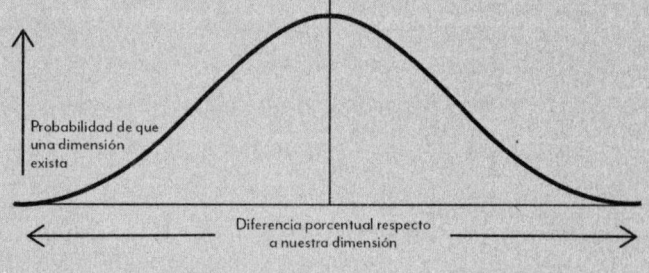

Probabilidad de que una dimensión exista

Diferencia porcentual respecto a nuestra dimensión

campana de Gauss. Supongamos que tenemos mil dimensiones catalogadas y calificadas según lo parecidas que son a la nuestra. Podemos crear una gráfica con esos datos en la que el eje X indica la similitud con nuestra propia dimensión y el eje Y la cantidad de dimensiones que hemos encontrado en ese nivel de parecido.

Como puedes ver, en la parte izquierda de la gráfica están representadas las dimensiones más similares a la nuestra. Son bastante infrecuentes en nuestra franja de dimensiones. (Cabe señalar que en algunas franjas dimensionales la parte alta de la curva puede estar más a la izquierda o la derecha). En el centro de la gráfica se halla lo que llamamos dimensiones SimilTierra™. Guardan cierto parecido con la nuestra, pero presentan interesantes desviaciones culturales. En términos estadísticos, la mayoría de las dimensiones de nuestra franja caen en esa zona de la campana.

Lo relevante aquí se encuentra en la parte derecha de la gráfica. En realidad se extiende hacia el infinito, y por tanto es *teóricamente* posible hallar dimensiones que presenten diferencias increíbles con la nuestra, incluso en la franja de nuestra propiedad. Sin embargo, estadísticamente podríamos pasarnos miles de años buscando y no encontrar jamás una dimensión con plátanos parlantes. Es por la sencilla razón de que los plátanos conscientes no son muy probables.

La triste verdad es que, aunque en teoría las dimensiones pueden contener cualquier cosa, cuanto más inusual o estrambótica sea esa cosa, más improbable es que alguien llegue a encontrar nunca una dimensión como esa.[1] Hasta la fecha, la ciencia ha hallado unas pocas y valiosas dimensiones en las cuales los neandertales se convirtieron en la especie humana dominante. Pero nadie ha encontrado jamás ninguna en la que una especie no humana —ni siquiera alguna otra descendiente del simio; ¡lo sentimos, Charlton!— evolucionara hasta dominar la Tierra. Y los elefantes sapientes son millones y millones de veces más probables que los plátanos sapientes.

Lo que sí hemos encontrado son miles de Tierras baldías destruidas por asteroides u otras catástrofes. Porque, al contrario que los plátanos sapientes, las hecatombes sí que son increíblemente probables.

¡Pero no temas! Los cambios culturales, como griegos que hablan latín, son mucho más plausibles, y esos aparecen a todas horas. Y además, la Edad Media difiere tanto de la experiencia moderna que sin duda ofrecerá entretenimiento más que de sobra para deleitarte y sorprenderte.

---

1. Nota legal: ten en cuenta que si tu dimensión presenta algún «atributo extraordinario» (según se define en el apartado 10.ii de nuestro contrato) que pasamos por alto en la exploración inicial, ¡enhorabuena! ¡Se te entregará una recompensa de 100.000 $! (Efectiva tras la renuncia obligatoria y no negociable a la baliza y los códigos de acceso a esa dimensión). Por favor, lee detenidamente el contrato y nuestro equipo legal estará encantado de responder a cualquier duda que surja sobre esta asombrosa oportunidad.

Sí, desde luego eran barcos vikingos. Enfoqué el barco que iba en cabeza con mis mejores oculares. Mascarón de proa en forma de sinuosa figura draconiana, una docena aproximada de tipos remando a cada lado. Se parecían bastante a la gente que había visto hasta el momento, con su ropa colorida y su escasa armadura, a excepción de una figura majestuosa con jubón de malla. No tenía cuernos en el casco.

Esperaba encontrarlos mugrientos, pero no lo estaban. De hecho, iban sorprendentemente pulcros, con un pelo largo que parecía cepillado, rubio en su mayoría, y la barba bien arreglada. Tenían pinta de aficionados a visitar el balneario y comprar el acondicionador caro.

Había una mujer de aspecto etéreo en cada barco, con la larga melena ondeando al viento. Cuatro estrellas por el factor intimidante. ¿Cómo evitaban que se les enredasen los rizos?

Miré a Ealstan, que había palidecido.

—Esa gente es peligrosa, ¿me equivoco?

—Asesinos —susurró—. Saqueadores despiadados. Ríen mientras matan, aelv, y ríen más si cabe mientras se llevan a tus seres queridos. Queman pueblos y dejan a los hombres moribundos, con la barriga abierta de un tajo y las entrañas colgando, afligidos al saber que su familia está en manos de carniceros.

—Vikingos —dije.

—No conozco la palabra —respondió Ealstan—. Los llamamos hordaleses.

—¿Sabéis de qué tierra proceden? —pregunté—. ¿Dinamarca? ¿Noruega? ¿Suecia, tal vez?

Seguía intentando averiguar qué se parecía a mi propia dimensión y qué era distinto.

—No —dijo Ealstan—. Vienen de Hordalandia, en el este, al otro lado del océano.

—Yo conozco Norweg —dijo Sefawynn—. Una vez hubo un reino en esa región. Y Dansic, otra tierra cercana. Los hordaleses los esclavizaron a todos. A todos menos a los geats, que aguantan con valentía gracias a sus piedras rúnicas. —Entornó los ojos—. Son solo tres barcos. A lo mejor… solo están explorando la costa, y no vienen a saquear.

—Los hordaleses siempre vienen a saquear —replicó Ealstan—. Anhelan las piedras rúnicas, skop. Como un glotón que no puede parar de comer. —Aferró su hacha—. Van rumbo norte.

Norte. Hacia Stenford. El pueblo no podía estar muy al interior. Bien dentro del alcance de incursión, supuse, a juzgar por el dolor visible en el rostro de Ealstan.

—Ve con ellos, pequeño padre —dijo Sefawynn—. Si esos hordaleses desembarcan…

—Nuestra piedra rúnica aún funciona —respondió Ealstan—. Más o menos. A no ser que traigan skops.

—¿Skops como Sefawynn? —pregunté—. ¿Qué tiene que ver eso con nada?

—Las skops hordalesas son poderosas —explicó Ealstan—. Sus alardes intimidan a los espectros de tierra, anulando el poder de nuestras piedras. No hace ni tres meses que atacaron Neahtun y la redujeron a cenizas, y su piedra era más fuerte que la nuestra.

—Hay una mujer en cada barco —informé, señalando.

—¿Alcanzas a ver tanto? —preguntó él fascinado.

—Sí —dije—. Están de pie en la parte de delante.

Mientras mirábamos, las naves viraron hacia tierra un poco más al norte, en dirección a una playa adecuada donde podrían desembarcar.

—¿Los hombres van armados? —preguntó Sefawynn.

—Sí —dije, ajustando mi visión—. Y en cada barco hay un tío con jubón de malla. Todos los demás llevan espada y escudo. Las mujeres van a desembarcar con ellos.

Ealstan hizo ademán de levantarse y correr hacia su caballo, pero miró a Sefawynn y se detuvo.

—Un hombre malvado posee un arma de los aelvs —dijo—. Tendría… que ir a buscar al conde. Hay que advertirle, y entonces me pedirá que olvide Stenford para enfrentarnos a ese peligro más grave. Pero temo no ser lo bastante fuerte. —Parecía al borde del llanto—. No puedo dejar solos a Rowena y los demás.

—Vete, Ealstan —dijo Sefawynn—. Es la decisión correcta.

—Si salvas a tu hermano —repuso él—, ¿seguirás adelante y

le explicarás al conde lo que ha ocurrido? ¿Le pedirás que envíe a alguien... a enterrar nuestros cadáveres?

—Un momento —dije—. ¡Ealstan, te comportas como si la lucha ya hubiera terminado!

Parecía afligido.

—Antaño, los barcos del conde patrullaban estas costas y rechazaban a los invasores, pero ahora... Woden nos abandona, y mi pueblo no puede resistir solo contra tres barcos. Estamos hablando de unos setenta hordaleses, aelv. Ya no hay suficientes hogareños en la zona a quienes pedir ayuda. No después de los ataques de los hombres del Oso.

—Entonces... ¿vas a morir? —pregunté, levantándome.

—¿Qué otra opción me queda? —Entonces puso los ojos como platos e hincó una rodilla ante mí—. Aelv, sé que viniste para atormentarnos y engañarnos. Pero si esos saqueadores nos matan, ya no tendrás a nadie con quien jugar. Por favor. ¿Puedes hacer algo para detenerlos?

Me quedé paralizado, estupefacto.

—No puede ayudarte, Ealstan —dijo Sefawynn con suavidad—. Ojalá... ojalá mis alardes pudieran. Pero...

Apartó la mirada. Ealstan asintió, se levantó y se volvió hacia los caballos. Yo me quedé allí de pie, entumecido y... aterrorizado. Eso no podía ser. Era policía, ¿verdad?

Pero ¿qué iba a hacer contra todo un ejército entero de vikingos sanguinarios? *Había afirmado* ser un mago, pero mis conocimientos venían a ser inútiles. Tenía un montón de mejoras para la actividad furtiva, pero, de nuevo, aquello era un *ejército* de *vikingos*.

Y, aun así, la manera en que los hombros de Ealstan flaqueaban, el tono de Sefawynn al decir que no podría ayudar, los recuerdos crudos pero imprecisos de recibir la noticia de la muerte de Jen en un lugar lejano...

—Ealstan —lo llamé.

Se detuvo, esperanzado.

—¿Hablarán nuestro idioma? —le pregunté.

—Si no, sus skops serán capaces de traducir —dijo él—. Habrán aprendido nuestra lengua, para que se entiendan los alardes que hagan a nuestros espectros.

—Bien —dije—. Necesitaré raíz de granza, una pluma y un buen sitio desde el que observar a esos vikingos unos minutos.


AL POCO TIEMPO ME HALLABA SENTADO JUNTO AL ACANTILADO, haciendo dibujos de los vikingos en la lejana costa. Habían enviado a unos pocos hombres a traer agua fresca del río. Supuse que querrían estar bien hidratados para su desenfreno asesino.

Bosquejar con pluma y tinta de raíz de granza no era lo más fácil del mundo, y tampoco ayudaba que mis modelos no se estuvieran quietos ni un momento. Pero tenía el vago recuerdo de haber aprendido a dibujar sin plumín, y no tardé en darme cuenta de que mis mejoras ópticas me permitían sacar fotos.

A ese ritmo se me iban a terminar las páginas con el suficiente espacio en blanco, pero estaba funcionando. Mientras dibujaba, me concentré en mis emociones.

Y en mi creciente pavor.

No tenía sentido. Era poli, un inspector que se infiltraba en cárteles. Era evidente que había estado en muchas situaciones peligrosas. Pero, entonces, ¿por qué necesitaba activar los estabilizadores de los dedos para que no me temblaran?

Al pensarlo, comprendí que no recordaba haber corrido peligro. A lo mejor había participado en cien tiroteos, pero la experiencia de esos momentos se había perdido en mi estado actual. *Pues claro* que estaba nervioso. A grandes rasgos, era un recluta novato.

Que hubiera detenido el cuchillo de Wyrm con el brazo sugería que tenía los instintos de combate bien arraigados. Si aquello salía mal, mi cuerpo sabría qué hacer aunque mi cerebro no.

Ealstan merodeaba nervioso a mi lado, hacha en mano, como un cachorrillo bien armado. Hay que reconocerle que no me metió prisa. *Confiaba* en mí. Saberlo me resultaba a la vez gratificante y aterrador.

—Los caballos —le dije mientras dibujaba—. ¿Decías que conocen el camino a casa?

—Así es, honorable aelv —respondió él—. Si los soltásemos, seguirían el camino hasta Stenford.

—Podríamos advertir al pueblo con ellos —dije—. Por si esto no funciona y terminan esclavizándonos a todos.

—A los hombres no nos toman como esclavos —repuso Ealstan—. Lo que harían es…

—No me hace falta saber los detalles, gracias. Pero como nadie de aquí quiere cabalgar de vuelta, quizá sería buena idea enviar una nota con la bestia de carga.

—¿Una… nota?

—Un mensaje escrito —dije—. Podría escribirlo yo para que no tengáis que…

146

Estaba mirándome inexpresivo. Claro. ¿Quién iba a leer la nota?

Unos pasos en los matorrales anunciaron el regreso de Sefawynn. Traía un odre de agua de las alforjas. Me vio arrodillado entre los arbustos con mi pluma improvisada, mi cuenco de tinta roja y un fajo de papeles chamuscados. Pero no dijo nada.

Saqué las últimas hojas que había encontrado con espacio en la parte de abajo. Enfoqué mi visión mejorada, saqué una foto rápida del tercer líder vikingo y me puse con el último boceto.

—Alguien de los vuestros supo escribir en algún momento —dije—. En esa piedra de tu pueblo había letras.

—Sí, Logna robó la escritura a Woden y se la entregó a nuestros antepasados —explicó Ealstan—. Crearon con ella las piedras rúnicas, que amarraron y otorgaron poder a los espectros dentro de los límites de nuestros pueblos.

—Entonces vuestras piedras rúnicas... —¿Cómo expresarlo?—. ¿Las piedras atrapan a las hadas y las obligan a obedeceros?

—No sé qué significa eso de «hadas» —dijo Ealstan—. Pero cuando los espectros de tierra entran dentro del alcance de una piedra rúnica, se les ofrece la paz. Tienen elección, porque un amarre no los obliga. Lo que hace es... animarlos a establecerse, a escoger un hogar al que servir. La piedra les confiere la capacidad de proteger y defender. Pero si no se los trata bien con ofrendas, aún pueden convertirse en cenagales.

—¿Y eso es malo?

—Disculpa, honorable aelv —dijo él—, pero ¿los espectros no sirven a menudo en tu reino? Uno se ha vinculado a ti como individuo, cosa que no había visto nunca. Todo esto debes de saberlo ya.

—Un dios conoce lo que alberga vuestro corazón antes de que le hagáis ofrendas y súplicas —respondí—, pero aun así los mortales deben pronunciar las palabras y realizar los actos. No me cuestiones, Ealstan. Juzgo tu conocimiento.

—Por supuesto, honorable aelv —dijo el thegn—. Sí, los cenagales son malos. Destructivos portadores de un espantoso ryro. En tiempos antiguos, las piedras rúnicas los ahuyentaban después de cambiar. Pero ahora se debilitan, y Woden nos prohíbe restaurarlas. De todas formas ya no podría hacerlo nadie. Así que es bueno que tengamos a las skops.

Asintió mirando a Sefawynn, que le devolvió el asentimiento.

—¿Por qué querría Woden prohibiros la escritura? —pregunté—. ¿Qué gana con eso?

Ealstan miró a Sefawynn. La skop se sentó en una piedra cerca y se inclinó hacia delante, con las manos extendidas.

—Woden nos pone a prueba —dijo—. Exige sacrificio. Lealtad. Penitencia. Verás, Friag, la gran heroína y esposa de Woden, cayó durante la batalla final contra el Oso Negro. Al principio nuestra guerra con los waelish preocupaba poco a los dioses. Era solo otra mezquina disputa entre mortales. Pero entonces el rey waelish, el Oso en persona, se entregó a la oscuridad en su desespero. La tierra se volvió negra a su toque. Los espectros de tierra se corrompieron y los barghests surgieron de la sombra y el fuego a su llamada.

»Los dioses se alzaron junto a los hombres para plantarle cara. Por desgracia, el Oso Negro fue a buscar al gran lobo, Fenris, antaño regido por Tiw. Forzado a doblegarse a las órdenes del Oso, Fenris trajo consigo los instrumentos del metodgodas, el final de los dioses.

»Reacios a arriesgarse a provocar el fin del mundo, los dioses se retiraron. Pero aun así, cuando los hombres la llamaron presas del dolor y la desesperación, Friag regresó a la batalla.

Calló y alcé la mirada.

—¿Y? —exigí saber, sorprendido por lo mucho que estaba enganchándome la historia—. ¿Qué pasó?

Sefawynn sonrió.

—Alardes —susurró—. Los mejores alardes que haya escuchado jamás el ser humano, unos alardes furibundos que hicieron recular al mismísimo *Oso Negro*. El poder y la confianza de Friag lo *amarraron* a esta tierra como si él mismo fuera un espectro. Ese día Friag salvó a toda la humanidad, no solo a los habitantes de nuestra tierra, sino también a los waelish, los hordaleses, los distantes eriuianos y la gente de los territorios lejanos, aunque no lo sepan.

»Pero Fenris, el lobo capaz de devorar el mundo, seguía libre. Debilitada por su enfrentamiento con el Oso, Friag estaba moribunda. Con su último aliento, amarró el lobo a la colina del Oso Negro, para que dormitara hasta la muerte definitiva de los dioses.

»Ese debía haber sido el sino de Tiw —añadió Sefawynn, inclinándose hacia delante como si nos confiara un secreto—. Fue su mano la que el lobo había tomado, su sangre la que había saboreado. El sacrificio de Friag cambió todo lo que iba a ser, el ryro enloquecido, y al hacerlo creó la *esperanza* en el mundo.

»Pero Woden no quería esperanza: quería amor. Las runas pertenecían a Friag. Ella las había engendrado, se las había enseñado a los dioses y les había conferido su sabiduría. Pero la humanidad ya no escribiría más. Woden prohibió la escritura como represalia por la pérdida de la diosa. Y ahora los hijos de Woden castigan a todo mortal que profane la memoria de Friag. Logna, siempre fullera y calculadora, es la única que osa desobedecer.

»Las skops somos las herederas de Friag. Hacemos lo que ella ya no puede, dirigir el ryro y proteger la tierra de cenagales. Y recordar, pues las runas ya no lo hacen por nosotros.

—Hay quienes dicen que las skops servís a Logna —añadió Ealstan.

—Sandeces —dijo ella—. Esperamos el perdón de Woden. Tras el suficiente sacrificio, llegará. Te lo prometo, Ealstan. Quizá… cuando las skops volvamos a ser dignas…

La historia de Sefawynn no había estado nada mal, tenía que reconocerlo. Si no tenías películas que ver, supuse que habría cosas peores que escucharla junto al hogar por la noche. (Cuatro estrellas y media. Podría mejorar con marionetas).

Para oídos de Ealstan, asentí y dije:

—Los mortales recordáis mucho, aunque hay cosas que no. Es curioso.

Ealstan miró más allá de los árboles hacia la playa, rompiendo el ensalmo de la historia.

—Debemos darnos prisa. Sus exploradores han regresado.

—Ya casi lo tengo —dije.

—En ese caso, me ocuparé de los caballos —respondió él—. Tu propuesta de antes era buena, honorable aelv. Si nuestro plan no resulta, puedo mandar a casa a Negro, el animal de carga, llevando mi sello sujeto a una correa, ensangrentado y con una marca de hacha. Rowena supondrá que lo envié como advertencia antes de morir. Se prepararán para la invasión. —Asintió mirándome—. Demuestras tu sabiduría una vez más.

Se marchó, y vaya si no me sentí un poco animado por su cumplido. En fin, era un vikingo de marca blanca con más audacia que sesos, pero me caía bien. Lo notaba genuino, de un modo que no creo que conociera muy a menudo en mi propia dimensión.

Sefawynn se levantó de su roca y echó un vistazo a mis dibujos. Como antes, los encontró extraordinarios. ¡Ay, si pudieran verme mis profesores de Bellas Artes! Tendrían que reconocer que era literalmente el mejor ilustrador del mundo entero.

—Ha sido una buena historia —le dije.

—Es de las que les contamos a los niños —respondió ella—. Y tú no la conocías. No eres waelish en absoluto. Provienes de las tierras lejanas, ¿verdad?

—Más lejanas de lo que creerías.

—Es un plan peligroso, Runian —susurró—. Dudo mucho que hayas intentado nunca una estafa con tanto en juego.

—No soy un estafador.

—No esperarás que me crea que eres un príncipe aelv con armas creadas mediante el cræft y poder sobre la misma naturaleza.

La miré a los ojos. Y, por algún motivo, no me vi capaz de mentirle. No *quería* mentirle.

—Soy un humano normal y corriente —dije—, pero con unas pocas ventajas especiales.

—Por lo que esto sí es una estafa. Vas a engañar a esos hordaleses para hacer que se vayan.

—Supongo que sí —respondí—. Pero a ti no te estoy mintiendo, Sefawynn. No te he dicho la verdad exacta, pero es porque no la entenderías. Soy un mago, un runian. Es la mejor manera que tengo de explicarlo.

Bajó la mirada a los bocetos mientras terminaba de dibujar el último. Al rato dijo:

—¿Cómo puedo ayudar?

Me quedé callado un momento.

—¿En serio?

—No te sorprendas tanto —dijo—. Ealstan tiene razón. Los saqueos son cada vez peores, y los thegns se debilitan. Si vas a intentar esto, quiero que te salga bien. Podríamos salvar centenares de vidas.

—¿Me ayudarías a parecer un verdadero áelev? —pregunté.

—Aelv —dijo ella.

—Aelv —repetí.

—Bien —dijo—. Tu aspecto está bien, y ese acento tuyo, por gracioso que sea a veces, en realidad ayuda. El truco de la mano pintada y los dibujos podrían bastar. —Pensó un momento—. Podríamos imitar un amarre inverso. Es cuando un faeiger se impone a una skop utilizando su verdadero nombre. Ocurre en las historias, y ellos las conocerán.

—Estupendo. ¿Cómo se hace eso?

—Dedícate a darme órdenes —respondió ella—. Y llámame «thrael», que es una palabra antigua que significa «esclavo». Lo demás lo haré yo.

Asentí mientras levantaba el último boceto y lo meneaba un poco para que se secara. Sefawynn me había prestado un cuenco de ofrendas para poner la tinta, y se lo devolví.

—Guárdalo, si tienes algún sitio donde ponerlo. En caso de que sobrevivamos, podría tener que dibujar de nuevo. —Me obligué a calmar los nervios sobre lo que estaba a punto de hacer. Era un héroe, aunque no lo recordara—. Si esto sale mal…

—Lo sé —dijo ella—. No quedará nadie para rescatar a Wyrm. Así que no dejes que salga mal, ¿entendido?

—Entendido. —Asentí con firmeza—. Ha llegado el momento. *Carpa diem.*

—¿Carpa qué?

—«Atrapa el pez» —dije—. Ya sabes, como el viejo dicho de *carpe diem*, pero la gracia está en que… Da lo mismo.

Al parecer, la manera tradicional de saludar a los hordaleses consistía en huir chillando. Por eso me hizo gracia lo perplejos que se quedaron al ver que avanzábamos directamente hacia ellos. Era como reaccionaría una manada de lobos ante un trío de conejitos con exceso de confianza.

—Alakazam BIOS discografía Filadelfia à la disco —dije, deteniéndome justo enfrente de los invasores con los brazos en jarras—. ¡Nitrógeno! ¡S. L. poliéster Garfunkel y Garfield!

No me juzguéis. Para ellos sonó como un idioma perfectamente místico e incognoscible.

Sefawynn agachó la cabeza e hizo una inclinación.

—El gran aelv —dijo «interpretando» mis palabras— exige saber qué intenciones tenéis para sus tierras.

Luego me miró y se encogió. Los hordaleses murmuraron entre ellos en su propio idioma y enviaron a alguien corriendo hacia los barcos. Habíamos parado justo en el borde de la playa de arena, donde estaban apostados los guardias.

Los tres capitanes no tardaron en llegar con sus jubones de malla, encabezados por el tipo al que había visto en la proa del primer barco. Llevaba unos pantalones de color rojo intenso, y con ese pelo... podría haber sido modelo de champú.

El líder echó un vistazo a Ealstan, que estaba de pie a mi espalda como un siervo, y luego me miró a mí de arriba abajo. No parecía intimidado, aunque los demás hordaleses se mantenían a distancia y no nos estaban atacando, lo cual era buena señal.

Saltaba a la vista que Sefawynn estaba en lo cierto sobre mi aspecto. Mi cara, mejor afeitada de lo que podía lograr cualquier cuchilla normal, sumada a mi complexión, mis maneras y la ausencia de armas... los confundía. Les inspiraba cautela. No me parecía a ningún hombre que hubieran conocido antes.

—¿Eres un álfr? —preguntó el líder en inglés, pero con mucho acento.

—¿*Californication?* —pregunté—. ¿Bromance, vlog, pódcast?

Sefawynn hizo otra inclinación.

—Sí, milord —dijo—. Este hordalés es su líder, con la suficiente categoría para dirigirse a vos en persona.

—Muy bien —dije, confiando en que mi acento estadounidense sonara tan exótico para los vikingos como lo hacía a oídos anglosajones—. Tú, líder de los hordaleses, ¿qué pretendes de esta tierra?

—¿Tú qué crees? —replicó el líder, sonriendo.

Los otros dos capitanes se hallaban de pie a ambos lados, satisfechos de dejar que aquel hombre hablara por todos. El líder hizo una seña con la cabeza a los guardias, que se movieron para rodearnos haciendo que Ealstan mascullara algo en voz baja y se llevara la mano a su hacha, sujeta al cinto.

El corazón me martilleó en el pecho. Pero ¿qué estaba haciendo? Aquello era *de locos*.

«No te pasará nada —pensé—. Puedes manejar a un puñado de primitivos que apenas han salido de la Edad de Piedra».

—Aún no he terminado con esta gente. Me divierten —dije al líder—. Dad media vuelta y abandonad esta tierra.

—¿Crees que me asusta que te cortaras la barba? —replicó el capitán—. No eres ningún álfr. Yo he *conocido* a los álfr. Tú eres un hombre débil de una tierra débil.

—En ese caso —le dije, tratando de mantener la voz firme—, no te importará que me apodere de tu alma.

—Gorm —dijo el capitán, señalando—, apresa a la skop y ponla con el prisionero. Los hombres, que prueben el sabor de...

—Gracias —lo interrumpí en voz muy alta mientras mostraba un dibujo que había sacado del bolsillo interior de mi capa—. Daré un buen uso a tu alma. Dime, ¿cómo se llaman tus padres?

—No, milord —dijo Sefawynn, tirándome de la manga—. Es demasiado cruel, hasta para ellos.

—¡Silencio, thrael! —le grité—. ¡O sufrirás mi Nintendo!

Se encogió gimiendo. Caramba, qué buena era. Se había transformado en una persona diferente del todo, sin el menor rastro de su anterior confianza.

Una mujer vikinga se acercó y miró el dibujo. Dio un tenue siseo y retrocedió con paso danzarín. Habló al capitán en su idioma y Sefawynn me tradujo sus palabras en susurros:

—Cuidado, mi señor. Tiene un ryro extraño y creo que lo sigue un espectro de tierra. Por voluntad propia.

Pero ¿por qué decían todos lo mismo? Al menos la ilustración tuvo el efecto deseado. Los vikingos se fueron quedando paralizados mientras giraba sobre mí mismo, sosteniendo en alto el dibujo de su líder. Di la vuelta completa y luego, con un movimiento de pulgar, extendí las páginas, revelando las ilustraciones de los otros dos capitanes.

Eso los puso nerviosos. Uno de los capitanes desenfundó la espada con gesto brusco y avanzó en mi dirección. Tenía el pelo castaño en trenzas prietas y delicadas. Gesticuló hacia mí con la espada mientras discutía con la vikinga en su idioma.

—Quiere destruir el dibujo —susurró Sefawynn, sin dejar de mostrarse servil—. Cree que así liberará su alma, pero la mujer no está de acuerdo. Es una skald, que es como llaman a las skops.

—Entonces, ¿si la matamos se marcharán? —pregunté.

—Puede. Después de asesinarnos como venganza. Preferiría no intentarlo.

Pues nada, había que seguir con el plan.

—¿Queréis recuperarlos? —pregunté a los capitanes, dando un paso adelante y levantando los retratos. Tendí su dibujo al hombre de las trenzas castañas—. Si lo destruyes, matarás a tu propia alma —le aseguré.

La mujer vikinga tradujo para él en voz baja.

—Mi alma me pertenece a mí —dijo el líder.

—¡Entonces no deberías haberla ofrecido con tanta alegría!

—¡No hemos ofrecido nada! —gritó el otro capitán, de pelo dorado.

—Que, por pura casualidad, es lo que valen estas almas —dije con ligereza. Di un paso adelante y disfruté viendo cómo se apartaban—. Ya deberíais saber que los aelvs siempre salimos ganando en los tratos. Y tú presumiendo de que nos conoces bien.

El líder me miró iracundo.

—Este será nuestro acuerdo —proseguí—. Si os marcháis para no volver, podéis llevároslos. Protegedlos bien y quizá recibáis sus bendiciones, pues aunque vuestras almas están presas en estos encantamientos, también están a buen recaudo en ellos.

Había sido idea de Sefawynn. Su sociedad creía que toda propuesta de un elfo debía tener ventajas a la vez que desventajas. Los tres capitanes y la skald se pusieron a hablar en voz baja mientras los demás vikingos guardaban una buena distancia a nuestro alrededor, inquietos y murmurando. Unos cuantos se cubrieron la cara con tela, quizá para impedir que les arrebatara el alma.

Pero en realidad solo había tenido tiempo de hacer aquellos tres dibujos. Echaría de menos las páginas, pero ya las había leído. Más palabrería publicitaria.

—¿Has oído lo que decía antes su líder? —susurró Sefawynn—. Ya tienen a un prisionero.

Desvié la mirada hacia los barcos, atracados cerca de la playa, y activé la mejora visual. Había un hombre atado a popa del barco central, tirado en cubierta como un saco de arena. No quería ni pensar en lo que podría ocurrirle al pobre.

Pero tuve que desviar la atención de él cuando la conversación de los tres capitanes degeneró en discusión. Los dos capitanes inferiores vinieron con cautela hacia mí. Uno tras otro, asintieron y, vigilándome como a una cobra, me quitaron el dibujo de las manos y retrocedieron.

La skald se quedó con el líder, que ya no sonreía. Hizo caso omiso a sus compañeros en retirada y a los grandes grupos de hombres que huían con ellos. Los leales permanecieron allí. El líder se quedó plantado, cruzado de brazos, entornando los ojos.

Ya había visto esa expresión en el rostro de alguien, esa postura poco convencida. El hombre sabía que estaba intentando embaucarlo.

Empecé a perder el control de los nervios. ¿Qué estaba haciendo? ¿Encararme a unos saqueadores vikingos? Traté de convencerme de que si estaba asustado era solo porque no tenía mis recuerdos.

No funcionó. Oculté el nerviosismo concentrándome en la siguiente parte del plan. Entregué el último dibujo a Sefawynn e hice un gesto con la cabeza a Ealstan para que retrocediera. Lo hizo mientras intentaba no perder de vista a ningún hordalés.

«Tranquilo», me dije. Ya solo tenía que ocuparme del líder y de la skald rubia que tenía al lado.

—Dudas de mi poder —dije al hombre.

—Estoy pensando —respondió él— que, vistas de cerca, nuestras almas se parecen mucho a dibujos hechos en tinta de raíz de granza, no en sangre como pudiéramos haber creído. Y he saqueado muy al sur, donde los hombres hacen dibujos en pergamino para contar historias. —Miró con los ojos entornados el retrato que Sefawynn aún tenía alzado—. Sí que se parece a mí, sí. Alguien capaz de hacer unos dibujos tan extraños sería valioso. Muy valioso. Como esclavo.

Levanté las manos e hice que los brazos arremangados se me pusieran rojos, como si la sangre manara hacia arriba desde los codos para ir cubriéndome los antebrazos, luego las manos y por último las yemas de los dedos. Cerré los puños y hablé al líder.

Con su propia voz.

—No abuses de mi paciencia —dije—. Cuanto más tardes en aceptar mi generosa oferta, más crecerá mi poder sobre tu alma.

Retrocedió trastabillando, con los ojos desorbitados. Ealstan se había quedado boquiabierto. Hasta Sefawynn parecía impresionada. Después de cómo había reaccionado la primera vez a mi truco de los brazos rojos, fue satisfactorio ver su mirada patidifusa.

Sonreí y añadí un efecto de reverberación al modulador vocal.

—¡Soy Runian von Internet de Cascadia, príncipe aelv y tomador de almas! —Extendí una mano hacia él, puse blancas del todo las puntas de los dedos e hice que la coloración avanzara por la piel—. ¡Yo te reclamo! ¡Y a todos tus soldados!

Mis palabras provocaron cierto revuelo entre ellos cuando la skald se las tradujo. El capitán miró hacia sus soldados y pareció darse cuenta de que, aunque él no creyera, ellos sí. No saquearía demasiado si todos sus hombres huían.

—¡Está bien! —exclamó, arrebatando un hacha al soldado que tenía al lado. Señaló con ella hacia mí—. ¡Ya basta! ¡Como desees, álfr!

—¡Mis exigencias se acumulan! —grité, señalando—. ¡Ahora exijo una ofrenda por tu insolencia! El cautivo de tu barco. ¡Me lo entregarás!

—¡No te entregaré nada! —replicó el capitán—. Pero... tampoco combatiré contigo por él. Ve a llevártelo, si es lo que quieres. Pero dejarás mi imagen en su lugar.

Dicho eso, el líder de los vikingos se volvió y regresó hacia su barco. Lo siguieron su skald y algunos hombres, aunque muchos otros se quedaron atrás, reacios a acercarse a mí.

Miré a Ealstan y Sefawynn. El thegn sonreía de oreja a oreja, pero ella estaba mirando hacia el barco, hacia el prisionero.

—Dan por sentado que no vas a hacerlo —me susurró—. Por la aversión al agua de tu pueblo. El capitán intenta salvar las apariencias librándose de una exigencia tuya, pero no se atreve a rechazarla de plano después de lo que acabas de mostrarle. —Me lanzó una mirada—. Ha sido... un espectáculo extraordinario.

Miré hacia el barco vikingo. Conque aversión al agua, ¿eh? Me incomodó lo cerca que estaba eso de la verdad.

Aun así, era un héroe, ¿no? Tenía que hacerlo. Tenía que demostrar a mis inseguros nervios que no era un cobarde.

Cuadré la mandíbula, indiqué a mis compañeros que avanzaran y marché entre los vikingos, que me dejaron pasar y evitaron mirarme a los ojos. Subí a la pasarela detrás del capitán y me detuve en ella, asombrado.

Por una parte, el barco no era gran cosa. Poco más que una canoa grande con bancos para que se sentaran los remeros. Pero, por otra, estaba en un verdadero barco vikingo, oliendo la brisa marina y un leve aroma a sudor. Hasta ese momento, mis vivencias en aquella dimensión habían consistido sobre todo en vérmelas y deseármelas para seguir con vida.

Justo entonces lo asimilé. Estaba en un lugar que los eruditos e historiadores de todos los tiempos prácticamente habrían matado por visitar. Me quedé allí quieto, negándome a que la experiencia se echara a perder *del todo* conmigo.

El capitán me observaba con atención. Aquello era otra prueba, ¿verdad? Fingí vacilar, como si el agua me estuviera afectando, pero entonces bajé de un salto a cubierta y respiré hondo.

Lo miré a los ojos.

—¿Creías que todo un príncipe como yo se dejaría detener por un poco de agua?

Forcé sin sentirla una risotada con efecto de reverberación. El capitán apartó la mirada y señaló hacia el prisionero. Era un hombre con la piel de color aceituna. De hecho, su barba negra y rizada y su ropa blanca parecida a una túnica hacían que no me pareciese británico en absoluto. ¿De Oriente Próximo, tal vez? Me sorprendió: había dado por hecho que aquel lugar era bastante homogéneo.

Titubeé, pero ya no podía echarme atrás. Si me mostraba asustado, aquellos vikingos se darían cuenta. Tenía que convencerlos de que era un ser demasiado peligroso para que se arriesgaran a navegar más al norte y atacar Stenford. Además, seguía contando con mis mejoras.

Mi cuerpo sabría lo que debía hacer, aunque mi corazón vacilara. Anduve hacia el preso, fijándome en que el capitán aún tenía su hacha en la mano.

Oh, por todos los demonios. *Sí* que iba a traicionarme.

Una parte atemorizada de mí lo supo en el instante en que emprendió el ataque. Me volví y lo vi cargando el hachazo. Ealstan, que venía detrás de mí, gritó y trató de impedirlo, pero un vikingo embistió contra él y lo empujó a un lado.

Contemplé esa hacha.

Y mi cuerpo, en vez de luchar, se encogió.

Oí a gente gritando al fondo de mis recuerdos.

Voces furiosas. Fogonazos de luz. Como explosiones.

¿Había luchado en una guerra?

Vergüenza. Una vergüenza abrumadora y podrida me atenazó las entrañas y retrocedí, oyendo el eco de risas en mi mente mientras alzaba las manos, pero no como un guerrero. Más bien como un estudiante de Bellas Artes aterrorizado. Di con la espalda contra el mástil y el hacha del capitán giró con mano experta, en dirección a mi cabeza. Vi mi muerte reflejada en aquel acero.

Hasta que el filo del hacha se soltó.

La hoja se separó por completo del mango, pasándome a un pelo de la mejilla, y salió disparada por la borda del barco. El mango del hacha falló en alcanzar mi cara por un margen igual de estrecho mientras el capitán, desequilibrado de pronto, completaba su ataque.

Nos quedamos mirándonos el uno al otro, perplejos, mientras sonaba un nítido pluf en el agua.

Él se recuperó primero y llevó la mano a su espada. Yo no era ningún guerrero. ¡No tenía instintos! ¡Iba a *morir* allí!

—¿Cómo te atreves? —logré farfullar—. ¿Es que no sabes quién soy?

—¡Lo sé, y ahora lo creo! —gritó él, sonriendo—. ¡Pero estás sobre el agua! ¡No deberías haber confesado tu linaje, príncipe! ¡Los dökkálfar pagarán bien por tu cadáver! ¡Ahora estás lo bastante debilitado para caer ante hojas mortales!

Oh, no. Sí que se lo creía. Un poco demasiado y todo.

Ealstan afrontaba el ataque de tres vikingos y estaba luchando contra ellos. Llegó la voz de Sefawynn entre la confusión.

—¡Amo! —exclamó—. ¡Huye antes de que te amarren con alardes!

El capitán miró hacia su skald, que me sonrió. No comprendí del todo lo que estaba pasando. El grito de Sefawynn pretendía... ¿convencerlos de que me capturasen en vez de matarme?

«Síguele la corriente —pensé, desesperado—. Gana un poco de tiempo para Ealstan».

—¡No se atreverán! —exclamé—. ¡Mi padre se *enfurecería* por el precio del rescate!

Funcionó. El capitán detuvo la mano en el puño de su espada e hizo un asentimiento ansioso a su skald. La mujer se había retirado hacia la borda del barco, cerca de dos asientos de remero vacíos. Pero entonces recobró la compostura, dio un paso firme adelante y habló en voz muy alta.

> Mascullo maldiciones     merodeando en el mar,
> trono tras el tremendo,     ¡traedora del tránsito!

Tenía que interpretar mi papel, así que me crispé. Ella dio otro paso adelante.

> Fustigada la fuerza,     flaquea y no fulmina.
> Cual lombriz ante lobo,     ¡tu loa languidece!

Me dejé caer contra el palo del barco.

> ¡Victoriosa visión     voto con vivo verso!
> ¡Cae a crecido alarde,     construido en combate!

Siseé y la miré a los ojos. Fingí que estaba a punto de obedecer, pero entonces, apretando los dientes, volví a levantarme. Me estiré, como si estuviera quitándome un peso de encima.

—¿Es lo mejor que sabes hacer, skald? —pregunté imperioso.

La mujer dio un paso atrás, llevándose una mano al pecho.

Capitula a mi cantar...

Pasé el brazo por delante de mí, como si apartara las palabras de un manotazo.

—¡Soy Runian von Internet de Cascadia! —grité por encima de su voz—. ¡Tus palabras no pueden amarrarme, *mortal*!

Huyó a trompicones detrás del capitán y murmuró algo. El líder de los vikingos también parecía intimidado, y torció incluso más el gesto al oír un gemido que llegaba desde el lado. Ealstan venía trastabillando hacia nosotros después de dejar a uno de sus adversarios caído bajo la regala, con las botas raspando el suelo de madera mientras resbalaba en su propia sangre. Los otros dos habían retrocedido con cautela.

La brutalidad me dio ganas de vomitar. Pero, aun así, traté de recobrar un poco de confianza mientras Ealstan y Sefawynn se apresuraban a ponerse a mi izquierda, lo que nos situaba a todos cerca del prisionero, con el capitán y sus hombres amontonados más hacia la proa del barco. No dirigieron ni una sola mirada al moribundo.

—¿Y ahora qué, honorable aelv? —susurró Ealstan—. Desde luego eres fuerte, si has resistido unos alardes como esos, pero... no deberíamos haber venido al agua.

No tenía ni idea de qué hacer. Los vikingos no parecían tener muchas ganas de atacarnos, pero se interponían entre nosotros y la libertad.

Mi único instinto era arrojarme por la borda e intentar escapar a nado. «Claaaro —pensé—. Huir nadando de un grupo de vikingos. Seguro que sale de maravilla». Pero ¿qué otra cosa iba a hacer? Era...

Se me ocurrió una idea.

—Sefawynn —dije—, por favor, dime que aún tienes esa tinta.

—Sí —respondió ella sacando el pequeño frasco de cerámica para aceite en el que la había guardado—, pero...

—Dámela —pedí—. Ealstan, llévate al preso y saltad por la borda. Sefawynn, tú vas detrás. Si esto no funciona, tendremos que movernos muy deprisa.

Ealstan obedeció al instante, menos mal. Sefawynn me cogió el brazo y desvió mi atención de los vikingos. Había sacado la tinta, pero la mantenía apartada de mí.

—No escribas —me susurró—. Atraerás la ira de Woden.

—¿Preferirías estar muerta? —pregunté con brusquedad.

—¡Sí!

Pues vaya. Confié en que los vikingos fuesen igual de supersticiosos que ella. Cogí la tinta y di un leve empujón a Sefawynn hacia Ealstan, que había puesto en pie al cautivo y le había cortado las ataduras de las manos. Estaban preparándose para saltar del barco.

Sefawynn corrió tras ellos. Me volví hacia los vikingos y estrellé el frasco contra la cubierta. Me arrodillé y usé los dedos para dar una forma a la tinta, la de una runa que había visto en la piedra de Stenford. La que parecía una efe.

Me quedó bastante bien y, por suerte, funcionó. Los vikingos retrocedieron apiñados para alejarse de la runa, como niños que acabaran de encontrar un perro rabioso.

Me levanté, satisfecho de mí mismo.

—Os marcharéis —exigí— y jamás regresaréis a estas tierras.

En el instante en que terminé de hablar, sonó un trueno estrepitoso y exigente en un cielo sin una sola nube, y la runa estalló en llamas.

Me refiero a que la tinta se *incendió*.

Me quedé anonadado. ¿Qué contenía esa tinta?

Maldición, había algo que no encajaba absolutamente nada en todo aquello. Miré de nuevo el mango del hacha del capitán, recordando cómo se había desmontado de repente. Me vino a la mente la extraña desaparición de ofrendas en los cuencos, y la...

Bueno, y *todo*. Había estado haciéndole caso omiso, reticente a aceptarlo, pero mi incredulidad se venía abajo.

—Nos marcharemos, álfr, lo juro —dijo el líder. Su expresión se endureció—. Y no regresaremos hasta tener la fuerza suficiente para derrotarte. Los dioses se pondrán de nuestro lado después de lo que has hecho.

No tenía respuesta a eso. Miré boquiabierto la runa ardiente que ennegrecía la madera delante de mí. Retrocedí un paso al ver que no se apagaba a pesar del viento.

Confundido y no poco aterrorizado, corrí hacia la borda del barco. Con ayuda de mis mejoras en las manos, me icé a la regala y salté al océano, confiando en que no hubiera demasiada profundidad.

# ¡NUESTROS FANTÁSTICOS PAQUETES!

En Mago Frugal S. A.® ofrecemos experiencias de la máxima calidad a una fracción de los precios que cobran otras empresas de turismo dimensional.

Creemos que el Mago Interdimensional™ merece tener opciones. Las experiencias predeterminadas y cuidadas están bien para según quiénes, pero otra gente prefiere visitar una dimensión más salvaje, llena de tierras por explorar y de aventuras.

Es por eso por lo que ofrecemos cinco paquetes distintos. Todos ellos incluyen nuestra garantía triple, excepto si se indica lo contrario. ¡Escoge la experiencia más adecuada para ti!

## PAQUETE 1: DIMENSIONES CON DESCUENTO

Por un precio muy rebajado, puedes adquirir una experiencia dimensional que no se ajusta a nuestro estricto proceso de filtrado. Este paquete ofrece una dimensión que carece de una de nuestras tres garantías.

## DIMENSIONES PANDÉMICAS

Estas dimensiones satisfacen nuestros otros dos criterios, pero están pasando (o se conjetura que pasarán pronto) por una terrible pandemia a la escala de la peste negra. Son perfectas para personal médico que desee salvar el mundo, para el estudio de las enfermedades infecciosas o para personas con gustos interesantes. ¡Aquí no juzgamos a nadie!

## DIMENSIONES ININTELIGIBLES

La población de las islas británicas en estas dimensiones no habla ningún idioma comprensible a partir de ninguna lengua conocida en la Tierra. ¡Son perfectas para lingüistas o para quienes busquen un desafío adicional! Visita la sección de retos en nuestra página web para consultar los récords actuales en velocidad de creación de diccionarios completos para las distintas familias de lenguas.

## DIMENSIONES DE LA EDAD DE PIEDRA

Estas dimensiones no proporcionan la acostumbrada experiencia medieval prometida en nuestro material publicitario. ¡Son perfectas para quienes de verdad quieren lucirse ante los lugareños! ¡Olvídate de encandilar a la gente con tu teléfono y prueba a inventar la agricultura o la rueda!

Nota: la población de estas dimensiones puede ser muy escasa, y a menudo no existen asentamientos permanentes.

# DIMENSIONES CON DESCUENTO EXTRA

¡El mago extremadamente frugal puede escoger una dimensión que carezca de dos garantías, o incluso de las tres! También ofrecemos dimensiones despobladas por completo, que a menudo incluyen distintas formas de megafauna, para quienes deseen conquistar una verdadera tierra salvaje. O para quienes adoren los rinocerontes lanudos.

## PAQUETE 2: DIMENSIONES COMODÍN DEL MAGO™

Nuestro paquete más popular es el Comodín del Mago™. ¡Tira el dado! ¡En tu dimensión podría aparecer literalmente cualquier cosa![1]

Aunque estas dimensiones incluyen nuestras tres garantías, no se revela nada más sobre ellas antes de entregarlas. ¡A lo mejor los irlandeses han conquistado las islas británicas! O quizá sean los celtas quienes dominan la situación. Tal vez la influencia normanda sea más intensa de lo habitual. Descubras lo que descubras, tu dimensión ofrecerá una historia, unas costumbres y unas experiencias inimitables. ¡Eso es lo divertido de ser un Mago Interdimensional™!

## PAQUETE 3: ÉPOCA PREFIJADA

¿Tienes ganas de vivir una experiencia específica? ¿Te apetece aprender a batirte en justas, o quizá quieres ayudar a las legiones romanas en su avance hacia el norte por Gran Bretaña? ¡Este es tu paquete!

Basta con que elijas una época concreta —en lo referente a nivel tecnológico y usos culturales previsibles— y nosotros te proporcionaremos una dimensión que cumpla nuestra triple garantía y encaje en

---

1. Consulta la sección «PyR: Vale, ¿y por qué no puedo tener una dimensión llena de plátanos parlantes?», incluidas todas las advertencias legales relevantes.

los criterios especificados. (Los periodos disponibles son el celta, el romano, el anglosajón, el normando temprano y la Plena Edad Media).

## PAQUETE 4: EXPERIENCIA DE LUJO

Al adquirir este paquete *premium*, no solo elegirás tu época deseada, sino también un elemento de la siguiente lista. Advertencia: ¡quizá tengas que esperar hasta que localicemos una dimensión adecuada! Visita nuestra página web para consultar una lista de las dimensiones de lujo disponibles en estos momentos.

Opciones de lujo (una a elegir):

▸ Un individuo histórico concreto de nuestro mundo existe en esa dimensión.[2] ¡Echa un pulso contra el rey Ricardo Corazón de León! ¡Reta a Chaucer a una batalla de rap!

▸ Mezclas de épocas, culturales o tecnológicas extrañas, por ejemplo romanos con pólvora, megafauna todavía en existencia o Gran Bretaña con asentamientos chinos.

▸ Periodos muy solicitados, como el inmediatamente previo a la invasión normanda. ¡Perfectos para aficionados a los juegos de guerra históricos! Para más ideas, consulta la sección de retos en la página 203.

▸ Dimensiones especializadas que aparecen con más frecuencia en nuestra franja que en otras, según se especifica en la página 113. Incluye dimensiones de Auténtico Matriarcado Celta™, dimensiones con una diversidad étnica adicional en Gran Bretaña y nuestras dimensiones Último Bastión Civilizado™, en las que Roma ha caído y Gran Bretaña se convierte en el centro del Imperio romano.

---

2. Las figuras mitológicas, como Arturo o Robin Hood, no están disponibles. Debe elegirse a una persona sobre la que exista documentación en los registros históricos.

## PAQUETE 5: EL PAQUETE MAGO TOTAL™

Este paquete definitivo incluye todas las ventajas de la Experiencia de Lujo, ¡a las que se puede sumar cualquier cantidad de añadidos! Aunque no son los únicos disponibles, entre estos añadidos destacan:

- ▶ Una pequeña planta de energía atómica y un castillo en el que instalarla.

- ▶ Un complemento de armas modernas con las que equipar una unidad de cien soldados.[3]

- ▶ Un helicóptero moderno, completamente automatizado con software de pilotaje y armamento.[3]

- ▶ ¡Tu propio grupo de aventureros! Esta opción incluye un contrato de un año con un lingüista experto, un historiador, un guardaespaldas y un guía dimensional que te ayudarán a establecerte en tu nueva dimensión.

- ▶ Una dotación entrenada de sirvientes locales, con la garantía de que te tratarán como a una deidad, y un castillo donde alojarlos.

- ▶ Investigación sobre enfermedades locales, un pabellón médico con equipo para tratar heridas y hasta 2.000 dosis de vacunas preparadas para distribuirlas entre tus seguidores leales. También incluye acceso a un equipo médico disponible para emergencias o para triaje tras una batalla.

---

3. Aviso legal: las armas controladas se entregarán en la dimensión donde vayan a utilizarse mediante un portal temporal abierto por nuestro equipo en aguas internacionales, con objeto de evitar las restricciones locales a la venta de armas. En cumplimiento de la Ley Dimensional sobre Armamento, toda persona que lleve un arma controlada en su tránsito a una dimensión debe someter su portal dimensional a inspecciones gubernamentales. Dichas armas no pueden traerse de vuelta por el portal a nuestra dimensión. Se aplicarán tarifas adicionales.

▸ Un cayado de Verdadero Mago™ con funciones armamentísticas, capacidades holográficas y un conjunto de mejoras magnéticas que imitan poderes telequinéticos. ¡No salgas a maguear sin el tuyo!™

Para más detalles sobre añadidos y extras, ¡véase la lista completa con más de treinta impresionantes opciones en el siguiente capítulo! ¡Y recuerda que estas opciones pueden añadirse a cualquier paquete! Es nuestra forma de ofrecer a nuestros magos la mayor flexibilidad posible.

Conseguí evitar ahogarme, aunque lo pasé bastante mal antes de que Ealstan me sacara de ahí. Tosí agua en la orilla.

Apareció una advertencia en mi campo visual.

Riesgo de ahogamiento detectado. Nanoides proporcionando oxígeno directamente al torrente sanguíneo. Quedan cinco horas de suministro de aire. ¿Deseas contactar con los servicios de emergencia?

Seleccioné «No, estoy bien».

¿Deseas activar el modo de primeros auxilios para ayudar a otras personas?

—¿Cómo es posible que haya estado a punto de ahogarse en solo metro y medio de agua? —preguntó Sefawynn.

—Ya sabes cómo son los suyos con el agua —dijo Ealstan.

Sacudí la cabeza y recorrí los menús con torpeza hasta retirar el mensaje de mi campo visual y deshabilitar cualquier futura propuesta de petición de auxilio. Agradecía la intención, pero en esos momentos estaba ocupado tosiendo.

Los vikingos, que aún estaban recogiendo para marcharse, no dejaban de mirarme. No sabía si mi fracaso en nadar mejoraba o perjudicaba mi reputación, pero en todo caso nos retiramos a toda prisa con el cautivo al que habíamos rescatado.

Unos quince minutos más tarde, estaba (todavía empapado) cerca del lugar desde el que habíamos observado a los hordaleses al principio, viendo sus barcos retroceder por el océano azul. Habían dejado atrás el barco de su líder. De algún modo, a pesar de que estaba hundido casi por completo, las llamas seguían humeando.

Caray.

—Os lo agradezco de todo corazón —dijo el preso a Sefawynn y Ealstan detrás de mí.

Tenía una profunda voz de barítono y hablaba con un acento que, por primera vez desde que había llegado allí, me resultaba conocido. De Oriente Próximo, sin duda. Ealstan había encendido una hoguera para calentarnos, de fuego normal en esa ocasión. Se sentaron todos cerca de ella y me dio la impresión de que consideraban lo que había ocurrido si no normal, por lo menos sí esperado.

—Vienes de las otrastierras, supongo —dijo Sefawynn—. He conocido a gente como tú en Maelport. Comerciantes.

—Sí, pero no soy comerciante, honorable skop —respondió él—. Me establecí entre vosotros hace diez años, y pretendo quedarme aquí toda la vida. Me llamo Yazad, y soy un fiel súbdito del conde.

Escuché medio distraído mientras contemplaba aquel barco que no debería seguir ardiendo.

¿En qué *planeta* se entendía que podía pasar algo así?

«Pero no estás en tu planeta», pensó una parte de mí.

Vale, pero se suponía que se aplicaban las mismas reglas. La gravedad seguía siendo la gravedad. La termodinámica seguía siendo la termodinámica. Los líquidos acuosos no estallaban en llamas por sí mismos. ¿A no ser que... Sefawynn hubiera cambiado la tinta por alguna otra cosa?

Mientras el fuego de abajo *por fin* se extinguía y el humo negro se disipaba, sentí mi confianza tambalearse. Tampoco es que fuera a dejar de buscar respuestas racionales, pero, por primera vez desde mi llegada a aquel lugar, no estaba muy convencido de poder encontrarlas.

—¿Por qué dejaste a los tuyos para venir a vivir aquí? —preguntó Ealstan.

—¿Cómo? —dijo Yazad, riendo—. ¿La aventura no es suficiente motivo?

—Yo nunca abandonaría a los míos —dijo Ealstan—. Mis tierras son todo lo que anhelo conocer.

—¡Es maravilloso que todos seamos diferentes entre nosotros! —exclamó Yazad—. Así de hermosa es la creación.

Me volví hacia mis compañeros. Lo importante era que habíamos escapado, y hasta habíamos hecho salir corriendo a los vikingos. Navegando. Lo que sea.

Lo malo era que estaba menos seguro que nunca de quién era.

Me había quedado paralizado en vez de luchar cuando hacía falta. Había recordado muchas cosas sobre mí mismo, pero era todo un revoltijo incoherente. Facultad de Bellas Artes. Academia de policía. Trabajo como inspector. Esos recuerdos habían vuelto, pero aún quedaban grandes lagunas en mi pasado más reciente. ¿Qué había hecho después de la academia de policía? ¿Por qué tenía aquellas mejoras? ¿Cuál era la razón de que todos los fragmentos de mi pasado parecieran en conflicto unos con otros?

¿Quién era yo en realidad?

Suspiré y me acerqué a la pequeña hoguera. Me senté en el tronco que me habían reservado e intenté quitarme de encima un frío que no se debía del todo a la ropa mojada ni al caprichoso viento.

—Ya se lo he agradecido a los demás —me dijo Yazad—. Pero no a ti directamente. Gracias, aelv. He visto cómo tu ryro detenía esa hacha. Jamás había presenciado nada parecido lejos de las protecciones de la ciudad, ¡ni mucho menos en mar abierto!

Me di por enterado con un asentimiento. Yazad estaba un poco más entrado en carnes que la gente que había visto allí, y tenía una sonrisa fácil y auténtica. Se había sacado un sombrero del bolsillo. Tenía largas solapas que le cubrían las orejas, tela que cruzaba parte de arriba y una banda en la frente. Me recordó a cosas que me sonaba haber visto en clase de religión.

—Yo también te doy las gracias, honorable aelv —me dijo Ealstan—. Mi pueblo está a salvo gracias a ti.

—Ha incumplido la alianza con Woden —objetó Sefawynn—. Ha escrito wergiosas palabras, pequeño padre.

—Es un aelv —repuso Ealstan, y rio—. ¡La alianza con Woden no incluye a tales criaturas!

—Has visto cómo Thunor quemaba el barco —insistió Sefawynn.

—Pero el aelv sigue vivo, ¿verdad? —dijo Ealstan—. Ha sido una advertencia, para los hordaleses y para nosotros, de que jamás debemos osar imitarlo.

—Sí —respondió Sefawynn, sin dejar de incomodarme con su mirada—. Sí, es cierto. De algún modo.

—La prohibición de escribir *no* es universal —nos dijo Yazad, entrelazando los dedos en el regazo—. Aunque jamás os insultaría escribiendo aquí, en mi tierra muchos lo hacen con total libertad.

—Tierras diferentes —respondió Sefawynn—. Dioses diferentes.

—*Un* dios diferente —dijo Yazad, inclinándose hacia delante y sonriendo mientras se volvía hacia Ealstan—. ¿Me preguntas por qué vine aquí, pequeño padre de Stenford? Vine a *predicar*. Acerca de un dios sobre los dioses. Un dios que *ama* a su pueblo, en vez de castigarlo.

Ah. Eso al menos sí que me sonaba. Ya había estado pensando en la religión de aquel lugar. Casi toda Inglaterra se había convertido al cristianismo con el tiempo, al fin y al cabo.

—¿Un dios que ama? —preguntó Ealstan—. ¿Quién es?

—Ahura Mazda —dijo Yazad en voz baja—. El único dios verdadero.

Un momento, ¿quién?

—Zoroastro —dijo Sefawynn—. Ya había oído hablar de él.

Yazad levantó el dedo índice.

—Zoroastro es el líder espiritual que nos enseñó que existe un único dios verdadero. Pero él no era un dios. Es una confusión muy habitual.

—Un momento —intervine—, ¿y qué pasa con el cristianismo? ¿Os suena? ¿Apóstoles, Jerusalén, todo eso?

—Ah —dijo Yazad—, ¿te refieres a los yeshuanos? ¡Podría decirse que son nuestros primos! Mucha gente nos confunde. ¡Me sorprende que un aelv preste tanta atención a los mortales como para saber de nuestras costumbres!

—Presto atención... a ciertas cosas —respondí—. Yeshúa. ¿Los romanos lo crucificaron?

—¡Ja! —exclamó Yazad—. Lo intentaron. Pero entonces lo rescató Ahura Mazda. Fuimos un solo pueblo durante un breve periodo, ¡y luchamos juntos como coalición de todas las tierras de Abraham! Pero eso fue hace muchos siglos, antes de que los hunas destruyeran Roma por completo. ¡Conoces bien la historia de mi región, para ser una criatura feérica norteña!

—Los mortales me interesan —dije.

—¡Excelente! —exclamó él—. ¿Estarías dispuesto a escuchar mis enseñanzas?

Fruncí el ceño.

—¿Intentarías... convertir a un aelv?

—¡Intentaría convertir a cualquiera! —replicó Yazad—. Porque todos merecemos conocer el amor de Ahura Mazda. —Me guiñó un ojo—. Pero un aelv sería todo un logro, diría yo.

—¿Y no te preocupa Woden? —le pregunté, buscando apoyo en los otros dos—. ¿No escribes en sus tierras pero predicas contra él?

—A Woden no le importa la veneración —dijo Ealstan—,

mientras le obedezcamos. Y lo temamos. Mientras suframos. —Se echó hacia delante, rascándose la barbilla—. ¿Cómo es que te capturaron, Yazad? ¿Han estado saqueando por la costa? ¿Han atacado otros pueblos?

—Por suerte, no —respondió él—. Mi captura fue culpa mía y de nadie más. ¡Estaba navegando!

—Lo siento mucho —dijo Ealstan—. Supongo que matarían a los otros pescadores. ¿A ti te perdonaron porque eres un hombre santo?

—No había nadie más —respondió Yazad—. Y no estaba pescando, solo navegaba. Pero sí que hundieron mi pobre barco. Qué lástima.

—¿Estabas ahí fuera tú solo? —se sorprendió Ealstan—. ¡Estas aguas son peligrosas! ¡Si no estabas pescando, deberías haberte vuelto a casa!

—Muy cierto, muy cierto —dijo Yazad—. Salvo por una cosa.

—¿Cuál es? —preguntó Ealstan.

—¡Me gusta navegar! —repuso Yazad—. Procedo de una tierra al nordeste de Persia, donde no tenemos aguas como estas. Solo hay colinas, algo de desierto… ¡y unas pocas colinas desérticas! Cuando vi por primera vez el océano, pensé: «Tengo que cruzarlo. ¡Debo experimentar las aguas tal y como Ahura Mazda las creó». Así que aprendí. ¡La velocidad, la espuma del océano, la sensación de volar! Ah, es algo divino.

El júbilo de su voz me recordó a cuando Jen hablaba de la historia y de sus estudios. Recordé el día en que nos conocimos y comprendí que jamás me apasionaría tanto nada como a ella le apasionaba la historia. Llevaba toda la vida queriendo saber lo que se sentía al amar algo tanto como ella lo hacía.

Así que lo había intentado. ¿Por eso me había matriculado en Bellas Artes? ¿Para ver si podía emocionarme tanto por algo como ella por sus estudios?

—No lo entiendo —dijo Ealstan, con la mirada perdida en el fuego.

—¿Qué no entiendes, pequeño padre de Stenford? —preguntó Yazad.

—Navegabas porque querías moverte deprisa —dijo Ealstan—. Pero ¿adónde ibas?

—A ningún sitio en particular —respondió Yazad—. Me gusta navegar por navegar.

Fruncí el ceño.

—Ealstan, ¿nunca has hecho nada solo porque te gusta?

—Me gusta sentarme junto a mi hogar —dijo él con suavidad—. Me gusta saber que la despensa está llena y los míos no pasarán hambre en invierno. Me gusta... me gustaba... mirar a mis hijos...

Su mirada se perdió más en las llamas. Yazad se volvió hacia mí y suspiró.

—No es tan extraordinario, honorable aelv —afirmó—. La vida es dura aquí, aplastados entre el mar y las tierras del Oso. La gente cree que si algo no los protege ni los alimenta, es una frivolidad. Intento explicarles que existe *mucho amor* y *mucho gozo* en el mundo que creó Ahura Mazda. Pero quizá ese gozo sea difícil de sentir cuando vives bajo los ojos de dioses apenados.

Ni Ealstan ni Sefawynn respondieron.

—Hablando de frivolidades —dijo Ealstan al cabo de poco, mirando hacia el sol—, deberíamos marcharnos. Skop, ya has tolerado este retraso bastante tiempo. El joven Wyrm aún corre peligro.

—Nuestro retraso ha salvado vidas —respondió ella, aunque se le notaba que había estado sufriendo a cada momento.

—No lo matarán —le aseguré—. No mientras piensen que es útil.

—¿Qué ocurre? —preguntó Yazad—. ¿Hay alguien en peligro?

—Mi hermano —explicó ella—. Se lo llevaron de noche unos forasteros con acento y maneras extrañas.

Me lanzó una mirada.

—De un tiempo a esta parte hay muchos forasteros por aquí —dijo Yazad—. Nos llegan historias al dominio.

—¿El dominio? —preguntó Ealstan.

Se levantó y bostezó, aunque era evidente que intentaba combatir el adormecimiento. Yo tenía por costumbre hacer caso omiso a los ciclos de sueño, lo cual no era nada infrecuente en tiempos modernos, dijera lo que dijera mi madre. Pero la fatiga de Ealstan también se hizo patente en Sefawynn, que bostezó después de él.

—El dominio es como llamamos a nuestro asentamiento a las afueras de Wellbury —dijo Yazad—. ¡Pero estáis cansados! No podéis viajar en esas condiciones. ¡Venid, quedaos con nosotros esta noche! Está cerca, a no más de tres horas, según cuán al norte me hayan traído esos hordaleses.

—No podemos entrar en Wellbury en estas condiciones —dijo Ealstan a Sefawynn—. Sin duda los jinetes han llegado antes que nosotros y ya no podremos sorprenderlos. Dormir en un lugar seguro y mañana planificar será lo mejor para nuestra causa.

—Eres sabio, pequeño padre —respondió ella, decayendo un poco. Vaya, sí que parecía cansada.

—Aceptamos tu oferta, Yazad —dijo Ealstan—. Repartiremos la carga del cuarto animal para que cabalgues.

Al final no había enviado la bestia de carga hacia Stenford, por suerte.

—¡No hará falta! —exclamó Yazad—. ¡Caminaré! Mis piernas tienen un poco de envidia al mar por la atención que le he dedicado.

Abrí la boca para argumentar que nos retrasaría, pero entonces recordé lo lentos que habíamos avanzado hasta entonces. Los caballos no se parecían tanto a las criaturas atronadoras de raudos cascos y velocidad sin parangón que salían en las películas como a carritos de golf con el depósito lleno de hierba que a veces te lanzaban algún mordisco.

Al levantarnos para ir hacia los caballos, encontramos unas letras llameantes que quemaban el suelo.

Unos minutos antes no estaban ahí.

Sefawynn y Ealstan apartaron la mirada al instante. Yazad llegó a mi lado, frotándose el mentón a través de la barba.

—Curioso, muy curioso. Algunas letras me resultan familiares. ¿Está en griego?

—En inglés —dije perplejo—. Mi idioma.

Las letras llameantes decían: «Bien hecho. Quizá aún compensen las molestias».

Vaya, hombre. Ya no podía seguir negándolo, ¿verdad?

—Apágalas —me susurró Sefawynn.

—Pero esas llamas… —dije—. ¿Qué son?

—El fuego de Logna —murmuró Ealstan.

—¿Lo mismo que ha quemado el barco? —pregunté.

Negaron con la cabeza y siguieron adelante a toda prisa, incómodos. Al cabo de un momento hice caso a Sefawynn y apagué las palabras humeantes a pisotones.

Montamos y nos pusimos en camino. Comprobé que las páginas que me quedaban del libro estuvieran a salvo en el pliegue de la silla (lo estaban) y que ninguna se hubiera incendiado (no lo habían hecho).

Fue entonces cuando até cabos. Al parecer, el libro había explotado en el instante en que había llegado a ese lugar, como demostraban sus muchas páginas chamuscadas. ¿Tendría alguna… relación? Me parecía un disparate que un dios nórdico con unas pocas letras cambiadas de sitio estuviera vigilando por si alguien intentaba escribir para dispararle rayos de fuego. Pero en cambio…

«Por lo menos sí que evitaría los grafitis», pensé distraído, echando mano a mi cuaderno inexistente para apuntar mi reseña. Tres estrellas. Paredes muy limpias, no hacer demasiado caso a los cadáveres humeantes.

Los weswaranos no respondieron a mis intentos de entablar conversación, y preferí no insistir mucho. Saltaba a la vista que estaban exhaustos, y Yazad iba canturreando para sus adentros mientras caminaba a nuestro lado. Eso me dejaba tiempo para pensar. Lo cual era peligroso en esos momentos.

Porque estaba a punto de empezar a creer en un panteón de dioses nórdicos con las letras cambiadas de sitio.

¿Cómo sé que mi Dimensión Personal de Mago™
no se corromperá por otros visitantes?

**R:** ▷ Para una explicación más a fondo del proceso de viaje entre dimensiones, véase la Sección Cuatro: «La aburrida parte científica», en concreto el capítulo 4.17: «Viaje dimensional resumido». Pero si todavía es demasiado largo para ti, ¡aquí tienes la versión extrabreve!

Como hemos visto en otra parte de este manual, las dimensiones individuales son demasiado granulares para que nuestros instrumentos puedan apuntar a una en concreto. Lo que hacemos es elegir un grupo de dimensiones más o menos similares y abrir un portal hacia una de ellas al azar. Catalogamos lo que vemos allí y, si cumple nuestros Estándares Cuantificablemente Estrictos de Alta Calidad para la Excelencia

Dimensional™, activamos una baliza y la añadimos a nuestro catálogo de dimensiones a la venta.

Una baliza dimensional funciona como un ancla en una dimensión específica, vinculándola a nuestra propia dimensión. Sin ellas, la probabilidad de encontrar la misma dimensión por segunda vez sería infinitesimalmente pequeña. Por visualizarlo, sería más probable que soltaras un grano de arena en una playa y volvieras a encontrar ese mismo grano diez años después.

¿Aún te preocupa que otros viajeros dimensionales se entrometan en tu diversión? ¡Pues deja de preocuparte! Tu baliza incluye un código personal cuántico compuesto por una cantidad literalmente infinita de dígitos, indescifrable por toda ciencia conocida o teorizada, y solo se activa mediante una llave cuántica física.[2] Para que alguien visite tu dimensión, la baliza debe estar activada y además el visitante debe poseer una llave física grabada con tu código.

Como medida de privacidad adicional, cuando llegues a tu

---

1. Esta frase está legalmente definida como expresión promocional por la Ley de Verdad en la Publicidad de 2045.

2. En la mayoría de las naciones, la legislación nos prohíbe entregar llaves dimensionales a todo individuo acusado de un delito o a quien se haya impuesto una medida cautelar contra el viaje dimensional previa a una investigación o posible proceso legal. Los tratados a ese mismo efecto nos impiden proporcionar llaves dimensionales a ese mismo subgrupo de individuos incluso en aguas internacionales. Ya, a nosotros tampoco nos hace gracia. Si necesitas algo que te anime, tienes una foto de un cachorrito de rinoceronte lanudo en la página 214.

dimensión puedes grabar un código nuevo en tu llave. ¡Y la gente más paranoica incluso puede deshabilitar su baliza!

(El riesgo que implica ese acto es mínimo, dado que toda persona viajera está automáticamente anclada a nuestra dimensión desde su lado. ¿Resulta confuso? Imagínate las dimensiones como un río con infinitas ramificaciones. Elegir qué rama recorrer es difícil porque hay muchísimas, pero solo existe una forma de regresar a contracorriente. Además, es imposible saltar de una rama a otra: hace falta volver antes a nuestra dimensión y luego «navegar» por otra rama).

En pocas palabras, ¡incluso aunque quisiéramos recuperar tu dimensión o vendérsela a más gente, no podríamos! Y la probabilidad de que alguna otra persona encuentre tu dimensión eligiendo al azar es tan pequeña que resulta ridícula. ¡De veras, será toda tuya!

Solo tienes que asegurarte de proteger tu baliza y tu portal. Ambas cosas van incluidas en todos nuestros paquetes y serán instaladas en un lugar a tu elección dentro de tu Dimensión Personal de Mago™. Las dos tienen una garantía de por vida y una batería de fusión que durará un siglo como mínimo. Nota: si el portal resulta dañado, quizá no puedas regresar. Pero teniendo en cuenta las fantásticas aventuras que te esperan, ¿por qué ibas a querer hacerlo?[3]

---

3. ¿Temes quedarte en tu dimensión sin ningún modo de volver a casa? Echa un vistazo a nuestra opción de Contacto Frugal™. Con este añadido, un representante de Mago Frugal S. A.® visitará tu dimensión con una frecuencia preestablecida, por si les ha pasado algo a tus dis-

positivos. Nota: este servicio requiere que nos entregues una copia de tu llave. También debes conservar tu código original y mantener la baliza encendida. Véase la página 232 para más detalles. También es posible adquirir e instalar balizas dimensionales adicionales de reserva, incluyendo un modelo más pequeño y portátil.

El «dominio» de Yazad resultó ser una choza de tamaño modesto que se alzaba al borde de un inmenso bosque. Llegamos poco después del anochecer, pasando con los caballos entre unas hileras de árboles demasiado pulcras para ser naturales.

—Es nuestro huerto de frutales —explicó Yazad, que caminaba a mi lado—. La tierra no es de nuestra propiedad, pero el medio padre de Wellbury nos concedió su usufructo.

Se refería al pueblo que había cerca. Ealstan había dicho que era mucho más grande que el suyo, pero, teniendo en cuenta que Stenford tenía como unos cien habitantes, tampoco era una gran indicación.

El señor de Wellbury era un alguacil y, aunque Ealstan afirmaba conocerlo, yo recelaba. Ulric había dejado caer que el tal Wealdsig estaba de su parte. Quizá tuviéramos problemas para convencerlo de que nos devolviera a Wyrm.

Ealstan se detuvo y miró más allá del hogar de Yazad hacia la profunda arboleda.

—Está un poco cerca del bosque, ¿no crees? —preguntó.

—Nunca nos ha pasado nada malo por ello —dijo Yazad retomando el paso—. El Oso Negro no parece interesado en avanzar hacia aquí.

—Aun así… —dijo Ealstan.

Sefawynn nos adelantó con su caballo, silenciosa. Se movía como por instinto, en postura encorvada. Llevaba una hora sin pronunciar palabra, y esperé que se debiera solo a la fatiga. Nunca había vivido sin nanoides médicos, así que no lo sabía seguro, pero había leído que la falta de sueño zombificaba a la gente.

El dominio tenía más o menos el mismo tamaño que la mansión de Ealstan, así que a lo mejor «choza» no era muy buena palabra para describirlo. Pero costaba evitar la asociación, a la vista de las bastas paredes de madera y el techo de paja. Yazad nos llevó hasta ella en silencio y abrió un poco la puerta, sobresaltando a un anciano que había justo al otro lado. Tenía una barba larga con algún mechón castaño, pero estaba calvo a excepción de unos matojos sueltos en punta.

—¿Yazad? —preguntó el anciano en voz baja pero intensa—. ¡Loado sea Ahura Mazda!

Volvió la vista un momento hacia la gente que dormitaba en torno al hogar que ardía en el centro de la gran sala abierta y salió fuera con nosotros. Agarró a Yazad del brazo, con lágrimas en los ojos.

—¿Qué ha pasado?

—¡Intenté predicar a unos hordaleses! —exclamó Yazad con una gran sonrisa.

—Ay, Yazad —dijo el anciano—. ¡Te lo *advertimos*!

—Sí que es verdad —repuso Yazad, y nos señaló—. Pero por la gracia de Ahura Mazda, me han salvado esta skop, el pequeño padre de Stenford y ese aelv de ahí con aspecto enfermizo.

¿Cómo que enfermizo?

El anciano me miró sorprendido.

—¿Es un… aelv?

—Pero inofensivo —dijo Yazad dándome una palmada en el hombro—. ¡A menos que seas un barco! Pero vamos, vamos. Tenemos a unos huéspedes agotados. Lo siento, pequeño padre, pero aquí no gozarás de un colchón mullido. Me temo que no tenemos más que heno en el suelo.

—Está bien, Yazad —respondió el thegn.

—¿Despierto a los demás? —preguntó el anciano.

—¡No, no, Leof! —respondió Yazad—. Así, cuando me encuentren entre ellos por la mañana, fingiré que no me marché en ningún momento y que me irrita que no se dieran cuenta de mi presencia. ¡Será estupendo!

Leof nos abrió la puerta y fue a ocuparse de nuestros caballos. Al pasar junto a Sefawynn, se quedó mirándola.

—¿Skop? —dijo—. Creo que me suenas.

Ella salió de su estupor.

—Paso mucho por aquí narrando mis historias —dijo, entregándole las riendas.

—Ah, claro —respondió el anciano—. Bueno, aquí no necesitamos aflojamientos. ¡Nuestro espectro es muy amistoso! Es raro que nos corte la leche, y una vez me arregló los zapatos sin que le hiciera ninguna ofrenda. Eso sí, me escondió un ratón muerto dentro.

Saqué las páginas del libro de la silla de montar y le entregué también las riendas. Yazad nos hizo pasar a la choza, indicándonos con gestos que guardáramos silencio. Sacó heno de una caja que había en la esquina para preparar unos catres. Le dejé hacerme uno a mí también, aunque no tenía pensado dormir.

Los ocupantes de la sala ni se inmutaron por el ajetreo. Eran más de una docena, apiñados por el suelo como en una concurrida fiesta de pijamas. Un par de familias, a juzgar por las edades. Supuse que, si siempre duermes en una habitación grande con todo el mundo, al final te acostumbras a que haya un poco de ruido.

Sefawynn y Ealstan se tumbaron en sus catres sin apenas mediar palabra. Al poco tiempo los dos estaban dormidos, con sus capas como mantas. Yo me senté en el mío, que estaba cerca del fuego, y decidí leer un poco más. Me centré en las páginas de preguntas y respuestas, que me parecieron un buen modo de cribar información rápida. Me emocioné al encontrar una sección que describía a grandes rasgos cómo funcionaba el viaje interdimensional.

No me pareció que ya conociera esas explicaciones de antes. Sospeché que no había sabido mucho sobre el proceso antes de saltar a aquel lugar. Quizá estaba corriendo tras los criminales y crucé al no tener ninguna otra opción.

Por desgracia, el texto me frustró por lo impreciso que era. ¿Qué *aspecto* tenía un portal dimensional? Indicaba que había una explicación más detallada, así que pasé páginas en busca del capítulo 4.17…

Que, por supuesto, no tenía. Encontré una sola página identificable de esa sección, y el poco texto legible parecía ser un chiste sobre titíes.

Me recliné, irritado. Entonces vi una cosa rara, un grupo de cinco piedras a mi lado, la más grande del tamaño de mi pulgar. Estaban formando una pequeña pirámide.

Era inquietante. Moví el pie para derribar la estructura, pero entonces me distraje al ver entrar a Leof. Despertó a un chico y lo envió a ocuparse de nuestros caballos y sillas de montar, y luego me lanzó una mirada cauta antes de echar unos pocos leños más al fuego.

Se retiró a su taburete y siguió vigilando por una rendija de la puerta, cuando no me dirigía miradas furtivas.

Bueno, quería que creyeran que era un elfo, así que... ¿todo bien? El fuego ardió un poco más intenso gracias a los nuevos leños, o eso supuse por el creciente resplandor. Los nanoides médicos me regulaban la temperatura según mis preferencias, así que no notaba los cambios dentro de unos límites normales. Pero a juzgar por lo acurrucados que estaban los demás, parecía que el aire era gélido de noche, incluso estando en primavera.

Me obligué a seguir con el libro. Para mayor frustración, al cabo de una hora, según mi cronómetro interno, aún no había averiguado nada. ¿Cómo podía tener tantas páginas pero tan poca información real? Ya había leído sobre los fantásticos —y frugales— paquetes que podía adquirir como unas diecisiete veces. Pero búscate la vida si quieres saber algo sobre, por ejemplo, la versión anglosajona de un apretón de manos o lo que sea. (Una estrella: si improvisas una sopa de letras, quizá te salga un texto más útil).

Distraído, saqué un palo a medio quemar del fuego y roí el lado chamuscado para ingerir un poco de carbón que alimentase mis nanoides. Unas modificaciones en las papilas gustativas le daban un sabor apetitoso. Solía escoger el de la tostada con mantequilla, aunque la disparidad en la textura lo hacía raro.

Eso me ganó otra mirada del anciano centinela, así que levanté las páginas que estaba leyendo, lo que hizo que apartara los ojos presa del pánico. Me acomodé, con una petulancia injustificada. ¿Para qué tocaba las narices a ese pobre anciano?

«Para no pensar en lo que ha pasado —comprendí—. Por eso mismo llevas veinte minutos leyéndote los extras que pueden añadirse a los paquetes».

No quería aceptar lo extraño que era aquel lugar. Las runas ardían al escribirlas. Los dioses me dejaban mensajes en la tierra. ¿Cómo era que el condenado libro no decía nada sobre eso? Pensé un momento y luego, con cautela, escribí mi nombre en el suelo con un trozo de carbón. No pasó nada. ¿Debería probar con una runa?

«Imbécil —me dije—, ¿quieres quemar la choza entera? ¿O que un personaje de cómic te tire un relámpago?».

No me hacía ninguna gracia lo probables que me parecían esas cosas. El libro insistía bastante en que aquellas dimensiones deberían tener las mismas leyes físicas que la mía. Las culturas quizá parecieran salidas de una batidora interdimensional, la lingüística era convenientemente desconcertante y las estructuras sociales podían estar del revés, pero ¿la física? Tendría que ser la misma. $9,8$ m/s$^2$, $2 + 2 = 4$, eso de un objeto en movimiento. Y lo más importante: la entropía existía.

Las piedras no deberían formar montoncitos por sí mismas. Tuve un escalofrío y me resistí a mirar. Pero al final cedí.

Las cinco piedrecitas volvían a formar una pequeña y perfecta pirámide. Renegué en voz baja, volví a derribarla y subí un grado la temperatura de mi piel. El frío persistió.

Cerré los ojos. ¿Estaría sufriendo algún efecto adverso de la falta de sueño? ¿Los nanoides o el *firmware* habrían sufrido algún daño? ¿Estaba alucinando? ¿O provocando la combustión espontánea de cosas?

Cuando abrí los ojos de nuevo, las piedras estaban dispuestas formando una pila casi imposible, una encima de otra por los *cantos*. Equilibradas a la perfección, como se veía a veces en redes sociales mientras alguien hacía yoga en una montaña. Cinco estrellas por el amontonamiento espectacular. Siniestro, pero muy guapo. Mi espectro tenía estilo.

Maldición. Estaba aceptándolo del todo, ¿verdad?

Pero es que ¿cómo no iba a hacerlo? Era eso o creer que estaba sufriendo alucinaciones.

—Serás presumido —masculló sin poder evitarlo, aunque las piedras cayeron con una sucesión de leves chasquidos cuando cambié de postura.

Tras pensármelo un poco, di la orden a mis nanoides de que me dejaran dormir. A lo mejor hacerlo reiniciaría el sistema. Era un último y desesperado intento de hallar una explicación racional a lo que estaba experimentando en ese lugar.

Me dormí con la visión de aquellas condenadas piedras de nuevo en forma de pirámide, como burlándose de mí.

Desperté a las siete de la mañana en punto, y los nanoides me quitaron toda la somnolencia del cerebro al instante. Había elegido esa hora para levantarme antes que todos los demás. Pero no había acertado en absoluto, porque la sala ya era un hervidero de actividad. Sefawynn entretenía a unos niños en un rincón. Llevaba otro vestido y parecía haberse lavado el pelo. Ealstan no estaba por allí, pero las ventanas estaban abiertas y oí a hombres reír y charlar cerca.

Claro. Cultura agrícola. Arriba al alba. Tendrían que ordeñar las gallinas o lo que fuera. Me desperecé, me incorporé y me quité un poco de heno que se me había pegado al cuello. Sonó una campanilla en mi oído y apareció un texto en mi campo visual.

¡Enhorabuena! Has tenido una noche de descanso. Tu objetivo de salud es dormir al menos seis horas cada tres días. Hasta el momento, has cumplido tu objetivo 1 vez este año. ¡Sigue así!

Recordé vagamente haber establecido ese objetivo de salud cuando Jen se quejó de mis hábitos de sueño. ¿Cómo sobrevivía la gente sin nanoides médicos? Creí recordar que mi abuelo subsistía a base de café, pero me sonaba que no existía en la Inglaterra medieval.

¿Había algo distinto, ahora que había echado una cabezada? Miré el montoncito de piedras, que seguían formando una pirámide al lado de mi catre. La derribé y me quedé por allí cerca, para asegurarme de que nadie llegaba a hurtadillas y volvía a colocarlas.

Seguí quitándome heno de la ropa y por fin reparé en lo que estaba diciendo Sefawynn.

—Y entonces —añadió, inclinándose y separando las manos— Runian, príncipe de los aelvs, espetó a los malvados hordaleses:

> Patanes parecéis       y pobres en la pugna.
> Demente desatino       disteis desembarcando.
> ¡Retrocederéis raudos       de Runian el renglón!

»Su alarde hizo que los hordaleses se retiraran despavoridos y, al no ser mortal ni súbdito de Woden, ¡Runian usó el dedo para *trazar una runa* en la cubierta del barco!

Los niños dieron un respingo y me miraron. Les di un poco de espectáculo moviendo los dedos y haciendo que los recorriera un arcoíris de colores en rápida sucesión.

—¿Qué pasó entonces? —preguntó un niño de los más mayores, sobrecogido.

—El trueno asaltó el cielo abierto —dijo Sefawynn—, y como

Runian estaba fuera del alcance de Woden, ¡la ira de Thunor cayó sobre el barco! Las llamas nos separaron de los hordaleses y nos permitieron saltar al océano. Donde Runian, al ser un aelv, estuvo a punto de ahogarse.

Los otros tres niños escuchaban embelesados, pero una chica alta de unos once o doce años estaba observándome.

—No creo que tenga mucho aspecto de aelv —declaró—. Creo que se parece a aquel hombre enfermizo que intentó robarnos manzanas el verano pasado. Ni siquiera lleva barba.

—Los aelvs no tienen barba —dijo Sefawynn.

—Pero ¿no se supone que son hermosos? —preguntó la chica.

Ay, eso había dolido un poco. Me libré de recibir más insultos cuando Yazad llamó a los niños para trabajar en el huerto. Lamenté haberme perdido la broma que quería gastar a los demás, aunque la gente parecía alegrarse de que hubiera vuelto. Los niños fueron a abrazarlo uno por uno, llamándolo tío, y luego salieron corriendo por la puerta.

Sonreí a Sefawynn, pero se había levantado y estaba mirando por la ventana. Parecía melancólica.

«Secuestraron a su hermano —pensé—. Pues claro que está melancólica».

—¡Estás despierto, amigo mío! —Yazad vino hacia mí—. Tengo noticias. Unos forasteros visitaron al alguacil anoche y se han marchado a esta mañana, dejando atrás a uno de los suyos.

—Mi hermano —respondió Sefawynn—. Sí que está aquí.

—Y hay más —dijo Yazad—. Pasó otro forastero por aquí hace dos noches. Un hombre muy extraño. Acompañadme.

—¿Un solo forastero? —preguntó Sefawynn mientras se aproximaba.

—Sí —dijo Yazad—. Venid, venid.

Echó a andar hacia la puerta en vez de responder a la pregunta, dejándonos con la miel en los labios. Al levantarme vi que el montoncito de piedras había recobrado su forma piramidal. Adiós a mis esperanzas de que fuese una alucinación provocada por la falta de sueño. Les di una patada, molesto, y me hice daño en el dedo gordo del pie.

¿Qué pasaba allí? Me agaché y vi que las piedras estaban pegadas entre sí por una densa gelatina de color ámbar.

—Savia —dijo Sefawynn—. ¿Te has dedicado a contrariar al espectro, Runian?

—No —respondí.

Me lanzó una mirada.

—Les gusta hacer montoncitos, ¿no? —dije—. Pues le he dado montoncitos que hacer.

—Para ser un runian —replicó ella—, no eres muy listo.

—Mis maneras y razonamientos son incognoscibles para los meros mortales.

Me quitó un poco de heno del pelo, con una ceja arqueada. Luego casi dio un salto cuando entró en la choza una mujer mayor, cargada con un cubo de agua y un cepillo de fregar. Sefawynn se apresuró a apartar la mirada y se escondió en mi sombra mientras nos cruzábamos con la mujer para salir.

—¿Qué ha sido eso? —le pregunté.

—¿El qué?

—Estabas ocultándote de esa mujer.

—No es verdad —dijo ella con el mentón alzado, pero sin mirarme a los ojos—. Estaba ayudando a tu reputación como aelv.

Ya, claro. Fuimos con Yazad y lo seguimos al huerto. Las ordenadas filas de árboles me inspiraban una extraña confianza. Resultaban familiares como pocas otras cosas allí, tanto que hasta la gente subida a taburetes que cuidaba los árboles me transmitía cierta sensación de normalidad.

Entonces llegamos al final y pasamos al verdadero bosque. Ya había visto muchos bosques antes. Aquel no debería resultarme distinto, y lo cierto es que no tenía un aspecto *distinto*. Pero me pusieron nervioso aquellas profundidades sombrías e indómitas. Era una naturaleza primordial que no existía en mi mundo de origen, que llevaba siglos sin existir. Sí, tenía visión nocturna, pero por algún motivo no me reconfortaba. Para un lugar tan oscuro como ese hacía falta *fuego*, una luz viva.

Yazad nos indicó que siguiéramos por el camino, dijo que nos alcanzaría enseguida y se separó de nosotros. Mientras seguíamos adelante, vi que Sefawynn me observaba de nuevo.

—Temes el bosque —señaló.

—Le tengo respeto.

—Quizá no seas tan estúpido como he dado a entender —dijo.

—Todo el mundo habla del… Oso Negro. ¿Quién es?

—Un rey waelish —respondió ella—, de antes de los tiempos de mi abuelo.

—¿Y aún está vivo?

—Sí —dijo Sefawynn en voz baja—. Se dice que solo puede acabar con él su propia descendencia, y hasta el momento no ha tenido ninguna.

Ya aceptaba que algo invisible se dedicaba a apilar piedras. ¿Estaba dispuesto a lanzarme de cabeza y empezar a creerme todo lo que dijera Sefawynn? Parecía pasarse un poco. Tres estrellas por la mitología inquietante, eso sí.

Encontramos a Ealstan ayudando a unos hombres a desenterrar el tocón de un manzano talado. Aunque solo hubiéramos pasado un día juntos, no me sorprendió, a pesar de su condición de señor. Sefawynn y yo miramos cómo Ealstan daba hachazos a las raíces mientras los otros hombres tiraban con fuerza para inclinar el tocón y poder arrancarlo.

Al vernos, uno de ellos llamó a hacer un descanso y una chica les trajo agua en un cubo.

—Honorable aelv —dijo Ealstan, saliendo del hoyo y regalándome una reverente inclinación de cabeza—. Saludos y bienvenido.

Contuve un suspiro. Lo que había que aguantar solo por haber salvado un pueblo de que lo quemaran y lo saquearan los vikingos.

—Yazad nos ha contado que el alguacil tuvo visitantes anoche. Uno sigue aquí y los otros dos han partido esta mañana —le expliqué.

—Es buena noticia —dijo Ealstan—. Si se lo imploramos al medio padre, creo que liberará al hermano de Sefawynn. Pero ¿qué hay de Ulric y Quinn? ¿Se contentarán con ostentar poder sobre el alguacil?

—Estoy *seguro* de que querrán más —respondí—. Lo más probable es que hayan dejado aquí a Wyrm para que no los entorpezca. Imagino que han seguido adelante hacia casa del conde para hacerse con el verdadero poder.

—Mi camino me lleva a Maelport para advertir al conde —dijo Ealstan—. Pero antes, encontraremos y rescataremos al joven.

Yazad llegó poco después con una mujer mayor que llevaba una cesta llena de palos. La mujer caminaba despacio, supuse que por su avanzada edad. Era bajita y gruesa, con el pelo largo y canoso recogido en un moño con palitos a modo de pasadores. Su cara redondeada y sus ojos alegres me recordaron a alguien...

A la abuela Dobson, comprendí con cariño. Solía ir a pescar con ella. Otra pieza de mi infancia ocupó su lugar y no pude evitar una amplia sonrisa. Yazad hizo un gesto en mi dirección.

—Este es el...

—No es el primer aelv que veo, Yazad —dijo la mujer, acercándose con andar bamboleante—. ¡Sí, es un buen espécimen!

—¿Conoces a mi gente, entonces? —pregunté con una sonrisa.

—¡Sí, y no vas a engañarme! O te devolveré el engaño. —La mujer se inclinó hacia mí—. Soy muy peligrosa cuando me lo propongo. ¿Estás intimidado como corresponde, aelv?

—Sí, mucho —respondí.

—Bien, bien. —Escogió un palo de su cesta—. Esto es para ti.

—Eh... ¿Gracias? —dije.

—Thokk es una guardahogar ambulante —dijo Yazad, moviendo una mano hacia la mujer—. Vende leña.

Desvié la mirada hacia el bosque, a todas luces lleno de tanta leña como uno quisiera. Pero Yazad estaba detrás de ella haciéndome gestos, como diciendo: «Síguele la corriente». Así que lo hice, asentí en agradecimiento y me guardé el palo en el bolsillo de la capa.

—Thokk, cuéntale al aelv lo del hombre que te has encontrado en el camino —pidió Yazad.

—También era un aelv —explicó la anciana, con una mano en la cadera—. Tenía el pelo rojo, como un norteño. No llevaba barba, hablaba raro y sus rasgos eran poco comunes.

Ealstan dijo:

—Es el hombre que estaban buscando los forasteros en Stenford. Antes de llevarse al hermano de la skop, Ulric y Quinn preguntaban por un hombre sin barba de pelo rojo.

Hubo algo en todo aquello que me despertó el cerebro.

—Seguidme —dije a los demás.

Volví casi corriendo hacia el dominio. Allí había un recuerdo, en alguna parte, y ardía en deseos de tirar del hilo. Cuando los demás me alcanzaron, ya había sacado un papel con algo de espacio en la parte de abajo y estaba probando los palos de la hoguera que tenían las puntas de carbón más afiladas.

Thokk sacó un palito del fondo de su cesta.

—Ten. Este tiene una buena socarrina.

—Gracias —dije. Lo probé y dibujaba bien, como los carboncillos a los que estaba acostumbrado—. ¿Podrías describirme a ese hombre? ¿Tenía la nariz ancha o estrecha? ¿La cara redondeada o más angulosa?

—Me parece que más bien redonda —respondió ella. Aunque los demás se apartaron bastante mientras dibujaba, Ealstan y Sefawynn incluidos, la anciana se pegó a mí—. No, no, no tan redonda.

Me atizó en la cabeza con un palo.

—¡Au! —restallé.

Thokk hizo una mueca.

—Huy. Lo siento. Pensaba que serías un poco más robusto. Ya sabes, por eso de que los aelvs podéis saltar montañas y volveros de acero y tal.

—Las historias no cuentan esas cosas, abuela Thokk —dijo Sefawynn.

—Juraría que lo he oído en alguna parte —repuso ella, y dio unos golpecitos en mi papel con su palo—. Menos redonda, y el pelo nace más abajo.

—¿Y la nariz? —pregunté.

—Estrecha —dijo ella—. Sí, exacto.

Seguí haciéndole preguntas y dibujando cada vez más rápido, con fervor. Ya había hecho aquello antes, y muchas veces. Al dejar de estudiar Bellas Artes, quise hacer algo responsable con mi vida. Perseguir una pasión que no sentía había sido agotador. Así que había probado con algo más rígido, algo que mis padres considerasen útil.

Había entrado en la academia de policía… aconsejado por un amigo. Mis destrezas artísticas me vinieron bien y entrené como retratista forense.

Aplicando el dedo aquí y allá para emborronar los errores, fui creando la cara a partir de los recuerdos de Thokk. Mientras el rostro cobraba forma, me embargó una creciente sensación de familiaridad. Conocía a alguien como ese hombre, alguien aficionado a teñirse el pelo, que me había animado a…

—¡Ja! —exclamó la anciana—. Sí, es él. ¿Lo veis? Ya os decía yo que los aelvs pueden invocar a gente en superficies planas. Están todos callados, aelv, porque no quieren reconocer que siempre tengo razón.

Contemplé el rudimentario boceto a carboncillo y recordé una cara propensa a la risa. Tardes juntos en el bar. Pedirle ayuda con mis estudios. Y luego… con el tiempo… ¿trabajar juntos? Dos policías. Amigos desde antes de la academia y…

Se llamaba Ryan Chu.

Era mi compañero.

# PyR:

## ¿Puedo llevarme cosas de una dimensión a otra?

 ¡Puedes llevarte lo que quieras a tu Dimensión Personal de Mago™! Siempre que seas su poseedor legal, por supuesto.[1]

En cambio, no puedes traerte nada de vuelta. (Recomendamos conservar la ropa original para las visitas a casa).

Como se explica en la Sección Cuatro, «La aburrida parte científica», las ramificaciones dimensionales tienen menos «sustancia» (véase la página 285). No son del todo tan reales como nuestra propia dimensión.

---

1. Mago Frugal S. A.® se somete a todos los tratados, leyes y jurisdicciones dimensionales. ¡Somos la única agencia de viajes interdimensional que jamás ha sido condenada por ninguna infracción dimensional grave![3]

En breve, cualquier cosa (o persona) de tu dimensión desaparecería en el tránsito a nuestra realidad. Esa es, obviamente, la razón de que nunca hayamos sido capaces de verificar la existencia de una dimensión por encima de la nuestra en el «río» de viajes dimensionales. Aunque los portales indican que podría haber algo, ni siquiera los electrones o los fotones pueden pasar por ellos.

Por el momento, esos destinos son solo teóricos. En todo caso, si la física dimensional funciona del mismo modo en todas las realidades, la probabilidad de que alguien que viva dimensionalmente río arriba respecto a nosotros localice nuestra dimensión es muy pequeña. Podría decirse que inexistente. Así que no te preocupes por eso.[2]

(Nota: aunque es posible utilizar tu portal para desplazarte más «río abajo» a dimensiones que se ramifiquen de la tuya, recomendamos encarecidamente abstenerse de hacerlo. Esas dimensiones tienden a ser inestables).

---

2. Véase PyR: ¿Podéis recomendarme a un terapeuta que me ayude a procesar el pavor existencial provocado por la comprensión de que mi realidad podría ser solo una ramificación de otra dimensión con más sustancia que la nuestra?

3. En Canadá.

**R**yan también estaba allí.

¿Sabía que lo perseguían? Tenía que encontrarlo, para advertirle y para obtener por fin alguna condenada explicación.

—¿Dónde lo viste? —pregunté a Thokk.

—Entrando en Wellbury —dijo ella—. Anteayer.

—¿Conoces a ese hombre, honorable aelv? —preguntó Ealstan.

—Sí. Es de los míos. Lo consideramos un soldado poderoso. Deberíamos intentar encontrarlo.

Ealstan se acercó para observar el dibujo.

—Wellbury ya era nuestro destino —dijo—. Quizá ese aelv pueda ayudarnos a liberar a Wyrm, o a detener a Ulric y Quinn. Podríamos preguntar por él al medio padre.

Me concentré en el retrato, asiendo mis recuerdos de la academia con Ryan y… ¿Jen? No, ella no había sido poli. Pero siempre salíamos juntos los tres de noche. Amigos. Luego Jen y yo nos habíamos hecho pareja.

—Disculpa, pequeño padre —dijo Sefawynn—, pero esperaba recuperar a Wyrm *sin* tener que hablar con Wealdsig. Le tengo un poco de... tirria al alguacil.

—La devoción a Woden del medio padre puede ser incómoda a veces —dijo Ealstan.

—¿Incómoda? —terció Yazad—. Perdona, pero ¿una vez no se clavó a sí mismo a un árbol?

Espera, espera. *¿Qué?*

Ealstan me miró, atribulado.

—Woden exigía un sacrificio antes de la batalla de Fuerza Distante —explicó—. Hará unos cuarenta años. Sacrificarse uno mismo directamente a Woden es... una forma de inclinar la balanza a tu favor.

—Woden ha perdido el juicio y busca cada vez más devoción —dijo Thokk en voz baja—. Como un borracho que no para de pedir más vino.

—No deberías decir esas cosas —replicó Sefawynn.

—Diré lo que quiera —restalló Thokk—. Es la verdad.

Yazad sonrió de oreja a oreja.

—Y tú no te hagas ilusiones —le dijo Thokk—. No pienso convertirme a ese dios tuyo tan blandito y amoroso con sus almohadas y sus sonrisas. De todas formas, no me aceptaría.

—Ahura Mazda acepta a todo el mundo, por despreciable e incapaz que sea —respondió Yazad—. ¡Yo soy el ejemplo viviente!

—¿Podemos volver a lo de clavarse a un árbol? —intervine—. Esa parte suena importante.

—Wealdsig necesitaba fuerza para la batalla —dijo Ealstan—. Se planteó sacrificar a alguno de sus guerreros, pero entonces pensó que sería el guerrero quien se llevaría el honor. Hay una historia antigua en la que Woden se clavaba al árbol del mundo, así que, para canalizar esa fuerza, Wealdsig... lo emuló. La mano derecha ya no le sirve de mucho, pero la gente lo respeta.

—Los necios lo respetan —dijo Yazad.

—No se puede criticar su corazón —respondió Ealstan—. Es una parte de él que sigue intacta.

—Al contrario que su cerebro —dijo Thokk.

Estupendo. Me senté en el suelo junto al hogar.

Ryan había pasado por la zona dos días antes, y al siguiente llegaron Ulric y Quinn. Habían partido hacía unas horas, con toda probabilidad hacia donde vivía el conde. Le habían dicho a Ealstan que representaban al conde y, si conocía a Ulric, tendría una base impresionante y bien fortificada. Si contaba con un portal para salir de allí, es donde lo tendría, en su centro de poder.

¿Quizá Ryan estaba vigilando sus actividades en esa dimensión? Quizá yo estaba sacando conclusiones precipitadas. Apenas sabía ni cómo me llamaba, así que bien podía estar excediéndome al intentar adivinar los motivos de nadie.

—Si confías en Wealdsig —dije a Ealstan—, parece que tendría sentido hablar con él.

—Pero Ulric dijo que Wealdsig trabajaba para ellos —recordó Sefawynn.

—Wealdsig no tiene mucho apego a los forasteros —dijo Ealstan—. No es un hombre... previsible, la verdad. Hará lo que encuentre divertido en cada momento. Ahora mismo eso podría ser hacer caso a Ulric, pero también podría ser escucharme a mí cuando hable con él.

No tenía muy claro si me gustaba la idea o no.

—De todos modos —afirmé—, deberíamos intentar averiguar qué sabe Wealdsig.

—Decidido, pues —dijo Ealstan—. Iremos a caballo, nos presentaremos y le haremos nuestra petición.

—No —se apresuró a objetar Sefawynn—. Tendríamos que entrar en la ciudad a hurtadillas. Aunque vayamos a hablar con él, no debería vernos entrar nadie. Por si el enemigo ha dejado a alguien en las puertas vigilando. Podrían reconocer... a un aelv.

La miré con ojos entornados. Había algo familiar en sus ojos, en su postura.

Apartó la mirada, cruzándose de brazos.

—¡Ah! —exclamó Yazad, y dio una alegre y sonora palmada—. ¡En eso puedo ayudaros! ¡Suelo llevar fruta del huerto y de nuestros almacenes para repartirla entre la gente del pueblo! Lo normal es que los hogareños no se fijen mucho en quiénes me acompañan. Vendréis conmigo cargando con sacos de fruta y nadie os prestará atención. ¡Así os compenso el servicio que me hicisteis!

Supuse que era buena idea, y estaba claro que Ealstan coincidía conmigo, porque salieron los dos a ver cuántos sacos de manzanas había listos para llevárselos. Thokk se acercó a cuidar del fuego, ya que Leof seguía dormitando en un rincón.

Miré mi dibujo. Ryan se enfadaría si se enteraba de que estaba allí. Pensarlo me confundió. Éramos compañeros, así que ¿no nos metíamos en líos juntos?

«No —pensé—. Ocurrió algo entre nosotros que...».

Flexioné las manos. Tenía algo que ver con aquellas mejoras.

No eran equipamiento policial reglamentario. ¿De dónde las había sacado? ¿Y por qué me había quedado paralizado cuando me atacó aquel hordalés?

Fogonazos de luz. Gritos de furia.

Empecé a hacerme preguntas otra vez. Sobre mí mismo, sobre mi corazón, sobre quién había sido... y qué había hecho. Por primera vez, no estaba seguro de querer recordar. Sabía, muy en el fondo, que me había aferrado con demasiada fuerza al recuerdo de ser policía. No explicaba todo lo que era capaz de hacer, el instinto que tenía para mentir y ocultarme.

No. Era un héroe. *Tenía* que ser un héroe. Siempre había querido...

...ser como Ryan. Pero las cosas no me habían salido bien, ¿verdad?

Maldita sea. Pasé unos minutos hurgando entre los submenús y, de nuevo, no pude activar las placas hipodérmicas que no funcionaban. Estaba desconcertado. ¿Para qué las tenía, si no era para usarlas? Busqué y rebusqué hasta que me sorprendió la aparición de un nuevo mensaje.

Placas hipodérmicas deshabilitadas por comando externo, rezaba. No vas a recuperarlas, Johnny. Deja de intentarlo.

¡Maldición! Aquello me lo había *hecho* alguien. A propósito. Salí de los menús y sentí un acuciante deseo de *esconderme*. Quise dejar de hurgar en mi pasado, dejar de buscar más respuestas de las que ya flotaban en superficie. No iba a gustarme lo que encontrara.

La vergüenza casi me abrumó.

Conocía bien esa emoción. Pero ¿por qué la había visto en *Sefawynn* hacía solo unos minutos?

Tanto ella como Thokk habían salido de la choza mientras estaba distraído. Así que me levanté, me sacudí la ropa y saqué la cabeza por la puerta. Había varias mujeres trabajando en la paja del techo, y más gente en el huerto. Un hombre cambiaba las losas del camino. La vida no dejaba mucho tiempo libre a la gente por allí.

Vi que había unos pocos cuencos de bayas delante de la choza, con varias peticiones al lado. Zapatos raídos, un montón de juncos para tejer un tapete y... ¿leche? No supe muy bien si era una ofrenda o si la querían convertida en mantequilla. Supuse que hasta las misteriosas fuerzas invisibles tenían que ganarse la vida de algún modo.

Sintiéndome un poco tonto, dije:

—¿Quieres probar con algo de esto mientras yo busco a Sefawynn?

No hubo respuesta, claro.

Encontré a Sefawynn sentada en un tocón, contemplando el bosque oscuro. Llegué junto a ella a paso tranquilo, con las manos en los bolsillos y el viento tirando de mi capa. Sí que era una prenda práctica, sí. No me hacía falta el calor, pero desde luego me notaba más impresionante con ella puesta. (Cuatro estrellas. Los chavalines raros podrían saber lo que se hacen).

—¿Qué hay? —le dije.

Me saludó con la cabeza.

—Leof ha creído reconocerte —afirmé—. Y ahora te preocupa que los guardias de la ciudad también lo hagan. Y llevas actuando raro desde que llegamos aquí. Como si te... diera vergüenza algo.

Sefawynn suspiró, puso los codos en las rodillas y apoyó la cabeza en las manos. Yo apoyé la espalda en un árbol cercano.

—Nuestros alardes no hacen nada —susurró—. Todas las skops lo sabemos. Creo que antes funcionaban. En fin, a las skalds hordalesas sí que les funcionan, así que es posible que los nuestros también lo hicieran en algún momento, ¿verdad?

—No lo sé —respondí en voz baja—. No sé mucho sobre nada de esto.

—Me tienes confundida, Runian —dijo, mirándome por fin—. He descubierto el truco de la voz. Una vez conocí a un skop que hacía que sonara como si los objetos que tenía cerca hablasen, aunque no movía los labios. Es algo parecido, ¿verdad? ¿Es como haces esa estafa?

—No soy un estafador —repliqué con demasiada fuerza. Era una fibra sensible—. Pero es una capacidad similar.

—No soy quién para echártelo en cara —dijo Sefawynn—. Las skops deberíamos reconocer que *no podemos* aflojar espectros, ni amarrarlos, ni intimidarlos. Pero… es bueno para la gente creer que sí podemos. —Torció el gesto—. No, es una excusa. La verdad es que, si fuésemos sinceras con la gente, nos expulsarían y nos moriríamos de hambre. Así que seguimos comportándonos como si supiéramos lo que hacemos.

—¿Y Wellbury?

—Pasé por aquí hace unos años —dijo Sefawynn—, después de que el Oso se llevara a mis padres. Avanzaba en esta dirección, así que el medio padre pidió amarres para un asentamiento cercano. Protección adicional, porque las piedras rúnicas… bueno, ya sabes.

»Pronuncié mis mejores alardes, aunque sabía que no harían nada. Wyrm y yo recibimos el pago y nos marchamos.

—¿Y ese asentamiento? —pregunté.

Señaló con la cabeza hacia el bosque.

—Estaba justo ahí.

Seguí su mirada hacia la densa arboleda, más allá de unos árboles que parecían columnas de piedra y debían de tener siglos de antigüedad. Era imposible que antes hubiera un asentamiento *ahí fuera*.

Pero ¿qué sabía yo? Había empezado a hablar con el aire y a creer en fantasmas o lo que fuese. Así que me fijé más. Y, al escrutar el bosque, vi unas sombras que podrían haber sido antiguos muros de piedra, o cimientos.

—La gente empieza a darse cuenta —dijo Sefawynn—. Cuando aflojo un cenagal, regresa a la noche siguiente. Las protecciones que prometo no cobran forma. Mueren personas, y sus parientes se preguntan por qué dieron de comer a esa skop. Por qué la escucharon y creyeron... No quedan muchos lugares ya donde no vayan a reconocerme, y no dejo de olvidar dónde he estado.

Normal que me tomara por un estafador: era justo la vida que llevaba ella. Era la versión medieval de una vidente. En mi época esa gente era bastante inofensiva. Pero ¿allí, donde parte de todo aquello era real? Aunque quizá no debería compararla con una vidente. Era más bien una timadora, como la gente que vendía mejoras defectuosas que no te protegían.

En todo caso, no era asunto mío. Tenía a jefes mafiosos de los que ocuparme. Pero deseé que aquel tono de voz no me resultara dolorosamente familiar. La expresión de sus ojos la hacía parecer hueca, como un muñeco de plástico barato. De los que estaban pintados para parecer de metal, pero sabías que no lo eran en el momento en que los levantabas.

—Estoy harta de mentir —susurró Sefawynn—. De pasarme la vida preocupada.

—De no quedarte nunca mucho tiempo en un sitio —dije—, porque sabes que el pasado terminará alcanzándote. De temer que cada persona con la que te cruzas sea alguien a quien has robado. De no dormir nunca si no es imprescindible, porque hasta tus amigos son... la clase de gente con la que no concilias bien el sueño.

Me lanzó una mirada. Por un momento temí que su muestra de vulnerabilidad fuera fingida, para hacerme reconocer algo. Pero entonces asintió.

Traté de componer un discurso estimulante. Decirle algo honorable de verdad, como el honesto inspector que en otro tiempo había entrenado para ser. «Dale la vuelta a tu vida, chica», o: «Búscate un trabajo decente y haz de voluntaria en el refugio de gatitos diabéticos». Pero en vez de eso, dije:

—La vida a veces es horrible. Hay que apañárselas.

—Otros se las apañan sin estafar a nadie —respondió ella—. Ealstan lo hace ayudando a la gente a sobrevivir.

—Y esos hordaleses lo hacen destripando a la gente —dije—. Quemando pueblos. En esa escala, no estás tan mal.

Se estiró, se levantó y se sacudió el vestido.

—Gracias —dijo—. Por no juzgarme.

—Crees que yo también soy un estafador. ¿Por qué iba a juzgarte?

—Es lo primero que dices que me hace dudar —repuso—. Porque todos los estafadores que conozco son unos meirdes sentenciosos.

Ahí estaba otra vez. ¿«Verde» era una palabrota? (Dos estrellas. Mejor que llamar gris azulado a alguien. Digo yo).

—El medio padre podría reconocerme —añadió mientras volvíamos hacia el dominio—. O a lo mejor no. Pero creo que es mejor que no esté presente cuando Ealstan hable con él.

—Me parece bien —dije—. Creo que debería dirigirme *yo* a él.

—Intentarás convencer a Wealsig de que eres un vago, ¿verdad?

—*Mago* —la corregí—. Y sí, eso voy a hacer. Se supone que funciona bastante bien. Lo pone en mi libro. A esos hordaleses los impresioné.

—Tendrían que haberte ardido los ojos por leer tanta escritura —comentó—. Tienes un ryro muy particular.

—Tú sí que haces unos giros muy particulares, en serio te lo digo.

—*Ryro* —repitió—. Destino, o suerte, o... En realidad no es ninguna de las dos cosas, pero... ¿Cómo es que no sabes nada de esto? ¿De dónde eres en realidad?

—De Seattle. —La miré—. Allí no hay muchos anglosajones. El café es bueno, eso sí. Y las librerías. Estoy diciéndote la verdad, Sefawynn. Solo llevo unos días en tu país.

—Y aun así hablas nuestro idioma.

—*Vosotros* habláis el *mío*.

Puso los ojos en blanco.

—Para ya —le dije.

—Estaba comprobando la hora.

—Tenemos el sol detrás.

—Cosa que se averigua mirando el cielo.

—Hay sombras por todas partes. Son lo bastante largas para deducir la hora.

Se detuvo en seco y me miró entornando los ojos.

—¿Qué? —pregunté.

—Compruebo si las sombras son lo bastante oscuras.

—¿Para qué?

—Para taparte la cara. Pero no. Aún la distingo. No está ni de lejos lo bastante oscuro para mi gusto.

Descubrí una sonrisa en sus labios. Entre nosotros había crecido una sinceridad tácita. Los dos teníamos partes incómodas en nuestro pasado. Yo no quería afrontar las mías, pero estaban ahí, justo por debajo de la superficie. Pero ambos seguíamos adelante. Y después de admitir unas cuantas cosas, en concreto su carencia de poderes, el aire parecía más despejado. Sefawynn se acercó un poco más a mí.

Me quedé paralizado.

—Un momento —dije—. ¿Eso era tontear? ¿Estábamos *tonteando*?

Puso los ojos en blanco de nuevo y siguió andando.

«Así me gusta, John —pensé—. Una jugada de profesional». Parecían dárseme fatal las mujeres. Bueno era saberlo.

Apreté el paso para alcanzarla. Había gente congregada delante de la choza. ¿Qué ocurría?

Ah. Estaban mirando una pila de unos veinte tapetes tejidos.

Y una montaña de mantequilla tan alta como un niño pequeño.

En cambio, los zapatos estaban desmontados en sus piezas más básicas. Hasta los cordones estaban desechos en fibras. Era como si el espectro estuviera diciendo: «He hecho lo que me pedíais, pero para que veáis que no soy un pelele, he destrozado los zapatos. Que lo sepáis».

Leof levantó un tapete con gesto reverente.

—¿Qué clase de espectro ha podido hacer esto?

Sefawynn me miró y se me llevó a un lado.

—¿Qué? —pregunté cuando ya no nos oían.

—¿Has sido tú? —exigió saber.

—No sé tejer tapetes. Casi no sé ni preparar ramen.

—Su espectro es buena gente —dijo ella—. Pero débil. He hablado con los niños esta mañana y solo puede hacer una pequeña tarea cada vez, y le cuesta muchos días. ¿Le has pedido a tu espectro que haga eso?

—Escucha, no es para tanto. A lo mejor el que me sigue a mí es más trabajador.

—¿Cómo has podido amarrar a un espectro tan poderoso? —preguntó con brusquedad—. Y no a un lugar, sino a una *persona*. ¡No tienes ningún sentido!

—¡Lo sé! —repliqué—. ¡Prueba a ser yo! ¡Cero estrellas! ¡Peor que la cola *light* con un montón de azúcar!

Un momento.

¿Cómo narices sabía yo a qué sabía eso?

De verdad había cosas en mi pasado que era mejor olvidar.

Sefawynn frunció el ceño.

—¿Qué es cero?

—¿En serio? —dije—. ¿Esa es la parte del diálogo que te confunde?

—Es la parte confusa que casi llegaba a seguir —respondió. Miró hacia el dominio—. Venga, vamos a concretar el plan con Yazad. Quiero ver a mi hermano.

Wellbury no era la fortaleza gigantesca que uno podría imaginarse por cómo hablaban de ella los demás. Era más grande que Stenford, eso sí, y estaba rodeada por una muralla de madera. Pero las únicas estructuras de piedra que vi al acercarme eran las dos torres a ambos lados del portón.

Empezaba a pensar que no iba a ver ningún castillo. Pero de todos modos, si fuese un hordalés invasor, a lo mejor aquella gruesa empalizada me desalentaría. Desde luego, cruzar el foso tenía que ser un incordio, suponiendo que los arqueros de la muralla estuvieran acribillándote a flechazos.

Pero el pueblo no estaba lo bastante lejos de la costa para tranquilizarme. Ealstan me había contado ataques en los que intervenían decenas, o incluso *centenares*, de barcos hordaleses.

Traté de visualizarlo mientras llegaba por el camino, rodeado de gente leal a Yazad, con una cesta de manzanas atada a la espalda. Cien barcos inundando aquel camino de hombres fornidos con barba bien cuidada. Imaginé a la gente del dominio, que no tenían ni a un solo guerrero entre ellos, huyendo para salvar la vida.

La pobre gente de Wellbury estaba atrapada entre el bosque y el océano. Para mi gente serían unos terrenos de primera, pero allí tanto uno como el otro suponían un peligro. Sus enemigos eran móviles, pero ellos estaban retenidos allí por sus hogares, sus granjas, sus familias. Teniendo eso en cuenta, la muralla empezó a parecerme endeble como un mondadientes, el foso apenas un charquito.

Habíamos llegado cuando la tarde ya acababa, confiando en que las sombras contribuirían a ocultar nuestras actividades. Yazad dejó en el suelo sus cestas de manzanas, que cargaba con un palo cruzado en los hombros, fue a charlar con los guardias del portón e hizo un pequeño intento de convertirlos hablándoles de la grandeza de Ahura Mazda. Los guardias se lo tomaron con buen humor y aceptaron las manzanas que les ofreció Yazad.

Escruté sus rostros. Pero si Ulric había dejado a alguien allí para atrapar a Ryan, esa persona estaría mirando desde un lugar más oculto.

Ningún guardia nos miró dos veces. El pueblo estaba ajetreado, a pesar de que la luz ya remitía. Había gente metiendo animales en varios rediles grandes y circulares dentro de la muralla, y visitando al herrero, o llevando leña en carretas, o yendo hacia casa.

Toda una vida jugando a videojuegos me había enseñado a buscar una taberna o una posada, pero no vi ninguna. Me dio la impresión de que si alguien llegaba a Wellbury era o bien porque conocía a alguien de allí, o bien porque tenía alguna profesión viajera respetable, como Sefawynn o Thokk, y entonces te acogían encantados en alguna casa a cambio de tus servicios.

Los amontonamientos de casas de una planta y techo de paja, como demasiados pájaros compartiendo nido, apretujaban las calles. La única excepción era el espacio inmediato a la muralla, donde había escaleras de madera para que subieran los guardias y vigilaran el exterior.

El hedor me sorprendió.

Había esperado que la gente apestara, pero mis compañeros no eran peores que mis amigos hippies que elegían renunciar al desodorante. Sefawynn solía oler bien.

En cambio, aquel lugar... Los olores de granja eran omnipresentes, pero solo como contrapartida a los olores humanos, mucho peores. Después de unas pocas inhalaciones, opté por respirar por la boca.

Tenía el vago recuerdo de estudiar en clase los tiempos antiguos y preguntarme por qué alguna gente prefería vivir en el quinto pino en vez de en comunidad. Las ciudades eran una forma de vida superior. Una fuente de conveniencia y cultura. Tenían cosas como panaderías, y carnicerías, y... hum... ¿tiendas de velas?

Pero llamar culto a aquel lugar era estirar la definición. No estaba interpretándose ninguna sinfonía, a menos que contara el zumbido de las moscas como contrapunto al de las botas despegándose del fango. El pueblo tenía que estar *plagado* de enfermedades, y el ruido era molesto. Quizá estuviera mejor defendido, pero tardé poco en empezar a añorar el aire pacífico del dominio.

Dicho eso, me sorprendió la variedad de gente que vi allí dentro. Aunque la mayoría eran personas de tez pálida ataviadas con los vestidos de dos capas o la combinación de pantalones y jubón que asociaba con los anglosajones de ese lugar, también había gente con tonos de piel oscuros y bastante diversidad en el vestir, desde sombreros como el de Yazad hasta ropa colorida. Hasta vi una familia asiática. Siempre había pensado que en la época medieval la gente se quedaba donde nacía, al no tener locomotoras ni aeroplanos.

Llegamos a una zona del pueblo menos abarrotada. Entre una casa y otra se veían pequeños sembrados o huertos. Yazad nos hizo entrar en un almacén poblado por sacos de grano y gatos que merodeaban. Uno se frotó contra mi pierna y luego me tiró un mordisco cuando intenté acariciarlo. Gatos. Eran iguales en todas las dimensiones.

—Muy bien, amigos míos —dijo Yazad mientras dejábamos las cestas de manzanas—. Por la gracia de Ahura Mazda, hemos conseguido meteros en el pueblo. El alguacil Wealdsig estará en su mansión, preparándose para su festín y sus alardes nocturnos. A ser posible, procurad no meter a mi gente en problemas con lo que hagáis aquí.

—Os dejamos las túnicas —dijo Sefawynn, quitándose la suya, que llevaba encima de la ropa igual que Ealstan y yo—. Y no te mencionaremos, Yazad.

—Cuídate, amigo —añadió Ealstan mientras le daba también su túnica—. Y si es verdad lo que dices de que a tu dios le importa la gente… podrías hacerle una ofrenda en nuestro nombre.

—Ahura Mazda solo acepta buenas palabras, buenos actos

y buenos pensamientos —respondió Yazad—. Pero le enviaré oraciones por vosotros. Cuando hayáis rescatado al chico y encontrado a los hombres malvados que perseguís, volved conmigo. Os demostraré lo mucho que puede mejorar la vida sin temer al firmamento.

—Creo que debería temerlo más, si te hiciera caso —dijo Ealstan—. Tu dios está lejos, Yazad, igual que tu tierra.

—No está más lejos tu corazón —repuso Yazad, sacando la vara de entre las cestas que había traído—. Tu cayado, Runian.

Le di las gracias mientras lo cogía. Era de manzano, suave al tacto. Había mencionado que me gustaría tener uno y Yazad me había ofrecido aquel, ya que le recordaba «a los de los magi».

—Nosotros nos volvemos hacia casa —nos dijo Yazad—. Delm no lleva la cuenta en el portón, ¡excepto la de las manzanas que aún tendré que darle!

Nos abrazó a los tres. Luego Ealstan asintió mirándonos a Sefawynn y a mí y todos nos pusimos la capucha de la capa. Salimos juntos por la puerta lateral del almacén, seguidos por una cuarta figura más menuda.

—¿Qué? —dijo Thokk cuando nos volvimos hacia ella.

—Sería mejor que te quedaras con ellos, abuela Thokk —respondió Ealstan.

—Soy dueña de mí misma —afirmó Thokk.

—Nuestra misión es peligrosa —dijo Sefawynn.

—Lo sé —respondió la anciana—. Y si no os ayudo, acabaréis muertos. Además, el huerto de manzanos es aburrido y vosotros interesantes. La decisión está tomada: voy a acompañaros.

Esperaba que los demás se lo prohibieran directamente. Aquel no era lugar para alguien que debía de rondar los ochenta años, pero Sefawynn y Ealstan se miraron y no dijeron nada más.

Yo tampoco abrí la boca. Thokk sabría cuidarse mejor que yo en aquel mundo. Con un poco de suerte, podría compensar mis carencias con las ventajas particulares que tenía, porque había llegado el momento de demostrar que era un mago.

# PyR:

¿Cómo es que en la Gran Bretaña de mi dimensión, previa a la conquista normanda, todo el mundo habla inglés moderno? ¿No haría falta un alineamiento increíble de factores sociales y lingüísticos, que no se daría ni por puro milagro de forma tan conveniente?

 Parece ser que no.

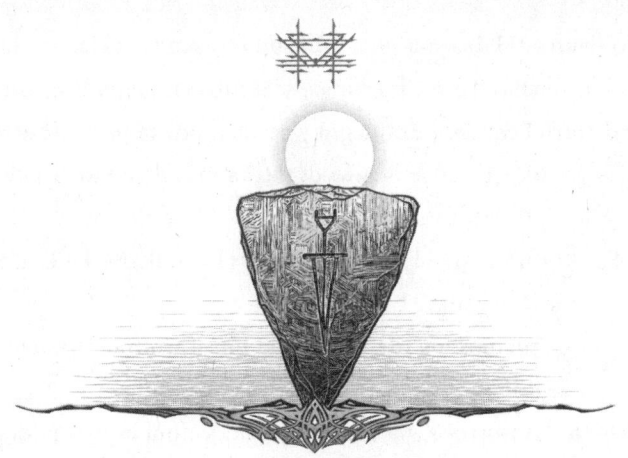

Echamos a andar hacia la mansión. La parte crucial del plan volvía a depender de mí, y esperaba que en esa ocasión saliera mejor. No quería tener que recurrir de nuevo a las palabras llameantes. *No* confiaba en ellas.

Ealstan nos llevó por una ruta poco transitada. Quizá a plena luz del día alguien se habría dado cuenta de que no estábamos donde debíamos, pero de noche el porte de Ealstan evitó que nadie nos hiciera preguntas. Parecía un oficial ocupándose de asuntos oficiales.

Me sorprendió otra vez lo pequeño que era el pueblo. Se suponía que era uno de los asentamientos más importantes de la zona, superado solo por Maelport, la ciudad del conde. Pero aun así, llegamos a la mansión en menos de un minuto. La localidad entera no debía de ser mucho más extensa que un campo de fútbol.

La mansión se parecía bastante a la de Stenford, más larga que alta y construida por completo de madera, aunque con ventanas sin cristal que dejaban salir el resplandor de un fuego encendido dentro. Había una mujer dejando ofrendas delante, sin esforzarse mucho. La piedra rúnica se alzaba en un patio extenso y llano ante el edificio. Era negra y serrada por la parte de arriba, y más grande que la de Stenford: medía más de un metro de ancho y el triple de altura.

Esa vez no pude negarlo. Los símbolos tallados en la piedra negra emitían un suave brillo azul.

Nos quedamos los tres en las sombras mientras la mujer terminaba de trabajar.

—Eh —susurré—, ¿la piedra rúnica de aquí es más poderosa que la de Stenford?

—Sí —dijo Sefawynn—. La crearon para proteger una superficie mayor. Expulsa a los cenagales y ayuda a calmar a los espectros útiles. Todo habitante de la zona debe acudir en defensa de la ciudad durante un ataque.

—¿Y mi espectro? —pregunté—. ¿La piedra tendrá algún efecto en él?

—Podría debilitarlo —dijo ella—. La piedra quiere que se establezca aquí y proteja la zona o que se marche. Tu espectro se resiste a ambas cosas al seguir amarrado a ti. Lo que sea que se te ha vinculado, ya sea un nicor, un draca o alguna variedad que no tenemos definida, es fuerte. Tanto que asusta.

—Un momento —dije—, ¿cómo lo sabes? ¿Cómo te das cuenta siquiera de que tengo un espectro?

—Es cosa de skops —intervino Thokk—. ¿Cómo van a saber si un espectro está amarrado o aflojado si no ven las señales?

Exacto, ¿cómo? Lancé una mirada a Sefawynn, que tenía la cara oculta por la sombra de su capucha.

—Decidme —susurró Thokk—, ¿por qué vamos con tanto disimulo?

—Te lo repito, anciana —dijo Ealstan—. Esto es peligroso. Tal vez deberías...

—¿Y a mí qué más me da si es peligroso? —espetó Thokk—. ¿Sabes lo vieja que soy? Seguro que apenas me quedan unos meses. ¡No es que esté arriesgando mucho! Venga, ¿qué estamos haciendo?

—Runian convencerá al alguacil de que nos cuente lo que sabe sobre el hermano de Sefawynn —dijo Ealstan—. Cuando sepamos donde está, Sefawynn y yo lo liberaremos mientras Runian distrae al alguacil.

Era el acuerdo al que habíamos llegado. Tenía pensado tirarle de la lengua y averiguar lo que pudiera sobre los planes de Ulric y Quinn mientras los demás estaban con el rescate.

—¿Así que vamos a llamar a la puerta y ya está? —preguntó Thokk.

—No —dijo Sefawynn—. Runian quiere «hacer una entrada», en sus palabras.

Si el libro estaba en lo cierto, tenía que impresionar al alguacil desde el principio. Dudaba mucho que esa fuera la manera de proceder que tenía un policía normal, pero cada vez estaba más convencido de no ser la clase de persona a la que le importaban esas cosas.

—Sigamos —dijo Ealstan.

La mujer de las ofrendas había entrado en la mansión. Dentro habría hogareños, es decir, soldados, pero aquella gente no parecía preocuparse mucho por los asesinos. Sus ojos miraban hacia fuera, en dirección al océano y el bosque. No era nada probable que tuvieran vigilada la parte trasera del edificio.

Llegamos con rapidez a la fachada lateral, donde encontramos un callejón entre la mansión y la muralla del pueblo. Estaba desierto y era perfecto para lo que pretendíamos. Una ventana abierta más adelante pintaba el callejón con una luz entre rosada y naranja.

—Tú espera conmigo en la esquina, anciana —dijo Ealstan a Thokk—, si te parece bien.

—La llevas clara —replicó ella—. Esto será entretenido.

Nos siguió a Sefawynn y a mí por el callejón. Me impresionó lo silenciosa que podía ser al moverse, aunque tampoco hacía falta mucha habilidad para deslizarse en la oscuridad por detrás de un edificio.

Claro que yo me había llevado un tablonazo en la cara la última vez que lo había intentado, así que...

Una mirada rápida por la ventana me reveló una disposición parecida a la de todas las casas que había visto hasta entonces. Una sala grande con un hogar en el centro, rodeado por varias mesas enormes con gruesos troncos por patas. Había varios guardias presentes, pero solo había una mesa ocupada, la que estaba justo a la izquierda de la ventana. A ella se sentaban una mujer alta y morena y un hombre mayor, flaco y de pelo ralo. Tenía un solo ojo y estaba bebiéndose una gran jarra de algo espumoso.

—Me recuerda a mi hermano —susurró Thokk.

A la derecha vi la puerta que me había recomendado Ealstan, por la que la gente salía «a hacer sus cosas», según decía. Estábamos en la fachada oriental del edificio, y esa salida estaba en la pared norte. Tendría el cerrojo echado.

—¿Estás seguro de que podrás hacerlo, Runian? —susurró Sefawynn.

—No —dije—. Pero preparaos. Y rezad para que el plan funcione.

—¿Rezar? —preguntó Thokk—. Dudo mucho que quieras que Woden se fije en esto.

Respiré hondo y seguí rodeando la mansión hacia la puerta. Thokk, por suerte, se quedó atrás con Sefawynn. Recorrí la cara norte del edificio, pasando por una larga zanja que olía incluso peor que todo lo demás, y me acerqué a la puerta. Más allá estaba la puerta negra más grande, vigilada, pero supuse que los soldados pensarían que estaba yendo a la letrina.

Examiné la puerta. Había tomado prestados de Yazad un cuchillo fino y un poco de alambre. No debería costarme mucho derrotar a una cerradura de hacía mil años.

¿Dónde estaba la cerradura?

La puerta de madera tenía un asa y un agujero. Probé a abrirla para confirmarlo y sí, no pude. Los demás me habían dado a entender que la cerradura sería sencilla, pero no la entendía en absoluto. Ni siquiera había visto que hubiera una tranca al otro lado.

Por suerte, llegaba preparado. Dejé el cayado contra la pared y busqué en el bolsillo de la capa hasta sacar una baya, que puse en el suelo.

—¿Me abres esto, por favor? —pedí en voz baja.

Me puse de espaldas a la puerta y conté hasta cien. La baya

seguía donde la había dejado. Ah, claro. Saqué un pañuelo blanco del bolsillo, lo puse en el suelo y coloqué la baya encima.

—¿Y ahora? —pregunté.

Repetí el proceso. La baya había desaparecido. Yo tampoco habría querido comerme nada en ese suelo.

La puerta ya se abría. Recuperé el cayado, respiré hondo e irrumpí en la sala. Di un fuerte bastonazo en el suelo.

—¡Me llamo Runian! —proclamé—. ¡Vengo a hablaros de vuestro futuro!

Wealdsig me miró boquiabierto, con la jarra a medio camino de los labios.

Volví a golpear el pie del bastón contra el suelo mientras usaba las mejoras vocales para generar un sonido parecido al trueno. El libro cantaba maravillas de su bastón patentado de Verdadero Mago™, que hacía cosas como esa por sí mismo, pero supuse que mis mejoras podían imitarlo bastante bien.

Esperé. Ealstan ya me había advertido que ese hombre podía ser impredecible y…

Wealdsig estalló en carcajadas y dio varias palmadas en la mesa.

—¡Maravilloso! —exclamó—. Mujer, tráeme mi mejor bebida. Forastero, ¿qué otros trucos sabes hacer?

—Estooo… —dije. Había esperado objeciones, quizá ira, no una credulidad inmediata. La mujer que había al lado de Wealdsig se marchó con prisa de la sala para obedecer, pero mantuve la atención fija en el alguacil—. ¡Sé predecir el futuro! Pero antes debo demostrarte que…

—¡Trucos! —gritó, señalándome—. ¡Ya!

—¡Bien! —respondí—. Que algún hogareño sostenga una capa en alto, para taparme tu mesa.

Wealdsig dio otra palmada en la mesa y, a juzgar por los dedos retorcidos e inmóviles, imaginé que era la que se había clavado a un árbol. Llegó un soldado y, mientras Wealdsig le hacía gestos apremiantes, se quitó la capa y la sostuvo para impedirme ver la mesa.

Mientras esperaba, vi que en el suelo junto a la puerta había unas piezas de madera. ¿Piezas de cerradura, quizá? Mi espectro la había desmontado.

—¿Y ahora qué, forastero? —preguntó Wealdsig, con espuma de cerveza en la desaliñada barba entrecana.

—Ahora —dije—, elige un objeto de la mesa y señálalo detrás de la capa. ¡Usaré mis poderes para leerte la mente y ver qué has escogido!

El libro recomendaba utilizar un dron con la cámara enlazada a mi campo de visión, pero yo tenía una solución más... analógica. Mientras Wealdsig trasteaba detrás de la capa, activé mis mejoras auditivas. El crepitar del fuego se convirtió en rugido, pero lo filtré con unos pocos comandos. Al cabo de un momento, pude distinguir la voz de Sefawynn, que susurraba desde fuera junto a la ventana.

—Es su puñal —me dijo—, que ha sacado de una vaina que lleva al costado. Creo que tiene una cabeza de lobo en el pomo.

Cerré los ojos y alcé las manos. Con las mangas por los codos, creé un efecto de llamas danzando en la piel. Estaba muy orgulloso de él. Antes me había pasado varias horas introduciendo los comandos.

—Sí... —dije, ajustando la audición a niveles normales—. ¡Lo veo! ¡Medio padre, has elegido tu propio puñal! ¡Marcado con el signo del lobo!

—¡Ja! —exclamó Wealdsig. Lanzó el puñal al aire, lo atrapó y lo clavó en la mesa—. ¡Otra vez!

—Antes deseo...

—¡OTRA VEZ!

Pues nada. Cerré de nuevo los ojos, alcé las manos y volví a ajustar la audición mientras el alguacil elegía otro objeto.

—Ay, madre —susurró Sefawynn—. Está... hum... señalándose la entrepierna, Runian. Se cree muy listo, a juzgar por la sonrisa.

Me pareció oír que Thokk soltaba una risita.

—Veo... —dije—. Veo un poderoso miembro, fuente de gran creación. Medio padre, has elegido tu hacedor de herederos y legado.

Se levantó de golpe y la silla cayó al suelo. Hice una mueca al oírlo, porque me había olvidado de atenuar la audición. Pero dio una nueva palmada en la mesa, sonriendo de oreja a oreja.

—¡Ja, ja! ¡Eres mucho más divertido que los otros forasteros, larguirucho.

¿Larguirucho?

—Medio padre —dije—, debo...

—¡Más trucos! —exigió.

El sonido del trueno retumbó desde mi boca. Confié en que fuese más intimidante que absurdo. Mientras practicaba, Thokk había... Bueno, da igual. Funcionó con Wealdsig, que se quedó callado.

—Debo hacerte una terrible advertencia sobre tu futuro —dije, señalándolo y haciendo que me titilaran llamas en la piel—. Pero antes, háblame de los otros forasteros que han pasado por aquí. ¿Qué puedes decirme de ellos?

—¿Ulric Mataseñores? —preguntó él.

—¡Sí! ¿Qué te ha dicho antes de marcharse?

—Tenía que llegar a Maelport —dijo el alguacil—. Espera visitantes de otro mundo dentro de tres días.

¿Visitantes? ¿En tres días?

—¿Ha dejado contigo a un joven?

—Sí —respondió Wealdsig—. Lo he metido en el hoyo cerca del pudridero. ¿Por qué? ¿Qué tiene que ver con mi futuro?

—Es un cambiaformas —dije.

Oí un agradecimiento susurrado de Sefawynn. Ya solo tenía que entretener a Wealdsig el tiempo suficiente para que Ealstan y ella rescataran al chico. Por fin un plan mío funcionaba como estaba previsto. Desactivé la mejora auditiva y me preparé para lanzarme a mi siguiente truco. Fui hacia el fuego, del que había pensado sacar ascuas sin quemarme, gracias a mis placas.

Mientras me preparaba, reparé en que había alguien en el umbral de la puerta que daba a las estancias delanteras. La mujer que había estado sentada con Wealdsig ya volvía.

Acompañada por Quinn, el segundo al mando de Ulric.

—¿Johnny? —exclamó—. ¿Qué leches haces *tú* aquí?

**V**aya, hombre.

Sí que era Quinn, desde luego, con la misma cara de pala de siempre.

Wealdsig soltó una carcajada, se dejó caer en otra silla y arrojó la jarra vacía al soldado que seguía sosteniendo la capa con cara de incomodidad.

—¿No iba a tener el pelo rojo? —dijo Wealdsig a Quinn—. ¿Puede cambiar su apariencia?

—Este no es el que nos interesa —respondió Quinn mientras cruzaba la sala.

Llevaba ropa militar de camuflaje, no vestiduras de época. La mujer se quedó cerca de la puerta. Wealdsig la había enviado a avisar a Quinn de mi llegada. Me estaban esperando.

No, a mí no. Habían tendido la trampa a Ryan. Yo solo había caído en ella.

Levanté las manos y solté el cayado, retrocediendo.

—Eh, hola, Quinn. Eh… ¿Qué tal está Tacy?

—Déjate de historias —dijo él—. Sabes que el jefe quiere cortarte las pelotas, ¿verdad? Pero ¿cómo se te *ocurre* robarle al mismísimo Ulric? —Calló un momento y se echó a reír—. Espera, espera. ¿El código que copiaste era *este*? ¿Intentaste esconderte en *esta* dimensión? ¡Ay, Johnny! ¡Mira que has tomado decisiones malas en tu vida, pero esta *no tiene precio*!

Maldición.

—Y ni siquiera fuiste tan listo como para destruir la clave original —añadió Quinn—. Habría dado igual, por las copias de seguridad. Pero dime la verdad, Johnny. ¿Tenías la menor idea de lo que hacías cuando saltaste aquí?

—No soy… de los vuestros —dije—. Soy policía.

—¿Policía? Pero si casi no valías ni como *portero*, Johnny. Teniendo untados a polis de verdad, ¿para qué querríamos a alguien que ni terminó la academia?

No la terminé.

Maldita sea. Era verdad.

Me dejé caer al suelo, contra la mesa que había al lado de la pared. Otro gran pedazo de mi vida ocupó su lugar.

No era inspector. Lo había dejado al cabo de seis meses. Había abandonado la academia, deshonrado. Igual que antes con la facultad de Bellas Artes. Igual que con todo lo que había intentado.

Luego había querido ganarme la vida, pero no había manera, así que me había dedicado al robo menor y la estafa. Había estado años en una espiral descendente hasta terminar durmiendo literalmente en la alcantarilla.

Y entonces, hacía diez años, Ulric me había reclutado.

«Esta dimensión iba a ser mi escapatoria —pensé con la mente embotada—. Quería dejarlo. Ir a algún sitio donde no fuera el peor de los fracasados».

Después de la muerte de Jen... hui. Robé un código.

Llegué allí.

Jen siempre había querido visitar una dimensión de aquellas. Y Ulric tenía cientos de códigos guardados por si necesitaba algún lugar donde esconderse. Pensé que no echaría en falta una, que igual ni siquiera se daba cuenta.

Quinn aún estaba soltando risitas mientras me daba la espalda e iba a la mesa de Wealdsig para coger una jarra de cerveza. Se sacó algo del bolsillo. ¿Era un teléfono? ¿Cómo narices habían logrado que funcionaran en esa dimensión?

—¿Debería preocuparme? —preguntó Wealdsig, señalándome—. Tiene poderes, como tu gente.

—¿De quién, de Johnny? —dijo Quinn levantando la mirada del teléfono—. Será coña, ¿no? ¿A ti te *parece* peligroso?

—Me parecéis todos débiles —respondió Wealdsig.

—Johnny no era peligroso ni siquiera cuando *debía* serlo. —Quinn levantó el teléfono hacia mí—. Voy a decirle al jefe que estás aquí, Johnny. Podrías ir a suplicarle, si quieres. A lo mejor no te tira por un acantilado. Pero la verdad es que últimamente está de un humor de perros.

—Tendisteis una trampa —dije, para que siguiera hablando—. ¿Pero no me buscabais a mí?

—Tu antiguo compañero de piso está aquí —respondió Quinn—. Cerramos la dimensión después de que entrara, pero con sus mejoras... bueno, el jefe prefiere no arriesgarse. Nos sigue la pista desde hace… ¿cuánto, diez años ya? Hace una semana atacó y deshabilitó parte de nuestro material. Ese hombre es un verdadero incordio.

»Así que queremos echarle el guante. Hemos estado secuestrando a críos y difundiendo rumores. Ya sabes cómo se pone Chu con los secuestros. Y ya sabes cómo se pone el jefe con él. Que Chu trajera refuerzos fue la gota… —Quinn dejó la frase en el aire y sonrió—. ¡Vaya! Lo que pilló el rastreador teleportándose en el norte no eran refuerzos. Eras tú, ¿verdad?

—Supongo. —Parpadeé—. La verdad es que no me acuerdo de cómo llegué aquí.

—Te dio fuerte —dijo Quinn—. Se te nota. Esas movidas dimensionales pueden borrarte el cerebro entero. —Pensó un momento, dejó el teléfono en la mesa y dio un largo sorbo de cerveza—. A lo mejor el jefe está dispuesto a perdonarte si nos haces de cebo. Eres la única persona a la que Chu podría tener más ganas de ver muerta que al jefe.

Casi no le escuchaba. Había mucho que asimilar. Recuerdos, todavía fragmentados, pero encajando poco a poco. Me había unido al cártel de Ulric… pero los siguientes años seguían en blanco. Había pasado algo y yo…

Me había convertido en *guardia de seguridad* de Ulric. En un portero venido a más. En un chiste para todo el mundo. Siempre que alguien quería echarse unas risas, ahí tenía a Johnny para pincharlo. Me cabreaba muchísimo. Podría haberlos estrangulado a todos.

Pero lo que había hecho era huir. Como siempre. Y había escogido justo el *peor* lugar de todos para hacerlo. Me hundí más, aborreciendo que Quinn estuviera riéndose de mí, recordando cientos de momentos parecidos.

Solo faltaba ya una pieza importante de mi vida. Estudiar Bellas Artes estaba claro, la academia también bastante. Las estafas y la alcantarilla empezaban a enfocarse... pero ¿qué había pasado después?

Un momento. Si Quinn y Ulric habían tendido una trampa a Ryan usando chavales secuestrados, Ealstan y Sefawynn iban a caer en ella. Tenía que...

¿Que qué? Me había quedado paralizado en la lucha contra los hordaleses. Casi no era ni un guardia de seguridad. Era un cobarde.

«No puedes dejar que a ella le pase nada —me dije, sintiendo crecer el pánico—. Esta vez sí que puedes hacer algo. Así que hazlo».

Era un cobarde, pero también era muy *muy* buen mentiroso. ¿Podría librarme de Quinn? Era con mucha diferencia lo más peligroso que había en aquel pueblo.

—¿De verdad... crees que Ulric me dará otra oportunidad? —pregunté, volviéndome hacia él.

—Depende de lo que puedas hacer por él, Johnny. Como siempre.

Me levanté y cambié el peso de un pie a otro. Me mordí el labio. Entonces solté:

—He visto a Ryan.

Quinn pareció animarse. Fui deprisa hacia él, saqué con disimulo una baya del bolsillo y la dejé junto al teléfono.

—Por favor —susurré.

—¿Por favor, qué? —preguntó Quinn.

—Por favor, ayúdame —dije—. Te lo prometo, vi a Ryan justo después de llegar aquí. Me puso un cuchillo en el cuello y casi me raja la garganta. Pero me soltó. Por los viejos tiempos y tal.

—Me sorprende —respondió Quinn, llevando la mano hacia el teléfono.

—¡No se lo digas a Ulric! —exclamé, agarrándole el brazo—. No antes de que se nos ocurra un plan. ¿Podríamos llevarle a Ryan bien empaquetado? Solo que... Quinn, Ryan va a por el jefe. Iba hacia un sitio llamado... ¿Maelport?

—Es donde tenemos nuestra base —dijo él—. Qué idiota. Chu debe de haberse enterado de lo del grupo de rescate, así que intenta detener al jefe antes de que llegue.

Wealdsig nos miraba a los dos con una sonrisa enloquecida. Ese tío tenía algún problema de los graves. Parecía errático, como si no le importara nada ni nadie. El espectro no podía trabajar si había gente mirando, así que, cuando Wealdsig echó atrás la cabeza para beber de una jarra nueva, hice que Quinn diera la espalda a la mesa pasándole el brazo por los hombros.

—Quinn —dije en voz baja—, Ryan se ha descontrolado. Quiere matar al jefe aquí, fuera del alcance de la ley. Ya sabes el pasado que tienen esos dos.

Quinn asintió solemne.

—Déjame decírselo yo al jefe —le pedí.

Pareció que se lo planteaba de verdad, lo cual me sorprendió. Era un tipo leal hasta la médula, que se consideraba a sí mismo un mafioso de la vieja escuela.

—No puedo, Johnny —dijo, volviéndose de nuevo hacia la

mesa—. El jefe tiene que saberlo ya, y que se lo expliquen tal cual, sin sesgos.

Cogió el teléfono.

Que se le deshizo en la mano.

—¡Ja! —rio Wealdsig, señalando con la mano buena—. Los forasteros no les caéis bien a los espectros. Ya os había avisado.

—Diablos —dijo Quinn.

Intentó juntar las piezas, pero era imposible y el teléfono se le desmontó entre los dedos. Los tornillos, la cubierta de plástico y hasta la placa base parecían haberse dividido en sus componentes más básicos.

—Odio estos trastos —masculló Quinn, y me miró—. Tengo que ir a Maelport. Sígueme si quieres, pero voy en moto. Huye, Johnny. No creo que el jefe vaya a encontrarte en el continente, si consigues llegar.

—Gracias —dije—. No... no esperaba tanto.

—Te debo una —respondió él—. Por aquello de Tacy, ya sabes.

No. No lo sabía. Pero asentí de todos modos.

Quinn se marchó con prisa. Respiré hondo. Lo más probable era que estuviera llevándose la única pistola que había en el pueblo. Así que al menos había hecho algo positivo. ¿Podría engatusar otra vez a Wealdsig para ayudar a Sefawynn?

Recogí el cayado y fui hacia él. El alguacil estaba reclinado en la silla, con los pies sobre la mesa.

—¿Más trucos? —pidió.

—¿Puedes llevarme con el prisionero cambiaformas? —pregunté—. El que Ulric ha dejado aquí.

—No —dijo el. Trató de beber cerveza, pero la jarra estaba vacía, así que suspiró y la tiró al suelo. (Tres estrellas por las jarras resistentes. Una estrella por el ambiente. Suelo excesivamente pegajoso). Parecía ya bastante ebrio—. Lo siento, oh, inofensivo, pero tus amigos hacen agujeros en el pecho a la gente con solo señalarla, así que no estoy muy dispuesto a...

Calló, frunciendo el ceño. Entonces se levantó e hizo una seña a sus dos hogareños, que habían presenciado todo aquello con silenciosa preocupación. «Seguro que Ulric y Quinn se cargaron a unos cuantos amigos suyos la primera vez que pasaron por aquí», pensé. Cosa que podía haber sucedido mucho antes de lo que creía hasta entonces. Llevaban ya un tiempo en la dimensión, si ya tenían aliados y planes en proceso.

¿Qué había llamado la atención de Wealdsig? Maldije para mis adentros al darme cuenta de que había bajado el volumen del oído un *poco* demasiado. Lo subí lo suficiente para oír gritos fuera, y una voz era la de Ealstan.

Los habían descubierto.

Salí por la puerta principal de la mansión, seguido de un achispado Wealdsig y sus hogareños. El patio estaba bien iluminado con antorchas. La gente corría de un lado a otro, gritando algo sobre un ataque.

—Ahí, medio padre —dijo un hogareño.

Estaba señalando hacia la muralla de madera, donde un pequeño grupo de soldados rodeaba a un acorralado Ealstan. Detrás de él, Sefawynn agarraba a su hermano con la espalda contra la pared. Ealstan trazaba arcos amplios con el hacha, intentando impedir que los soldados se acercaran. Unos cuantos arqueros tomaron posición en el patio. De Thokk no había ni rastro.

—¡Por favor, medio padre! —supliqué a Wealdsig—. Retira a tus soldados. Esos de ahí son amigos míos.

—¿Ah, sí? —dijo él—. ¡Pues a ver cómo luchan, cobarde!

Los soldados se apartaron hacia los lados mientras un arquero apuntaba.

La flecha se clavó en la tripa de Ealstan, quizá hasta en su columna. Dio un respingo y trastabilló mientras manaba sangre de la herida y le manchaba el jubón.

Verlo me provocó una reacción visceral, como si me hubieran clavado una flecha en mis propias entrañas. El chillido de Sefawynn resonó en el aire.

Ealstan había *creído* en mí. Era la única persona de todas las dimensiones que me consideraba algo más que un estafador y un chiste.

«El hombre al que conoce es una mentira», me recordé a mí mismo. Vistos con retrospectiva, los signos de mi pensamiento delirante eran evidentes. Había hecho muchos esfuerzos por convencerme de que era cualquier otra cosa excepto la más obvia.

Ya sabía la verdad.

Pero maldita sea, Ealstan me *vio*. Me miró a los ojos. Y sonrió.

Entonces recibió otros dos flechazos.

Solté el cayado y eché a correr. Embestí hacia el grupo de soldados, emitiendo truenos por la boca. En una pésima decisión táctica, derribé a uno de ellos.

Logré ponerle las rodillas encima y levanté el puño.

Me paralicé al oír otra vez aquellos gritos fantasmales. Vi los fogonazos. Sentí el terror. El encogimiento de mi alma al...

¿Al luchar en un combate?

La última pieza encajó.

Mis mejoras estaban pagadas por Ulric para que pudiera luchar en la Liga de Combate Mejorado. Volvieron a mi mente los años dedicados a ascender en la clasificación. Y luego, el combate por el título contra Quinn.

Recordé una multitud gritando furiosa mientras caía a la lona, con las costillas aplastadas. Apuestas perdidas.

Un héroe fracasando.

Fogonazos. Cámaras.

Quinn de pie sobre mí, con los puños ensangrentados.

Y recordé estar allí arrodillado, dejando que me diera unas patadas tan brutales que me rompieron. Literalmente.

Ulric había ordenado que desactivaran mis mejoras del pecho y el cráneo para que la caída fuera más dura. Más beneficios, claro. Había pasado años intentando reactivarlos después de las risotadas de Ulric cuando le pedí que lo hiciera él.

Le gustaba verme débil, luciendo las cicatrices de mi caída. De la derrota que él mismo me había ordenado asumir y por la que después se había mofado de mí.

*Odiaba* a Ulric. *Odiaba* todo aquello.

Un atisbo de movimiento. Bloqueé el hachazo de un soldado con el antebrazo, que se puso de color gris como el acero. Entonces me levanté y di un golpetazo tremendo al tío, con las mejoras a tope, que lo lanzó hacia atrás unos tres metros hasta que dio con los huesos contra el suelo.

Estaba harto...

... de que me llamaran...

... *cobarde*.

Estaba harto de *creerlo*.

Mi entrenamiento asumió el mando. Había pasado seis años en el cuadrilátero, combatiendo en la versión más sangrienta de las artes marciales mixtas, en la que estaban permitidas ciertas armas de filo y después curaban a los púgiles. Y ninguno de aquellos patanes medievales tenía hojas capaces de atravesar placas hipodérmicas, mientras que yo tenía un montón de furia acumulada.

Detuve una espada con el brazo y descargué un puñetazo en la hoja. No fue lo bastante fuerte para partir la espada, pero es posible que rompiera algún hueso de la mano del soldado, porque el arma salió disparada de sus dedos. Otro hombre me atacó desde el lado y le di una lección de vuelo sin motor al enviarlo dando vueltas y vueltas. Rompí el brazo a un tercer hombre y los demás captaron la indirecta y huyeron corriendo, entre gritos de que era uno de *ellos*.

Ya lo creo que lo era.

Pero aún estaban los arqueros del patio. Titubearon, quizá temiendo llamar la atención del tipo que acababa de dar una tunda tremenda a dos amigos suyos. Pero si disparaban, podía darme por muerto. Había más arqueros sobre la muralla. Aunque lograra bloquear unas cuantas flechas con los brazos o la espalda, llegarían más.

—¡Soltad las armas! —grité, aumentando la voz con trueno—. ¡Y os perdonaré la vida!

Unos cuantos miraron hacia el alguacil. Wealdsig estaba riendo como un loco. *Disfrutaba* con todo aquello.

—¡Se suponía que eras un cobarde, forastero! —me espetó.

—Eso es lo que cree Ulric —respondí a viva voz—. Únete a mí, Wealdsig. ¡Juntos podemos acabar con él y robarle las armas!

Me escrutó con su único ojo. Parecía estar meditándolo, pero no podía esperar a que terminara. Ealstan daba suaves gemidos mientras Sefawynn y su hermano intentaban detener la hemorragia. ¿Me atrevería a desviar la atención de los arqueros para ayudar?

Ojalá pudiera activar mis otras placas. Abrí la pantalla de la contraseña.

¿Por qué creía que podría adivinarla, si aún tenía el cerebro lleno de lagunas? Me había pasado nada menos que los últimos *tres años* intentando descubrir esa contraseña, mientras Ulric no dejaba de burlarse de mí.

Tuve que volver a enfrentarme a lo que era. A *quién* era. Mi estado de alerta y tensión para la batalla flaqueó.

Se acercaron más soldados, cumpliendo órdenes de Wealdsig. El propio alguacil vino con ellos, hacha en mano, para rodearnos. Me había visto destrozar a dos soldados, pero aun así iba a atacarme. No era ningún cobarde, eso había que concedérselo. Aquella gente estaba acostumbrada a luchar contra unos enemigos terribles.

—Lo siento —dijo Wealdsig con el hacha lista—. ¡Si tuvieras los mismos poderes que ellos y pudieras matar a distancia, no parecerías tan asustado!

Ealstan tenía problemas para respirar, la mirada fija en el cielo y sangre saliéndole de la boca.

De verdad era un inútil. No podía parar aquello.

Bajé los brazos de la postura de guardia y me dejé caer al suelo.

—Enciérrame a mí —susurré—. Tengo conocimientos que te serán útiles. Deja que mis amigos se vayan.

—Él ya está muerto —dijo Wealdsig, señalando a Ealstan—. Pobre hombre. Me caía bien.

Hice una mueca. Pero entonces oí con toda *claridad* una voz desconocida.

—¿Esto es todo de lo que eres capaz? —me preguntó—. Y yo pensando que valía la pena complicarme tanto la vida.

¿Era todo de lo que era capaz? Miré a Ealstan y comprendí que, aunque yo fuese un inútil, mis nanoides médicos no lo eran. Aparté a una desconsolada Sefawynn y arranqué las flechas. El hermano de la skop se echó hacia atrás y se sentó en el suelo, con las manos sanguinolentas, horrorizado.

Abrí el menú de los nanoides médicos y activé el modo de primeros auxilios. Luego desactive la placa de la mano. Con el cuchillo del propio Ealstan, me hice un corte en la palma y la apreté contra su herida.

¿Activar transferencia de nanoides médicos de emergencia?, apareció en mi campo visual. Una pulsación envió a los nanoides desde mi torrente sanguíneo hacia el suyo. Aún con la mano apretada contra la herida, empezaron a aparecer datos médicos en mi visión.

Microsuturas completadas. Hemorragia contenida.

30 % de nanoides transferidos.

Iniciada limpieza bacteriana.

70 % de nanoides transferidos.

Iniciada reconstrucción del tejido.

90 % de nanoides transferidos. Recomendación: desconectar y contactar con los servicios de emergencia. Advertencia: tus nanoides per-

sonales seguirán a niveles bajos durante aproximadamente 48 horas mientras se reconstruye el suministro. Consigue una inyección y procede con cautela adicional. Consume un extra de carbono cuanto antes.

Proceso completado.

Me relajé al ver que la carne de Ealstan se regeneraba. Se quejó, porque en un rescate de emergencia como ese los nanoides no anestesiarían las terminaciones nerviosas. Se descompondrían unos a otros para crear tejido y glóbulos rojos a partir de su estructura orgánica, y no podían perder tiempo ni energía calmando el dolor.

Conocía la sensación. En la Liga de Combate Mejorado muchas veces acababas en reanimación de emergencia, literalmente hecho pedazos, después de un enfrentamiento. Pero siempre sería mejor que la muerte lenta y dolorosa que le esperaba después de una herida en la tripa.

Los gemidos de Ealstan cesaron y se incorporó para tocarse las heridas, que ya tenían una costra de cataplasma restauradora, hecha a partir de nanoides desactivados. Seguíamos rodeados de enemigos, así que tampoco era un gran rescate, pero Ealstan me miró asombrado y tanto Sefawynn como su hermano tenían los ojos como platos.

Levanté otra vez los puños, pero sin demasiado ánimo. Sabía cómo terminaría aquello. Daría unos cuantos golpes, pero en algún momento alguien me apuñalaría en algún órgano vital, o los arqueros empezarían a disparar. Con los nanoides tan bajos, sería mi final. Todos moriríamos.

Solo que… Wealdsig estaba mirándome, boquiabierto.

—¿Puedes *curar*? —preguntó en voz baja.

Miré a Ealstan, que se había subido la camisa dejando más a la vista los lugares donde se le habían clavado las tres flechas.

—Así es —mentí, mirando a Wealdsig a los ojos—. No tengo la capacidad de los otros para matar a distancia, pero puedo devolver la vida a los moribundos.

—¿Y puedes… resucitar a los muertos? —dijo Wealdsig.

—No —respondí—. Pero ven, hazte un corte en la palma.

El estrafalario bribón obedeció ansioso. Puse mi herida aún ensangrentada contra la suya e inicié el proceso de nuevo, sin hacer caso a la advertencia sobre el bajo nivel de nanoides que apareció en mi campo visual. Era una herida pequeña y fácil de curar. Hacerlo me dejó más o menos con el cinco por ciento de nanoides. El sistema no me permitiría bajar de ese umbral, ni siquiera con un comando de anulación.

Pero funcionó. Wealdsig levantó la mano recién sanada. A la mía iba a costarle más, ya que los pocos nanoides que me quedaban estaban haciendo horas extras para reproducirse y, con un poco de suerte, evitar que pillara la peste bubónica o las extrañas enfermedades que pudieran tener en esa realidad.

Wealdsig se rio, aún mirándose la mano, y meneó un dedo y luego otro. Maldición, era su mano mala. Los nanoides estaban reparando poco a poco los daños antiguos además del nuevo.

—Con esto —dijo Wealdsig—, podríamos ir a la batalla sin temer que mueran nuestros hijos y hermanos. Podríamos resistir contra los hordaleses. Podríamos medrar.

Los demás murmuraron y asintieron. Ulric había empuñado

pistolas para impresionarlos, había aniquilado a quienes lo enfurecían. Pero esa gente estaba acostumbrada a los matones. Ya sabían lo que era tener miedo a un invasor extranjero.

La capacidad de matar no los impresionaba. Amedrentarlos, sí. Pero ¿impresionarlos? En absoluto.

Lo que los impresionaba era la capacidad de vivir.

Reevalué la mirada salvaje en los ojos de Wealdsig. El frenesí con el que actuaba. Quizá no era una persona errática ni indiferente. Quizá era justo lo contrario.

—¿Cuántos? —le pregunté—. ¿Cuántos hijos has perdido en batalla?

—Siete —susurró él—. Mis siete chicos. —Miró a Ealstan, que se había levantado con cautela—. Supongo que me alegro de que no estés muerto. ¿Cómo te encuentras?

—Sorprendentemente bien —dijo el thegn—. ¿Y tú?

—Solo. —Wealdsig estaba mirándose la mano, que funcionaba a la perfección—. Muy solo.

—Conozco la sensación —respondió Ealstan con voz suave.

—Intenté ganarme el favor de Woden —dijo Wealdsig—. No salió bien.

—Woden se ha vuelto loco por la angustia y la pérdida.

Wealdsig dio un gruñido.

—Intenté hacer lo mismo. Ayuda un poco.

Miré a Sefawynn y le lancé una sonrisa.

—Todo este tiempo —susurró aturdida— he estado... llamándote charlatán. No quería ver ni aceptar lo que eres capaz de hacer porque no encajaba con mi visión del mundo. No quería reconocer cosas que no comprendía.

Y entonces, arrodillada como estaba, se *inclinó* ante mí hasta tocar el suelo con la frente.

—Perdóname, gran príncipe, por favor.

Era justo la reacción que debía provocar en los demás, según el libro. Y no me importaba verla en Ealstan, pero en Sefawynn me dio náuseas.

—Sefawynn —dije—, no soy un...

Diablos. De verdad se me daban fatal las mujeres.

Un momento. Ya había recuperado la mayoría de mis recuerdos, y *sabía* que en realidad se me daban *de maravilla* las mujeres. Tenía las mejores frases para ligar, y sabía cómo mangonear a las mujeres para mostrarme dominante, y... y tenía un gusto exquisito, motivo por el que a menudo salía del bar solo. Bueno, *siempre* salía del bar solo.

No había nada como un episodio terapéutico de amnesia para obligarte a mirar tu vida con ojo crítico, ¿eh?

De momento suspiré, reactivé las placas de la mano y me encaré hacia Wealdsig.

—Ya has visto mi poder —le dije—. No puedes matarnos. Curaré a quien haga falta.

Me preocupé de no llamar la atención sobre mi propia mano, que, con la adrenalina disipándose, palpitaba de dolor. Wealdsig miró a sus soldados. Ninguno respondió.

—Si te dejo marchar —dijo Wealdsig por fin—, esos otros dos vendrán a matarme.

—No —respondí—. Si me dejas marchar, iré yo a matarlos a ellos. Y luego me tendrás a mí como aliado. Al hombre que puede proteger a tu pueblo, no solo matar a tus enemigos.

—Ulric invoca el trueno y el relámpago —dijo Ealstan—, pero eso nunca nos ha salvado. Deberíamos confiar en Runian. Es la mejor opción, Wealdsig.

—Bien —dijo el alguacil—. Pero tendrás que darme un puñetazo.

Fruncí el ceño.

—¿Disculpa?

—Tienes que pegarme —dijo—. Antes de marcharte. Si vuelven Ulric y Quinn, les enseñaré el resultado, les diré que escapaste luchando y confiaré en que se crean que hicimos todo lo posible por detenerte.

Plantó los pies y cerró los ojos.

Así que, después de encogerme de hombros, le aticé un puñetazo. No me lo reprochéis. Llevaba toda la noche deseando hacerlo. Me preocupé de poner la suficiente fuerza en el golpe para dejarle un buen cardenal, pero sin hacerle demasiado daño. Aprendías esa clase de sutilezas cuando eras un luchador mafioso entrenado para ganar o perder combates según convenía.

Wealdsig gimió desde el suelo.

—Mátalos —me dijo—. Y cuando lo hagas, recuerda que te he liberado y que lo único que queremos en realidad es sobrevivir.

Asentí, recogí el cayado y llevé a mis compañeros hacia el portón de Wellbury.

—Quinn decía que eres inofensivo —añadió Wealdsig desde atrás—. ¿Saben de lo que eres capaz *en realidad*?

—No.

—¡Los muy idiotas! No saben lo que les espera.

Seguí caminando, cabeza alta, espalda erguida. Otra mentira.

Pero al menos por fin sabía por qué se me daba tan bien contarlas. Si llevabas una vida como la mía, tenías muchas ocasiones de practicar contándotelas a ti mismo.

## FIN DE LA SEGUNDA PARTE

# TERCERA PARTE

# BAGSWORTH
# LO ARRUINA TODO
# (OTRA VEZ)

# CÓMO SER UN MAGO

**E**l siguiente texto es un extracto de *La verdad sobre la verdad: Una llamada a la aventura*, de Cecil G. Bagsworth III, el primer Mago Interdimensional™ (Ediciones Mago Frugal™, 2098, 39,99 $. Ejemplares firmados disponibles para suscriptores del club Fans Frugales™).

Fue durante mi época como consejero del rey Enrique II, el gran monarca fundador de la dinastía Plantagenet, cuando comprendí las increíbles consecuencias para nuestra dimensión entera que tenía el hecho de que yo fuese un mago.

Hasta ese momento, el viaje dimensional había estado limitado a los grandes exploradores como yo mismo. Cuando determinábamos que un lugar era seguro, dejábamos entrar a los historiadores para que llevaran a cabo sus precavidas investigaciones. La opinión mayoritaria era que las dimensiones alternativas deberían seguir restringidas por siempre a los polvorientos designios de los eruditos y los especialistas.

Sin embargo, el poder de los magos siempre ha resultado increíble en nuestro propio mundo. Sí, podría afirmarse que la hechicería es un mito, y sin duda la magia es una sandez absurda. Pero, por fortuna, el mago es más que la magia. Un mago es la mente que hay tras el trono, es el consejero real.

La sabiduría y las dotes diplomáticas de Ibrahim Pasha guiaron los destinos del Imperio otomano durante el reinado de Solimán. Thomas Cromwell cambió la esencia de la relación entre Iglesia y Estado en el mundo occidental. Chanakia era un experto de manual, literalmente, sobre el arte de gobernar. Podría argumentarse que Rasputín, pese a toda su charlatanería, fue el causante de la caída de la monarquía rusa.

Esas personas cambiaron el mundo, y lo que más me sobrecogió al pensar en ellas fue una verdad simple e increíble: que cualquiera podría hacerlo también, si se le concede la oportunidad.

A principios de la década de 1960, el escritor de ciencia ficción Arthur C. Clarke formuló la que sería su perogrullada más famosa: cualquier tecnología suficientemente avanzada es indistinguible de la magia. De ella se extrapola la Ley de Bagsworth™, que afirma que cualquier persona moderna suficientemente formada puede convertirse en un dios a ojos de los habitantes de épocas anteriores.

Quizá seas mediocre para los patrones actuales, pero en la escuela primaria te inculcaron los fundamentos del conocimiento en ciencia, naturaleza y medicina, es decir, te otorgaron un poder capaz de establecer dinastías, salvar millones de vidas y cambiar el mundo de manera radical.

Y existen dimensiones suficientes para que todos y cada uno de nosotros poseamos una propia.

Te aconsejo adquirir el volumen complementario al que tienes en las manos, titulado *Ciencia para magos™*, en el que se detallan habilidades cruciales como la fabricación de pólvora, la administración de vacunas y el establecimiento de culturas mixtas. Pero acompañaré el consejo con una advertencia importante: en la mayoría de las mitologías antiguas, hasta los dioses pueden morir.

Los nanoides médicos básicos harán maravillas para impedir tu defunción. Pueden absorber oxígeno del agua e incluso eliminar el $CO_2$. Pueden restañar heridas. Te permiten comer casi cualquier cosa. Pero si unos cuantos caballeros te hacen pedacitos, *morirás*.

Aunque puedas permitirte mejoras y placas hipodérmicas, no eres inmortal. Si los campesinos te encadenan a una pared, con el tiempo se te agotará el carbono, tus nanoides perderán la capacidad de autorreplicarse y morirás.

Debes asombrar tan por completo a la gente de tu dimensión de modo que nadie se atreva jamás a volverse en tu contra. Y jamás de los jamases debes permitirles saber que, con el suficiente entrenamiento, ellos también podrían hacer lo mismo que tú.

El pasado es un lugar cruel, amigo mío. Eso puedes cambiarlo. Pero antes debes domesticarlo.

**A**l cabo de una hora más o menos, llamamos a la puerta del dominio. Yazad la abrió de par en par, derramando luz sobre nosotros, y alzó las manos en alabanza al cielo.

—¡Ah, amigos míos! ¡Hemos estado rezando por vosotros, y mirad, habéis sobrevivido! —Nos miró uno tras otro—. ¿Dónde está Thokk?

—No creo que le haya pasado nada —se apresuró a responder Sefawynn—. Ha echado a correr por el pueblo, riendo.

—Siempre hace esas cosas —dijo Yazad.

Los demás cruzaron otra de esas miradas que tuve la sensación de que debería comprender.

—No importa —dijo Yazad—. ¿Este es el joven Wyrm?

—En persona —dijo Wyrm en voz baja, sonriendo de oreja a oreja. Sefawynn apenas lo había soltado en todo el trayecto y le había dado seis abrazos como mínimo—. Me han dicho que aquí tendríais comida.

—¿Te apetecen unas manzanas estofadas? —ofreció Yazad.

—¡Sí, por favor!

Yazad se apartó y nos indicó que nos acercáramos al hogar. Una vez dentro, pude echar un buen vistazo a Wyrm. Solo habían pasado dos días, así que lo más probable era que fuesen imaginaciones mías, pero lo vi más *delgado*. Y al principio olía tan mal que lo habíamos obligado a meterse en el río.

Se sentó para calentarse junto al fuego mientras los discípulos de Yazad lo aclamaban, a él y a nosotros, como si fuéramos héroes regresando del mismísimo inframundo. Ealstan se puso a contar la historia de su milagrosa supervivencia y electrificó la atmósfera de emoción.

Yazad sirvió cuencos de manzanas estofadas. Wyrm aceptó el suyo con ansia y Ealstan lo agradeció con una inclinación de cabeza. Yo no estaba muy animado, así que me quedé cerca de la pared. Sefawynn vino hacia mí con timidez y me hizo una profunda inclinación.

—Gracias —murmuró—. Cien veces gracias, gran príncipe.

—Sefawynn, por favor —dije—. Sigo siendo yo. No tienes que comportarte así.

Hizo una inclinación aún más respetuosa.

—¿Me pones los ojos en blanco? —le pedí—. ¿Por los viejos tiempos?

—Por favor —susurró ella—, no me recuerdes cómo te trataba. Lo siento muchísimo.

Regresó a paso rápido hacia el fuego. Hice ademán de retenerla, pero entonces dejé caer el brazo.

Maldita sea. Había pasado todo el tiempo desde que nos conocíamos intentando convencerla de que no era un granuja. En esos momento daría casi cualquier cosa por volver a lo de antes. Había estado muy *a gusto* durante esas breves horas en las que nos entendíamos. Que Sefawynn aceptara que tenía poderes lo había echado todo a perder.

Suspiré y me senté en un taburete. Aún estaba asimilando todo lo que había ocurrido, incluyendo haber recobrado los recuerdos. Mi época de lucha en el cuadrilátero era el último pedazo. Cierto, no recordaba lo que había desayunado la semana anterior, pero ¿quién recordaba esas cosas? Sabía quién era, de dónde venía, lo que había conseguido en la vida... y lo que no.

Recordaba el tiempo que había pasado con Jen, una época... irregular. Llena de pasión a veces, pero igualmente (o más) llena de discusiones y gritos. Recordaba a Ryan, y como había ido decepcionándose más y más conmigo al acercarnos a los treinta años de edad y rebasarlos. Recordaba luchar para Ulric, endeudarme cada vez más con él y luego...

Perder ese combate por el campeonato contra Quinn. Convertirme en un portero incompetente. Maldición, sí que había pocas cosas que mereciera la pena rememorar. Tenía algunos recuerdos agradables de mis padres y mi hermana, que vivían en Atlanta, pero hacía años ya que no los veía. Era difícil mirar a mis padres a la cara.

Con la mente casi en blanco, había imaginado que era el compañero de Ryan, un heroico inspector de policía. Pero luego había descubierto la verdad: que era el orgulloso poseedor de una vida de cero estrellas sobre cinco. Tenía una novia muerta a la que había apartado de mí, un mejor amigo enemistado conmigo y una familia que no me llamaba ni me mencionaba en sus redes sociales.

Estaba cansado. Y hambriento. Sensaciones extrañas, por mucho que fueran innatas en el ser humano. Sin mis nanoides, ¿valía para algo?

Yazad vino con un cuenco para mí.

—¿Tú comes? —preguntó.

—Hoy sí —dije, aceptando el cuenco.

La madera estaba caliente y olía a algunas especias que Sefawynn solía ponerse. Le lancé otra mirada, pero la aparté enseguida. Estaba disfrutando con el relato de Ealstan, aunque ella era mejor narradora.

—Bueno —dijo Yazad sentándose en un taburete a mi lado—, ¿qué eres?

—¿Qué crees que soy?

—En mi tierra no tenemos espectros —me explicó—. Nuestros espíritus del aire son mucho más peligrosos, y para ahuyentarlos solo sirven las oraciones. De vez en cuando aparece alguno menos peligroso. Creemos que quizá sean los restos de los dioses que gobernaban el desierto antes de que recibiéramos la iluminación de Ahura Mazda.

Removí las manzanas estofadas, asintiendo. Si los espectros eran reales, ¿por qué no iban a serlo las criaturas folclóricas de Oriente Próximo?

—Al principio —prosiguió Yazad—, estaba seguro de que eras algo parecido. Un dios de una tierra lejana. Porque tendrás que disculparme, pero no creo que los aelvs existan. ¡En todos mis viajes solo he encontrado espíritus invisibles!

—No soy un aelv —confirmé—. Supongo que la manera más fácil de explicarlo es que vengo del futuro.

—¡Ah! —Yazad se dio una palmada en la frente—. ¡Pues *claro*!

—¿Cómo? —dije—. ¿Me *crees*?

—¡Tiene todo el sentido del mundo! —exclamó él—. Tus poderes son increíbles, pero pareces ignorar mucho. En tu época, ¿la gente ha descubierto cosas que desconocemos?

—Muchas —respondí.

—Según las enseñanzas, Ahura Mazda seguirá bendiciéndonos con luz y conocimiento —afirmó—. En tiempos de mi abuelo no había molinos de viento, pero ahora son muy comunes en mi tierra. Intenté construir uno aquí, pero el mero hecho de explicar la idea ya confunde a la gente. «¿Como vamos a dominar el viento?», preguntan. «¿El viento es un espectro? ¿Qué ofrendas acepta? ¿No se enfurecerá al ver ese aparato tuyo?». —Suspiró—. Es difícil entender lo que no has visto. En tu tiempo, ¿tenéis muchas cosas como esa?

—Cosas alucinantes —respondí, con la mano sobre el cayado en mi regazo—. Créeme, Yazad, en mi época no soy nada especial. Soy una persona despreciable.

—Por eso Ahura Mazda te envió con nosotros —dijo Yazad con los ojos brillantes—. Aquí eres mucho más de lo que podrías haber sido... ¡y una bendición para nosotros!

—Me siento como un charlatán —confesé, bajando la mirada.

Me dio un golpecito en el brazo y señaló a Sefawynn. La vi con una sonrisa auténtica y abierta en la cara, quizá por primera vez desde que nos conocíamos. No dejaba de sacar el brazo y rodear con él a su hermano, como para confirmar que de verdad estaba ahí. Ealstan, por lo general tan adusto, parecía otra persona a la luz del fuego, hablando casi como un skop para gran regocijo de los niños. Wyrm lo miraba todo con una sonrisa bobalicona mientras se terminaba su tercer cuenco de manzanas.

—¿Esas son las caras de gente estafada por un charlatán? —me preguntó Yazad—. ¿O las de gente agradecida por tu ayuda?

—Solo he conseguido ayudar a tres personas —dije—, y ahora creen que soy algo a lo que venerar.

—¿Cómo que «solo» a tres personas? —Yazad se inclinó hacia mí—. Runian, amigo mío, el amor de Ahura Mazda se manifiesta en nuestro corazón. Cuando lo sientes, estás percibiendo el mismísimo infinito. No hay «solo» que valga cuando hablamos de bondad y alegría. Hasta la cantidad más minúscula es tan inmensa como el universo, y un chico salvado del hoyo es una obra más valiosa que el tesoro de cualquier rey.

Dio unos golpecitos con la uña en la madera del cayado.

—Créeme si te digo que *eres* especial. Aquí. Ahora. Eso es lo que importa. ¿Qué más da si tus conocimientos son comunes entre tu gente? Aquí son extraordinarios. Es posible que todo magus enviado por Ahura Mazda para enseñarnos, instruirnos y protegernos sea como tú, simplemente alguien que sabe alguna cosa más, o un poco mejor, que todo el resto.

Me dio una palmadita en el brazo y se fue a recoger cuencos y rellenarlos para los invitados y sus feligreses.

Era el momento de tomar una decisión. Habíamos rescatado al hermano de Sefawynn. Mis recuerdos habían vuelto y sabía que no había ido a ese lugar para detener a Ulric.

Por tanto, ¿qué iba a hacer?

Quinn me había aconsejado huir al continente. Con mis nanoides médicos, mis mejoras y un poco más de práctica, podría encontrar una tribu en alguna parte y convertirme en su rey. De acuerdo, no habría deportes de pago que ver en la tele, pero quizá sería una buena vida.

¿De verdad pensaba que Ulric me dejaría en paz? Estaba planeando algo para aquel mundo. Allí había *verdadera* magia. Yo era un cobarde confirmado, pero de los listos. Y la gente lista nunca apostaba contra Ulric. Terminaría sabiéndose. No podría vivir en paz sabiendo que estaba jugando a ser rey en la Dimensión Personal de Mago™ de Ulric.

Tenía que ir a Maelport y buscar una salida. Escapar de vuelta al mundo real y ponerme a ahorrar para comprarme una dimensión normal y aburrida en la que esconderme, en la que destruir las balizas y los portales y estar a salvo de verdad.

Y solo.

—Oye —dije en voz baja—, gracias por echarme un cable en Wellbury.

No hubo respuesta.

—Te he oído hablar —insistí—. No sirve de nada que finjas.

—No acepto órdenes —dijo la voz en mi oído, sobresaltándome—. Acepto tratos. Y esta noche no quiero ninguno, John de Seattle.

¿Aquel ser... sabía mi nombre? ¿Y sabía lo que era Seattle?

Maldición.

—¡Y esa es la historia de cómo he muerto! —proclamó Ealstan, metiendo los dedos por un agujero manchado de sangre en su camisa—. ¡Y de cómo he regresado de entre los muertos! Y ahora... —Titubeó—. Ahora no sé lo que viene.

Tanto él como Sefawynn me miraron. La sala quedó en silencio.

Respiré hondo.

—Ahora —dije—, volverás a casa con tu esposa y tu gente, Ealstan.

—¿Y qué harás tú? —preguntó él.

—Seguiré hacia la casa del conde en Maelport —reconocí.

—¡Vas a detener a Ulric y salvar al conde! —exclamó Ealstan.

—Voy... a intentar escapar —dije—. La única forma que tengo de salir de vuestro mundo y regresar al mío está en poder de Ulric.

—A mí no me engañas, gran príncipe —repuso Ealstan, con una inclinación desde su taburete—. Temes por mi seguridad, así que quieres alejarme de ti. No voy a permitirlo. El alto padre corre peligro. Te acompañaré, si es que aceptas a alguien tan débil como yo.

Suspiré.

—Ese Ulric trama algo —afirmó Sefawynn—. ¿Qué decía Wealdsig, que recibirá a unos visitantes dentro de tres días?

Un grupo de rescate, había dicho Quinn. ¿Estaban atrapados? Explicaría por qué aquel lugar no estaba por completo bajo su poder. Si Ulric estaba aislado...

Andaría escaso de recursos y refuerzos. Durante dos días por lo menos.

Sefawynn miró a Ealstan y asintió. Diablos. Iba a empeñarse en acompañarme a mi misión de detener a Ulric.

Una misión que no existía. Mi único propósito era salir de allí. ¿Verdad? Dejé que se me perdiera la mirada en el cuenco de manzanas, casi lleno, mientras me examinaba a mí mismo con atención. No me gustó lo que vi. Habían pasado quince años o más desde la última vez que me miré a un espejo sin darme asco.

Había abandonado todo lo que había intentado jamás. ¿Por eso me ponía nervioso que Sefawynn y Ealstan me trataran así? ¿Porque sabía que terminaría fallándoles?

«Pero ¿y si esta vez no lo haces?».

¿Y si intentaba detener a Ulric? Sí, sabía lo estúpida que era la idea. Pero correr a ayudar a Ealstan también había sido estúpido y me había salido bien. A lo mejor era el momento de *intentarlo*.

¿Por qué no? Mi vida fuera de aquel lugar no me gustaba nada. ¿Para qué quería volver?

—Sí —dije—. Voy a detenerlo.

Lo más probable era que nos matara. Pero al menos iría a la tumba sabiendo que por fin le había plantado cara a Ulric Stromfin.

Tuve que bañarme a la mañana siguiente, porque los pocos nanoides que me quedaban estaban hasta arriba de trabajo manteniéndome inmune a las enfermedades. Fue una experiencia novedosa, sobre todo al tener que hacerlo en un río helado.

Deseé que Jen estuviera por allí. Podría haberme explicado cuánto tardó la sociedad en desarrollar la fontanería interior y los grifos de agua caliente. Al explicárselo a Yazad, se echó a reír y me dijo que en Persia ya tenían esas cosas. Pero los norteños, en su opinión, preferían congelarse.

Una hora después ayudé a los demás a cargar nuestras cosas en los caballos. Yazad se despidió con su característico entusiasmo y prometió rezar por nosotros mientras viajábamos. Como había esperado, Sefawynn pidió a su hermano que se quedara y, aunque la mayoría de la gente joven de mi época habría protestado por perderse una grandiosa aventura, esa mayoría no había pasado dos días en un hoyo. Wyrm dio un abrazo a su hermana, escuchó sus instrucciones por tercera vez y nos saludó con la mano mientras montábamos y partíamos.

Bastaron dos horas a caballo para que empezara a sentirme dolorido. Montar no era tan agradable sin microrrobots que te reconstruyeran los músculos y aliviasen los efectos de cosas como los movimientos repetitivos. Comenzaron a picarme partes aleatorias del cuerpo sin previo aviso, y notaba los dientes mugrientos y asquerosos. Entonces empecé a moquear por alguna alergia. ¿Cómo podía vivir así la gente?

Cero estrellas. Preferiría volver a ser un semidiós, si no es mucha molestia.

Para pasar el rato, me adelanté y me situé al lado de Sefawynn.

—Bueno... —le dije.

—¿Sí, honorable aelv?

—¿Crees que podríamos volver a como estábamos antes? —pregunté—. No estoy enfadado contigo.

—No sería lo adecuado —dijo ella—. Tú sabes lo que soy. Y ahora yo sé lo que eres tú.

—En realidad no lo sabes —repuse.

Siguió adelante en silencio. Suspiré.

—Muy bien —dije—. Si ahora de verdad me respetas, por favor explícame cómo sabías que tenía un espectro siguiéndome. —Miré hacia Ealstan, que cabalgaba orgulloso un poco por delante, y escogí las palabras con cuidado—. Dices que cuestionas tus habilidades. Pero por lo que he visto, tienes algunas bastante increíbles.

—Nací... con las Marcas de la Noche.

—¿Qué es eso?

—Son unas manchas de color azul oscuro —dijo ella—. De nacimiento, en la espalda. Significan que Woden te ha elegido.

—O te ha maldecido —terció Ealstan—. Esas dos palabras suelen ser intercambiables, honorable aelv.

—¿Y gracias a esas marcas puedes ver a los espectros? —pregunté.

—Nadie ve a los espectros —dijo ella—. Si ocurriera, moriríais o bien tú, o bien el espectro. Alguna gente se imagina a personas pequeñas con sombrero rojo, y otros a espíritus del bosque con el cuerpo hecho de niebla. Pero no lo sabemos seguro.

—Entonces ¿cómo...?

—Veo sombras, honorable aelv —dijo ella con un hilo de voz—. Por el rabillo del ojo. El tamaño de la sombra indica el poder del espectro. Están ahí casi siempre. A menudo me preocupa que un día me vuelva demasiado deprisa y vea a uno tal y como es. Ese día será mi final.

—Suena... —respondí—. Suena espantoso, Sefawynn. No lo sabía.

—Bendición —dijo Ealstan— y maldición.

Me estremecí, tratando de no pensar demasiado en cómo debía de ser aquello. Tener siempre aquellas sombras al borde de la visión. Pero, por otra parte, también era horripilante saber que siempre estaban ahí y yo no *podía* verlos.

—Sefawynn —dije con voz más suave—, eso significa que... lo que puedes hacer es un poder *verdadero*. No eres...

—¿Una charlatana? —terminó ella por mí—. Que Woden me escogiera lo vuelve más vergonzoso. Espera mucho de mí. Y le estoy fallando.

Me sentí fatal. Busqué algo que decir que arreglara las cosas, pero todas las opciones me parecían ridículas. Ya había metido la pata demasiadas veces en aquel viaje, y no había baño que pudiera quitarme el barro.

Así que me adelanté hasta ponerme a la altura de Ealstan. Empezaba a cogerles el tranquillo a los caballos, ¿verdad? Era como llevar una motocicleta con piloto automático. Que se tiraba pedos.

—Lo que no entiendo —le dije— es por qué adoráis a Woden si os envía tantas maldiciones.

—¡Debemos tener paciencia! —respondió Sefawynn desde atrás—. Cuando hayamos sufrido lo suficiente, nos devolverá su favor.

—Hasta cierto punto, tiene razón. —Ealstan llevaba las riendas con ligereza y se mecía al ritmo de los cascos de su caballo—. Este es nuestro castigo. Por la guerra, y por la pérdida de Friag, aunque nuestros fracasos comenzaron mucho antes. Cuando Logna nos trajo la escritura, robada a Woden, la aceptamos. En ese momento la humanidad dio un paso en dirección a adorarla a ella en vez de a él.

—¿Y cómo encaja el Oso Negro en todo eso? —pregunté—. Sefawynn me contó que aún vive.

—En su reino del bosque oscuro —dijo Ealstan asintiendo—. Los hijos de Logna, los monstruos, también viven allí. Mi abuelo estuvo en la guerra cuando Friag cayó. Pensó que sería el final. La muerte de los dioses, y del mismo mundo.

—El Oso Negro —añadió Sefawynn—, matador de dioses, amarrador de monstruos, rey de hombres. Cuando volvió a Fenris el lobo contra Friag en la batalla de Badon, tomo para sí la maldición de la tierra, amarrándola a su alma. Ahora sus perros merodean por el bosque, y él mira siempre hacia fuera, inmortal pero temeroso de sus propios engendros más que de ninguna otra cosa.

Maldición, qué retorcida era la mitología de aquella gente. O la historia. O las dos. O lo que fuese.

—Woden es nuestra única esperanza y defensa —concluyó Sefawynn—. De no ser por los dioses, el Oso Negro nos aniquilaría a todos.

—Woden está asustado —dijo Ealstan—. Los dioses no luchan porque temen a los monstruos, y el final. Saben que debió ser Tiw quien muriera.

—De todas formas, no debimos aceptar la escritura —repuso Sefawynn—. ¡Era el legado de Friag!

—¿Quién va a discutir con una skop sobre las historias? —preguntó Ealstan—. Yo no. Hoy no.

Así que… adoraban a un dios que tenía miedo de que lo mataran, que culpaba a la humanidad de la muerte de su esposa y que, a grandes rasgos, los quería muertos a *ellos*. Estupendo.

—¿De dónde salió Woden? —pregunté.

—Del vientre de su madre, por supuesto —dijo Sefawynn.

—Los dioses nacen —dije—. Y es evidente que pueden morir. Entonces ¿qué los hace dioses?

—El trueno —respondió ella—. Las palabras ardientes. Fulminar a la gente por cuestionarlos. ¿Es que no prestabas atención?

La miré, animado por el tono que estaba usando, pero al instante bajó los ojos, avergonzada.

—¿Y de dónde salió el *primer* dios? —pregunté a Ealstan.

—Lo lamió una vaca de una roca —dijo él con el rostro perfectamente serio.

—Eh…

—Era una vaca muy especial.

Esa línea de preguntas no estaba llevándome a nada útil. Eché atrás la espalda e intenté disfrutar del viaje. Con toda probabilidad, iban a ser los últimos momentos de paz que tendría. Cabalgábamos para enfrentarnos a Ulric el Carnicero, al fin y al cabo.

Saberlo hizo que no pudiera dejar de pensar. Sí, aquella tierra tenía una belleza idílica, sobre todo cuando pasábamos por un claro y se veía el océano arremolinado. Y sin embargo, contemplarlo solo me recordaba a los hordaleses. Aquella pobre gente estaba atrapada entre el bosque y el mar, con un dios que no les tenía ninguna simpatía y un monstruo malvado del futuro que pretendía dominarlos. Era como si a la espada y la pared se añadieran una excavadora y un martillo neumático.

Y estábamos cabalgando hacia lo peor del asunto. Pero ¿qué hacía? Debería estar yendo en dirección *contraria*, hacia…

Un momento, ¿qué era eso? Había una persona escondida detrás de una gran piedra cerca del camino, un poco por delante. Ealstan se tensó también, pero enseguida se relajó y negó con la cabeza mirándome. ¿No sería nadie peligroso?

Pasamos por delante y la pequeña figura salió de detrás de la roca y se unió a nosotros. Era Thokk.

Sefawynn dio un salto al ver a la anciana por primera vez. Miró alrededor, como preguntándose de dónde había salido, pero no dijo nada.

—Ealstan —dije—, ¿cómo es que nadie se molesta cuando hace estas cosas?

—¿Hum? —respondió, y entonces fingió sorprenderse—. ¡Anda, pero si es la guardahogar! Bienvenida, anciana.

No le ofreció su caballo como podría haber hecho alguien de mi época. Pero tampoco era que avanzásemos muy deprisa, y Thokk tenía mucha energía para su edad.

—Creo que viajaré con vosotros un tiempo —le dijo Thokk—. Será más seguro así. En este camino hay bandidos.

—Como desees —respondió Ealstan con un asentimiento.

Le fruncí el ceño, y luego a Sefawynn. Aquello empezaba a ser ridículo. Intenté detener a mi yegua. Thokk, quizá percibiendo mi frustración, aflojó el paso para ponerse a mi altura varios cuerpos por detrás de los demás, que hicieron como si nada y siguieron adelante juntos.

Me incliné hacia ella.

—Vale —dije a Thokk en voz baja—, ¿qué *narices* pasa contigo?

—Se me ha ocurrido salir a andar un poco —respondió.

—Te he visto detrás de esa roca. Estabas esperándonos. Luego has saltado cuando pensabas que no mirábamos, para aparecer en plan misterioso.

—No tengo ni idea de lo que dices.

—Los demás siempre se lanzan miradas significativas cuando te mencionan —dije.

—¿Y qué clase de mirada es esa?

—Ya sabes —respondí—. En este plan.

La miré con intensidad, agachándome por el lado de la yegua, y luego hice un asentimiento astuto.

—Ah, ¿eso? —dijo ella—. Significa que están estreñidos.

—Thokk —insistí—, por favor. Llevo una temporada pero que muy frustrante. ¿Me concedes esto por lo menos?

La anciana sonrió, sin dejar de caminar con sus instrumentos para encender fuego dentro de un saco atado a la espalda.

—No conoces muchas historias, ¿verdad, forastero?

—¿Historias? —pregunté—. ¿Sobre qué?

—Los relatos que se cuentan de padres a hijos, de familia a familia. No las grandes leyendas de gestas épicas ni de héroes. Las historias sencillas de gente que vive sin más, y obtiene recompensas o no dependiendo de sus actos.

—Ah —dije—, como los cuentos de hadas.

—No me gusta esa palabra —replicó ella—. Pero va por ahí. Si has oído historias de esas, dime: ¿qué papel suelen tener en ellas las mujeres mayores?

—Bueno —dije—, lo normal es que sean brujas. O brujas disfrazadas. O a veces mujeres hermosas maldecidas para parecer brujas. —Arrugué la frente—. No hay muchas mujeres mayores que no sean brujas en esas historias.

—Nosotros las llamaríamos «wicce» —me explicó—. ¡Pero sí, vienen a ser lo mismo! De joven, tenía que ir acompañada para viajar. Las jóvenes no van por ahí solas, a no ser que sean skops, tal vez, porque hasta los bandidos necesitan su ayuda a veces. Pero ¿las demás? ¡Nunca!

»Pero al hacerme mayor, pasó una cosa. La gente empezó a actuar raro conmigo. Me tenían como un respeto extraño, o hasta miedo. Y cuantos más años cumplía, más pasaba, hasta que...

Sonreí.

—Creen que eres una bruja.

—O un espíritu del bosque —dijo ella—, o un dios disfrazado. Con esos hay que tener mucho cuidado. ¡Ja! Pero *nadie* cree que soy una anciana normal y corriente que va por los caminos. Soy demasiado sospechosa.

—Así que les sigues el juego.

—Es una maravilla —respondió con una sonrisa sorprendentemente dentuda—. No tengo por qué asustarme. Es la primera vez en la vida que puedo pasarlo bien, recorrer el mundo, ver en qué líos me meto. ¿Por qué debería dejar que los jóvenes tengáis todas las malas ideas? No me parece nada justo. Y si alguna vez me capturan, bueno, ninguna anciana respetable estaría haciendo lo que yo, así que empiezan a asustarse y me liberan.

—Muy hábil —dije—. ¿Y funciona?

—Claro —respondió—. Siempre que no viaje en grupo. Entonces vuelvo a ser una mujer mayor normal. Espero que sepáis apreciar lo mucho a lo que renuncio uniéndome a vosotros.

—No te... lo hemos pedido.

—Peor para vosotros —dijo—. Pero no esperéis que os saque de la trampa que os han tendido los bandidos.

—¿Bandidos? —pregunté, irguiéndome alarmado—. ¿Qué bandidos?

Tal y como lo dije, capté movimiento entre los árboles cercanos. Figuras que se desplazaban rodeándonos.

—Esos de ahí —respondió Thokk—. Te lo he avisado. ¡*Dos* veces!

# PyR:

## Un momento, ¿acabo de marcarme un colonialismo?

**R:** En Mago Frugal S. A.® nos comprometemos a aportar nuestro granito de arena escuchando a las personas marginadas y defendiendo su causa. Apoyamos el cambio real en nuestras comunidades mediante la conciencia corporativa y la conversación auténtica y sincera acerca de los complicados temas que afrontan las personas BAIIHPOC hoy en día.

A través de nuestra Iniciativa Restitución financiamos iniciativas sociales que inspiran un futuro mejor en el que todas las voces se escuchen. En colaboración con el Movimiento Déjalo Estar de América del Norte, hemos donado más de mil dimensiones para su conservación libre de intervenciones exteriores, cada una de las cuales plantea cuestiones culturales significativas en relación con las minorías oprimidas.

Recomendamos encarecidamente a nuestros clientes que eviten viajar a las Américas y a África en su dimensión. Si quieres unirte a nosotros ayudando a los pueblos marginados de todas las dimensiones, puedes adquirir nuestras pulseras Rechazo el Sablazo™, cuyos beneficios se destinan de manera íntegra a la lucha por la igualdad.

Para quienes deseen oponerse de manera mucho más personal a la opresión, sugerimos la compra de nuestros exclusivos Paquetes Salvador ~~Blanco~~ De Etnia Sin Especificar,[1] en los que puedes ayudar a la gente de las islas británicas a rechazar al invasor romano. ¡Sé un liberador y lucha por los pueblos desamparados!

----

1. Este paquete ha sido revisado por diez profesionales independientes especializados en sensibilidad para asegurarnos de que «no presenta absolutamente ningún problema en modo alguno».[2]

2. Esta frase está legalmente definida como expresión promocional por la Ley de Verdad en la Publicidad de 2045.

**L**os recién llegados nos rodearon. No tenían *ningún* aspecto de bandidos. Iban mejor vestidos de lo que había esperado, con capas, jubones y pantalones bien cuidados, algunos de vivos colores.

No llevaban arcos, cosa que me alegró. No había tenido muy buenas experiencias con ellos. Aun así, una parte de mí se sintió decepcionada. Cuando uno piensa en bandoleros que viven en los bosques de Inglaterra, espera arcos.

Intenté que mi yegua avanzara, pero la estúpida bestia se había quedado petrificada. Desmonté, cada vez más preocupado. No podíamos permitirnos que Ealstan recibiera otra herida mortal durante al menos —consulté el cronómetro— otras treinta y tres horas.

Saqué el cayado de su sitio en la silla de montar y me preparé para maguear un poco.

—No te precipites. Son hombres desesperados —dijo Thokk en voz muy baja—. No tienen nada que perder. Han rechazado a sus padres, sus hogares y sus dioses. No podrás asustarlos. Ya están aterrorizados.

Vacilé, cayado en mano.

—¿Y... qué propones? —le susurré.

—Guarda silencio de momento —respondió Thokk también con un susurro.

Ella era la que estaba acostumbrada a recorrer aquellos caminos. Desactivé las mejoras vocales. Thokk y yo fuimos hacia Ealstan y Sefawynn y mi estúpida yegua por fin decidió venir con el resto y se pegó tanto que casi me aplastó.

Ealstan tenía la mano en el hacha, pero no la sacó. Eran doce bandidos y supuse que no le gustaría tanta inferioridad numérica, ni siquiera con un aelv de su lado. Ya le había advertido en privado que solo podía sanar a la gente una vez cada pocos días, así que con un poco de suerte no haría ninguna idiotez.

Un bandido empezó a rodearnos con paso tranquilo. Su capa era de un intenso color rojo y su hebilla del cinturón de plata, como el broche de la capa. Parecía más... refinado que los demás. Llevaba la barba recortada, casi en punta, y el pelo largo y oscuro peinado a la perfección. ¿Qué pasaba con aquellos matones, que todos parecían pasarse media vida en un salón de belleza?

(¿Y qué productos utilizaban en la Inglaterra anglosajona? ¿Moco de castor? Unas desganadas cuatro estrellas).

Se detuvo junto a un árbol más grande que los otros y le dio unos golpecitos con los nudillos.

—Es un árbol excelente —nos dijo—, ¿no os parece?

Ealstan nos miró, perplejo. Negué con la cabeza. ¿De qué hablaba ese tío?

Sefawynn, en cambio, dejó de contener el aliento.

—Sí que es excelente —respondió en voz alta—. Parece importante.

—Creció a partir de una semilla del árbol del mundo —dijo el hombre—. Es poderoso y bien alto. Digno de verse y apreciarse.

—En efecto —dijo Sefawynn—. Hasta cabría esperar que se pagara una cuota por visitarlo.

El hombre separó las manos y miró a los otros rufianes.

—¿Lo veis? Hay gente que sí que lo capta.

—¿De qué pueblo sois? —preguntó Ealstan al bandido, con la mano aún en el hacha—. ¿Cuál es tu linaje, pequeño padre caído?

—¿Peque…? —empecé a decir.

Thokk me dio un codazo. Al parecer iba en serio lo de que tuviera la boca cerrada.

—Sí, es un señor —me dijo la anciana en voz baja—. ¿Creías que los bandidos eran plebeyos asalvajados? Las armas son caras, forastero.

Vaya. En realidad tenía sentido. Yo me había pasado media vida trabajando para un jefe mafioso en Seattle, y aquello venía a ser lo mismo. Hasta sus métodos me resultaban familiares.

—Sí que es un buen árbol, sí —dijo el líder de los bandidos, e hizo un gesto con las manos enguantadas—. Y este es nuestro camino. ¿Veis alguna otra fuerza armada cerca, vigilándolo?

—Os aprovecháis del derrumbe de nuestra sociedad —replicó Ealstan—. El alto padre ya no puede defender estas rutas, así que os convertís en lobos. Deberíais ser mejores.

El jefe bandido suspiró y señaló a Ealstan con el pulgar.

—Este paga doble cuota. Una por él mismo y otra por su ego.

—No... —empezó a decir Ealstan, pero Sefawynn lo interrumpió.

—Ealstan, ya lo saben. Cualquier cosa que les digas, todo reproche que les hagas... *lo saben*. Créeme.

Ealstan se quedó callado.

El jefe de los bandoleros miró a Sefawynn y asintió.

—Eres lista.

—Soy skop —respondió Sefawynn, mirándolo a los ojos.

Varios bandidos retrocedieron de inmediato, murmurando.

—Tú pasas sin pagar —dijo el jefe—. Nuestro camino es tu camino, portadora de historias.

Sefawynn asintió. De verdad estaba orgullosa de su acervo, de su profesión. Si no lo estuviera, quizá no le dolería tanto fracasar.

—Cuento tres cuotas por pagar, entonces —dijo el jefe bandido—. Cuotas altas para gente rica, como el señor aquí presente ha demostrado que sois. Me quedaré los caballos. Tenéis cuatro, así que os dejo uno, para la skop.

—Hubo un tiempo —dijo Ealstan— en que todos los hombres de esta tierra luchábamos juntos contra los invasores. ¿Qué ha sido de esos días?

—Pregúntaselo a la skop —replicó el bandido, haciendo un gesto a Ealstan para que desmontara.

El thegn se lo pensó un momento, pero obedeció.

Me tentó la idea de liarme a puñetazos y ver a cuántos tíos de aquellos podía empotrar en árboles. Pero era solo bravuconería. Sin las placas del pecho... Abrí con disimulo la página de bloqueo de esas placas y probé con la contraseña «JohnnyEsUnCobarde». No hubo suerte.

Supuse que Thokk estaba en lo cierto. Y no nos hacían falta los caballos. Maelport estaba a solo un día a pie. Aún me costaba asimilar lo pequeñas que eran las cosas en ese lugar. Ciudades diminutas, pueblos diminutos y condados diminutos.

Aquellos bandidos estaban desvalijándonos como también me habían enseñado a mí a hacer. Dejar a tu presa lo justo para que fuese capaz de seguir adelante y poder volver a robarle más adelante. Me preocupó que nos mataran para evitar testigos, pero, si ese camino estaba desprotegido, si la situación era tan mala que no vendría tropa alguna cuando nos quejáramos del asalto, ¿para qué?

Si los viajeros desaparecieran con demasiada frecuencia en el camino, la gente contrataría a guardias o buscaría otra ruta. Pero si el robo adoptaba la forma de peaje y podías pasar después de haber pagado… te limitabas a añadirlo a los costes del viaje.

Nos dejaron pasar nuestras cosas, excepto las sillas de montar, a la bestia de carga, que era el animal que decidimos quedarnos. Mientras lo hacíamos, el jefe bandido observó a Thokk.

—¿Tú también eres skop? —le preguntó.

—Es… —dijo Ealstan.

—Deja que conteste ella —lo interrumpió el bandido.

—¿De qué me sirven a mí las historias? —dijo la anciana—. Total, es como si ya estuviera muerta.

El bandido gruñó y se volvió hacia mí.

—Es mi sobrino —dijo Thokk—. Lento de entendederas. Suerte si quieres sacarle algo útil de la boca.

¿De verdad hacía falta? Pero no protesté. Quería seguir adelante. Cuando terminamos de cargar nuestras cosas, los bandidos nos dejaron marchar. Interesante. Después de dos mil años de progreso, la mafia usaba los mismos trucos. Había quienes creían que el robo era un acto anárquico, o un golpe a los poderosos. Pero la mayoría de los robos los hacía gente con un tipo distinto de poder.

—Qué raro —dije mientras caminábamos—. Es la primera vez que encuentro todo el sentido a una experiencia aquí.

Thokk suspiró al instante.

—¿Qué pasa? —pregunté.

En ese momento algo se estampó contra mí desde atrás.

Todo se hizo oscuro.

Cuando mi sistema de nanoides se reinició, descubrí que estaba a oscuras y supe al instante lo que había pasado. ¡Alguien me había lanzado una dichosa granada apagadora!

Las granadas apagadoras emiten una detonación de energía que envía por la fuerza un comando a tu sistema de nanoides. Cada una de las microscópicas maquinitas suelta una pequeña descarga eléctrica que, combinadas, te dejan inconsciente. Entonces los nanoides inician su secuencia de reinicio. Como mi sistema estaba en torno al doce por ciento de eficacia, habrían tardado un poco en despertarme.

Eran granadas de un solo uso y muy caras. Las usábamos de vez en cuando para los trabajos, cuando queríamos secuestrar a alguien y no matarlo. Pero en general no eran demasiado prácticas: al fin y al cabo, toda arma lo bastante poderosa para freírte las mejoras también podía abrirte un buen agujero.

Vale, a ver. No tenía ni idea de cómo había llegado allí, ni tampoco de dónde era allí. Pero a esas alturas ya era todo un experto en la ignorancia. Lo único que tenía que hacer era evitar que me atizaran con tablones en la cara. Y ya puestos, quizá también debería evitar verme arrastrado a ninguna otra misión llena de revelaciones personales para frustrar los planes de mafiosos interdimensionales.

Esperé a que se activaran mis mejoras ópticas. Cuando lo hicieron, vi que estaba en una estancia pequeña, una especie de cobertizo para herramientas. Salí de la estera donde me habían dejado. Que me hubieran arrojado una granada apagadora apuntaba a Ulric.

¡Los bandidos! Me habían atacado por la espalda al oírme hablar. Estarían vigilando el *acento* de la gente que se encontraban. Por todos los diablos. ¿Mis amigos estarían bien? Tuve un breve ataque de pánico, respirando rápido y fuerte.

«Me han apresado en vez de matarme», pensé. Quizá habían hecho lo mismo con mis amigos. Además, cabía la leve posibilidad de que no supieran que tenía mejoras. Me habían dejado allí solo, permitiendo que el sistema se reiniciara. ¿Era posible que hubieran robado la granada y buscaran a gente con acento procedente de mi mundo para pedir un rescate a Ulric?

No sabía lo suficiente para elucubrar así. Pero tampoco quería salir de allí y encontrarme con una posible situación peligrosa. Activé las mejoras auditivas y distinguí el crepitar de un fuego y risas. El viento soplaba entre los árboles que había justo fuera y hacía traquetear la puerta. ¿Estábamos en pleno bosque? ¿No se suponía que no era nada conveniente? ¿Por algo relacionado con perros, fuerzas oscuras y el tío que había hecho que un lobo matara a la esposa de Woden?

Reduje la capacidad auditiva a niveles normales y fui al fondo del cobertizo. Una ventaja de ser un cobarde es que aprendes todo tipo de trucos para escapar. Esforzándome un poco encontré una tabla suelta y pude arrancarla, gracias a las mejoras de las muñecas.

Al escabullirme descubrí que mi pequeña chabola colindaba con el mismo bosque. Con un campo en apariencia infinito de silenciosos monolitos. Aunque su naturaleza eterna y antigua era abrumadora, observarlos con mis mejoras activadas les quitaba algo de misterio. Ya había visto muchos árboles. De acuerdo, en su mayoría eran árboles cultivados y solitarios, plantados a lo largo de las calles. Se me ocurrió que los árboles eran como los adolescentes. Daban más miedo si había muchos juntos.

Por curiosidad, desactivé las mejoras. Las sombras regresaron al instante. Un muro de impenetrable oscuridad. Y, sin embargo, había cosas moviéndose allí. Merodeando. Cambiando de postura.

Maldición. Volví a activar las mejoras, pero me puso nervioso saber que lo que fuese que se movía ahí fuera se volvía invisible cuando utilizaba la visión nocturna.

—Eso es trampa —murmuré.

Una parte de mí seguía queriendo huir por ese bosque y olvidarme de todo. Buscar algún sitio donde esconderme. Mientras padecía amnesia, había creado una vida entera a partir de los atisbos que recordaba. Pero no me habían proporcionado el cuadro completo. ¿La vez que recordaba haber salido a patrullar con mi compañero? Había sido Ryan recogiéndome para ir a comer y hablándome de un caso en el que trabajaba. ¿Las veces que recordaba haber salvado o ayudado a personas? Ejercicios del entrenamiento.

La verdad era que había huido de mis fracasos igual que huía de todo. Igual que debería huir en ese momento.

Contuve esos sentimientos. No era el héroe que había imaginado, pero tampoco tenía por qué ser el despojo humano que veían Ulric y sus matones. Avancé despacio por el perímetro del bosque, hacia la hoguera que disipaba la penumbra. Los doce bandidos estaban allí sentados, riendo y charlando en plena noche. Tenían a Ealstan; lo reconocí sentado en una postura demasiado estirada junto al fuego, sobre un tronco. Tenía los ojos fijos hacia delante y una silenciosa intensidad en la mirada. Tal vez estuviera meditando sobre todas las cosas horribles que les pasaban a... yo qué sé, ¿los pájaros?

Pero al menos estaba vivo. ¿Una docena de enemigos con un rehén? Sabía lo bastante para imaginar lo que haría un poli: pedir refuerzos y no enfrentarse a ellos. Pero yo no tenía refuerzos que pedir. Y mi truco del mago *no* funcionaría con ellos, dado que tenían los conocimientos suficientes para identificar mi acento y atacarme con algo que inhabilitara mis nanoides. Así que...

Maldición, no sabía qué hacer. Era un novato en aquello de no ser inútil. Distinguí a otra persona de pie cerca del fuego, de espaldas a mí, con un sombrero ornamentado y con penacho. Daba una cierta impresión de liderazgo. Si me apoderaba de esa persona, ¿quizá los demás me devolverían a mis amigos?

No parecía un acto demasiado heroico, pero en fin. Poquito a poquito. Antes de poder disuadirme a mí mismo, respiré hondo y eché a correr hacia el fuego. Fue entonces cuando las incoherencias empezaron a saltarme a la cara.

Ealstan tenía un cuenco de sopa en la mano. Sefawynn estaba sentada cerca, invisible por poco desde donde me había apostado, charlando amistosamente con otra mujer.

Y lo más importante de todo, el tío hacia el que corría se volvió al oír que me acercaba.

Era Ryan Chu.

# PyR:

¿Y si aún me preocupan las implicaciones éticas de estar colonizando las islas británicas y modificando el curso de la historia de todo un pueblo?

Antes que nada, permítenos insistir en que no hay de qué preocuparse. La Ley Dimensional, la Decisión del Consorcio Ético sobre Derechos Internacionales y el consenso de más de mil profesionales renombrados de la filosofía están de acuerdo en que la moral y las leyes de nuestro mundo no pueden trasladarse a dimensiones alternativas, donde incluso las mismas leyes de la física podrían ser (aunque es improbable que sean)[1] distintas.

---

1. Véase el apartado «PyR: Vale, ¿y por qué no puedo tener una dimensión llena de plátanos parlantes?».

Es común malinterpretar esas leyes y resoluciones para afirmar que no deberíamos interferir en las dimensiones alternativas. Sin embargo, una interpretación más acertada es que no deberíamos aplicar nuestras leyes, prácticas e ideas como base para tratar con los habitantes de otras realidades. Por definición, ni siquiera esas resoluciones de organismos oficiales son relevantes en ninguna dimensión alternativa, porque nada que decidamos en nuestra dimensión puede ser vinculante para otras realidades.

Aunque encontrarás discusiones y argumentos éticos consistentes con una gran variedad de posturas filosóficas, la decisión final es tuya. Existen realidades infinitas. Por tanto, es razonable que exista una cantidad infinita de actitudes que adoptar hacia las interacciones en tu dimensión. No seremos nosotros quienes te digamos cuál escoger. Cuando cruces ese portal, abandonarás tu dimensión y entrarás en otra donde lo único que importa es *tu* conciencia.

Si todavía te preocupa la vertiente ética de tu inminente adquisición de una de nuestras dimensiones perfectas (para ti), ¡quizá te interese echar un vistazo a lo que han hecho otros magos! Te recomendamos *Un estudio sobre la esperanza: Diez personas que cambiaron el mundo en su Dimensión Personal de Mago™*, escrito por el equipo de redacción de Mago Frugal S. A.® (Ediciones Mago Frugal™, 2099, 39,99 $. Edición ilustrada limitada disponible para suscriptores del club Fans Frugales™).

En ese libro leerás la historia de Apinya Pan, que estableció una «ciudad libre» en su dimensión. No conquistó ningún

territorio ni obligó a nadie a unirse a ella. Se limitó a construir una ciudad con una extensa atención sanitaria, unos suministros alimenticios modernos y otros avances, y luego invitó a la gente a mudarse allí. Pan llevó la seguridad y la tranquilidad a millones de personas mientras convertía su ciudad en una metrópolis moderna, ¡un oasis de razón en tiempos de oscuridad!

Eres libre de imitarla, o de actuar a tu propia manera. Lo que decidas será lo correcto en tu dimensión, y no permitas que nadie te lo eche en cara. Al igual que no puedes traer cosas desde tu dimensión a la nuestra por la naturaleza fundamentalmente incompatible de ambas, tampoco deberías llevarte el bagaje de nuestras expectativas sociales cuando te marches.

En el nuevo mundo al que viajas, podría resultar que esas expectativas son lo fundamentalmente incompatible.[2]

---

2. Para quienes busquen una perspectiva distinta, recomendamos el libro *Un estudio sobre lo genial: Diez personas que gobernaron el mundo en su Dimensión Personal de Mago™*, escrito por el equipo de redacción de Mago Frugal S. A.® (Ediciones Mago Frugal™, 2099, 39,99 $. Edición ilustrada limitada disponible para suscriptores del club Fans Frugales™).

**M**e detuve de sopetón. No todos los días encuentras a uno de tus mejores amigos en medio de un bosque anglosajón, disfrazado de Robin Hood.

Ryan Chu, inspector sin igual, la estrella de la División Anticártel y de Mejoras Ilegales en el Departamento de Policía de Seattle. Alto, amistoso y seguro de sí mismo. Le salía bien todo lo que intentaba, y hasta tenía un gusto impecable en el vestir.

Lo peor de todo era que no se podía odiarlo, porque era un tío majísimo. Había estado charlando con Thokk, a quien pude distinguir al moverse Ryan, y la anciana estaba riéndose de lo que fuese que le había dicho.

Ryan tenía un encanto innato. Normal que me hubiera imaginado a mí mismo como alguien parecido a él al empezar a recuperar los recuerdos. Nunca había sido mi compañero, pero es lo que siempre había soñado.

Había anhelado tener el mismo éxito que él. Sobre todo, siempre había querido saber cuál era mi lugar. Ryan se había decidido por la academia a una edad muy temprana, había apuntado hacia ella y había dado en pleno centro de la diana. Jen había elegido la historia en el instituto y se le había dado de maravilla desde el principio. ¿Por qué a mí me costaba tanto averiguar lo que debería estar haciendo?

Quinn y los demás creían que Ryan me odiaba. Yo mismo había apuntalado esa idea, temiendo que me utilizaran para manipularlo si se enteraban de la verdad. Ryan no me odiaba. Estaba *decepcionado* conmigo. Y quizá un poco resentido por cómo habían ido las cosas con Jen.

Apartó la mirada de Thokk y bajó la jarra de los labios.

—Anda —dijo—. ¿Qué hay, Johnny?

—Eh... hola. ¿Llevaba inconsciente mucho rato?

—Culpa mía —dijo el de la barba en punta, levantando la mano—. He utilizado el aparato aturdidor de aelvs contigo. Pero no debería haberte tumbado tanto tiempo.

—Me han contado que ayer le salvaste la vida a ese hombre —dijo Ryan señalando a Ealstan—. A tus nanoides les habrá costado la tira reiniciarse. Me alegro de verte levantado.

—Cada vez que creo que empiezo a entender tus asuntos de aelv —dijo el de la barba—, sueltas algo como eso y me despistas otra vez.

El resto de la banda rio con nerviosismo. Crucé la mirada con Sefawynn. Aunque parecía incómoda, con los brazos encogidos y aferrando su cuenco de sopa con fuerza, asintió mirándome. «Estamos bien», decía ese asentimiento.

—Johnny —dijo Ryan, e hizo un gesto con la cabeza a un lado—. ¿Hablamos en privado?

Sentí una desconexión surrealista mientras nos apartábamos del fuego. Ryan formaba parte de mi otra vida, incluso más que Ulric y sus compinches.

—No esperaba encontrarte aquí —dijo Ryan.

—Pues... —Bueno, la verdad tendría que bastar en esa ocasión—. ¿Te acuerdas de cuando comimos juntos el mes pasado? Me contaste que estabas investigando algo relacionado con el viaje dimensional, y eso me recordó que Ulric tenía un montón de dimensiones guardadas. Se me ocurrió afanarle una, ¿sabes? No iba a echarla de menos. Y aunque lo hiciera, ¿qué más daba? Ya estaría en un lugar donde nadie podría alcanzarme. O eso era lo que se suponía que tenía que pasar, al menos.

—Y elegiste *esta* dimensión —dijo Ryan inexpresivo—. Al azar, de entre toda la lista.

—Sí.

—La única dimensión que se ha descubierto *jamás* en toda la historia con algo parecido a la magia. La dimensión en la que Ulric estaba levantando un imperio criminal.

—Que conste que Ulric tiene la lista en un solo archivo enorme —respondí—. No hay manera de saber cuáles son las importantes.

—Ay, Johnny —dijo Ryan, frotándose la frente.

—¿Qué?

—Que para eso lo hace. Si alguien se cuela en su sistema y abre la lista de dimensiones, así es imposible que distinga la importante de las otras mil que son señuelos.

—Vaya —dije—. Muy hábil.

—Suponiendo que no topes con Johnny West y su marca especializada de tener una suerte estúpida.

—Más estupidez que suerte —repuse, citando la frase de Ryan cuando me iba bien en la liga juvenil de boxeo, antes de que se me agotara la suerte pero la estupidez resultara ser un recurso renovable.

Ryan me miró, su rostro iluminado por el fuego lejano. No terminaba de confiar en mí. Pensaba que estaba mintiendo. Que a lo mejor me había enviado Ulric para buscarlo. No se lo podía reprochar.

Lo cierto era que nos habíamos distanciado hacía ya un tiempo. Al principio, durante unos años agradables, Ryan creyó que estaba en la Liga de Combate Mejorado por mis propios méritos. Pero no dejaba de ser inspector de policía y su trabajo no dejaba de ser investigar a los cárteles.

Me había presionado para sacarme información sobre Ulric. Ulric me había presionado para dejarle pistas falsas a Ryan. Al final ambos se habían dado cuenta de que era un inútil, así que la vida había seguido su curso, aunque las cosas entre Ryan y yo nunca habían vuelto a estar como antes. Era como en una comedia de situación. El poli, su mejor amigo el chorizo y la mujer a la que ambos aman.

Solo que siempre me había sentido como el secundario que vivía en la puerta de al lado. El del pelo horrible y la frase característica aún peor.

—Quería escapar —susurré—. Por eso estoy aquí, Ryan. Me desperté un día y me di cuenta de que lo aborrecía.

—¿El qué?

—Todo. Mi vida. Mi trabajo. Mi mundo. Y luego, lo de Jen…

Ryan apartó la mirada. Jen seguía siendo una herida abierta.

La primera vez que había vencido en algo a Ryan fue cuando Jen me eligió a mí, dos años antes.

Sabía que estaba resentido conmigo por lo que había pasado. Si mi relación con Jen no se hubiera ido a pique de un modo tan espectacularmente horrible, no se habría ido a Europa. Y sin Europa, no habría tenido el accidente.

Bajé la mirada a los pies.

—¿De verdad le salvaste la vida a ese thegn? —preguntó Ryan—. ¿Llegaste corriendo, rechazaste a sus enemigos y usaste los nanoides para salvarlo?

—No es difícil apalear a unos pocos soldados medievales si eres el único que tiene mejoras.

—¿Sigues teniendo placas solo en las extremidades?

Me encogí de hombros.

—Nunca he descubierto la contraseña.

—Y esa skop dice que vais todos a detener a Ulric y salvar al conde.

Alcé de nuevo los ojos hacia él y sonreí.

—Sí. Puede que me haya dejado influir un poco por su naturaleza bondadosa.

—¿Un poco? Ibas a embestir contra mí. No sabías quién era, ¿verdad? ¿Creías en serio que os habían hecho prisioneros unos bandidos?

—Sí —reconocí.

Se quedó mirándome. Entonces sonrió.

—Johnny...

—No me pongas esa cara —repuse.

—¿Qué cara?

311

—La de «Ya sabía yo que había alguien mejor dentro de ti». No eres mi abuela.

—Bueno, tu abuela siempre decía que su preferido era yo.

—Porque fingías que te gustaba la ópera —dije—. Y si llega a enterarse de lo que opinabas de su *goulash*…

Ryan sonrió enseñando los dientes. Le devolví la sonrisa. Por primera vez en muchísimo tiempo, ninguna de ellas tenía un matiz tenso. Me sentí como si hubiéramos rebobinado diez años. Y solo había hecho falta quedarme atrapado en una dimensión alternativa.

—¿Qué? —dijo Ryan—. ¿Creen que eres un elfo?

—Justo eso —respondí—. ¿Y tú?

—Lo mismo. Creí que era porque la gente de aquí no sabía qué pensar de un chino. Pero supongo que es más bien por los superpoderes, ¿eh?

—Y, en mi caso, por comportarme raro así en general. Al principio casi no recordaba nada de mí mismo.

—¿No te tomaste la pastilla?

—¿Qué pastilla?

—¿El estabilizador dimensional? —Se frotó la frente como si fuese mi *padre* o algo—. Ay, Johnny.

—Eh, no *todo* es culpa mía —dije—. Me compré un dichoso libro de esos sobre cómo moverte en estos sitios. Pero *explotó* al traérmelo. Y, para colmo, aparecí en medio de la nada. Llevo estos últimos cuatro días intentando ponerme al día.

—Espera, espera —me paró Ryan—. ¿Cuatro días? ¿Hace tan poco que llegaste?

—Sí, ¿por qué?

—Porque saboteé el equipo de Ulric hace una semana —respondió—, incluida su baliza. No deberías haber podido llegar aquí en absoluto. Sin baliza no hay desplazamiento dimensional, o por lo menos no *preciso*. —Empezó a caminar de un lado a otro dándose suaves puñetazos en el pecho, lo mismo que hacía mientras pensaba cómo convencer a un profesor de que le subiera la nota. Se detuvo y me miró—. ¡Debe de tener otra baliza! ¡Explica muchas cosas!

—No... no lo pillo —dije.

—¿De verdad aprendiste tan poco sobre lo que estabas haciendo antes de saltar?

—¡Esa parte del libro explotó! Pensé que ya iría enterándome sobre la marcha.

—Para ir a una dimensión concreta, necesitas una cosa llamada baliza —explicó Ryan—. Se instala en la dimensión para que envíe una señal de vuelta a nuestra Tierra. Sin baliza, activada y enviando datos, nadie de la Tierra sabría jamás cómo llegar hasta aquí.

Vale, esa parte sí que la sabía.

—Hace una semana —prosiguió Ryan— volé la baliza de Ulric y su portal, dejándolo atrapado aquí.

—¿Y... quedándote atrapado tú también? —pregunté.

—No —dijo él—. Yo también tengo una baliza, de las pequeñas portátiles. Tendría que haberme permitido recibir refuerzos, o al menos que cruzara alguien con un portal para recogerme. Pero no han llegado. No sé por qué.

—¿Y no puedes preguntárselo? —propuse—. ¿Encender y apagar la baliza para hablar en código morse o algo parecido?

—No funciona así —dijo él—. Los aparatos de nuestra Tierra no captan una baliza encendiéndose o apagándose. La señal o está o no está. Y tardan tiempo en apuntar a una baliza activa. Tiene algo que ver con que la información se distorsiona al viajar corriente arriba. Pero el caso es que iba a recibir ayuda y no ha aparecido. Pensé que le pasaba algo a mi baliza, que sí que estaba atrapado. Pero ahora... tiene sentido.

Lo miré intentando *no* parecer estúpido. Ryan suspiró.

—Johnny, solo puede haber una señal por dimensión, y la baliza más fuerte anula la más débil. Ulric debe de tener un aparato de reserva más grande, que anula el mío. Por eso no han llegado mis refuerzos.

—Pero... ¿cómo es que yo aparecí tan al norte?

—Ni idea —reconoció Ryan—. Igual dañé su equipo de forma que cuando la gente entra ya no es a un punto específico, vete a saber. Lo siento. Cuando me cargué su material, no sabía que mi mejor amigo de la infancia iba a presentarse para ir a tomar algo.

Me encogí de hombros.

—Supongo que fue para bien que no aterrizara cerca de él. Pero detectó que alguien entraba en la dimensión y pensó que tenía algo que ver contigo. Vino a investigarlo *en persona*. Te tiene miedo, Ryan. Mucho miedo.

—Eso es bueno.

—No es bueno —repliqué—. *No* es nada bueno, Ryan. Ulric es...

—Llevo diez años persiguiéndolo, Johnny. Me hago una idea de lo que es capaz de hacer.

Supuse que sí.

—Lo sé, pero... ayer tuve un encontronazo con Quinn. Creen que vas a por Ulric a lo bestia. Y les viene ayuda de camino. Según Quinn, mañana llegará un equipo de rescate.

—Espera, ¿un equipo de rescate? —Ryan maldijo en voz baja—. Está clarísimo que tiene una baliza funcional. Destruir el portal es solo media ecuación. Confiaba en que Ulric sería demasiado paranoico para dar acceso a nadie más, aunque los equipos de contacto son una precaución habitual para el viaje entre dimensiones.

—Qué va —dije—. Es demasiado paranoico para *no* tener un plan de emergencia.

Había leído sobre aquello en el libro. Se podía pagar para que viniera alguien cada cierto tiempo a comprobar cómo te iba. Ulric no se fiaría de que lo hiciera una empresa, pero sin la menor duda organizaría su propio equipo.

—Tenemos que conseguir esa baliza —dijo Ryan—. Usarla para traer refuerzos y dejarlo aquí atrapado. Tenemos que actuar.

—¿Tenemos? —pregunté.

Ryan señaló hacia el grupo de bandidos sentados en torno al fuego.

—Mis alegres hombres. Tuve que usar lo que había.

Enarqué una ceja y miré el elaborado sombrero de Ryan. Quizá debería revisar mi opinión sobre su gusto en el vestir.

(Dos estrellas. Y sus hombres tampoco eran tan alegres).

—A ver, lidero una banda de forajidos en los bosques del centro de Inglaterra —dijo, reparando en mi escrutinio—. Tenía que interpretar el papel. A lo mejor todas las leyendas de Robin

Hood son sobre mí, pero las cosas se emborronaron un poco con los años.

—No estamos en nuestra dimensión, que es donde existen esas leyendas —apunté.

—Vale —dijo él—, pues a lo mejor una versión *mía* de una realidad alternativa vino a nuestro mundo hace mil quinientos años y le hizo *esto* mismo a una versión de Ulric en otra dimensión. Quién sabe, ¿no?

—¿Y la magia? —pregunté en voz baja cogiendo a Ryan del brazo—. ¿Qué hay de eso?

—Creo que es una extraña fluctuación cuántica relacionada con colapsar los campos de probabilidad —afirmó.

—¡Pero Ryan! —exclamé—. Eso suena pero que muy científico. No te gustaba nada que tus padres hablaran así.

—Sí, bueno. Me hice poli, pero no pude escapar del todo. Creo que aquí la física probabilística se ve influida por la *percepción pública*. *Creen* que existen seres invisibles que los ayudan y esta dimensión cambia las leyes de la probabilidad. Ocurren cosas inverosímiles para cumplir las expectativas de la gente.

Empezaba a sonar como su padre explicando que el libre albedrío no podía existir. Los Chu eran... buena gente, en realidad. Pero dicho eso, no prestaban atención a nada aparte de a la física. Supongo que es lo normal si tienes la dieciseisava parte de un premio Nobel. O quizá es más probable acabar con la octava parte de un premio Nobel en la familia si ese tipo de conversación se da con regularidad.

—Ryan —dije—, estás pasando por alto la respuesta evidente. ¿Y si de verdad existen seres invisibles? A lo mejor antes también los teníamos en nuestro mundo. Explicaría todas las historias.

—Las historias no requieren más explicación que la inventiva humana —replicó Ryan—. No creerás *de verdad* que aquí existen las hadas, ¿no?

—¿Has visto cómo puede arder la escritura? ¡Mi libro *explotó*!

Ryan negó con la cabeza.

—Siempre te han gustado las respuestas fáciles, Johnny. Esto es algo mucho más gordo que unos monstruos invisibles. Es algo que Ulric está poniendo mucho esfuerzo en explotar.

—¿Qué trama, por cierto?

—¿No lo sabes? —se sorprendió Ryan—. ¿Ibas de camino a enfrentarte a él y ni siquiera sabes a qué se dedica?

Me sonrojé.

—Extorsionar a gente. Ganar dinero. Supongo.

—Creía que estabas en su banda.

—Al *portero* no se le cuentan tus planes de dominación interdimensional, Ryan. Pero ¿qué pretende? No puede sacar nada de aquí. Así que, aunque exista la magia, no puede usarla en *nuestro* mundo.

—No le hace falta llevársela para utilizarla, Johnny.

Fruncí el ceño.

—Este lugar hace cosas raras con la suerte y el azar. Ulric se trajo un montón de boletos de lotería sin rellenar, y algo de este sitio, el ryro lo llaman, le permitió acertar los números que necesitaba para ganar. En nuestro mundo.

—Venga, ¿en serio?

—En serio.

Maldición.

Mal asunto.

La gente hace todo tipo de suposiciones erróneas sobre las personas como Ulric. En mi opinión es culpa de esas pelis enrevesadas sobre supervillanos que quieren apoderarse del mundo, con sus láseres del juicio final y sus bombas nucleares de bolsillo. Jamás había conocido a un jefe de cártel que quisiera saber nada sobre dominar el mundo. Si la gente creía que estabas construyendo un arma atómica, pasabas de lidiar con polis como Ryan a que el presidente ordenara ataques con drones a tu yate. Y Ulric desde luego *no* era tonto.

Por tanto, ¿qué buscaba el mafioso listo? Dinero. Con el dinero se compraba a políticos. El dinero abría puertas. El dinero, en tiempos recientes, permitía adquirir universos. Ulric sacaba la mayoría de sus ingresos del lucrativo mercado negro de mejoras, pero era peligroso. El dinero *más o menos* limpio era mucho mejor, y el de los combates amañados estaba relativamente poco sucio, además de ser complicado de demostrar en un juicio. Y, si al final te condenaban, las penas eran leves y fáciles de esquivar. Pero las oportunidades también eran menores.

Así que Ulric diversificaba. Sobre todo estaba metido en lo del mercado negro de mejoras. Daba un montón de pasta, pero era mucho más peligroso. Si, en vez de eso, pudiera influir en la probabilidad... nunca se quedaría sin efectivo. Podría pagar a sus hombres con boletos de lotería que se llevarían un pequeño premio garantizado. Qué narices, podría hundir a los corredores de apuestas y los casinos rivales.

O peor, podría determinar qué acciones iban a subir, qué insurgentes lograrían hacerse con el poder en países pequeños, a qué políticos apoyar.

Con suficiente dinero en el bolsillo, el potencial de Ulric para el mal sería *literalmente* infinito, según nuestra actual comprensión sobre las dimensiones.

—Esto es peligroso —susurré—. Esta dimensión es demasiado peligrosa para que nadie la controle.

—Dejaremos que lo decidan los federales —dijo Ryan—. De momento, voy a tener que acelerar el plan. Tenemos que abatir a Ulric mientras sea vulnerable. —Me miró—. ¿Tienes lo suficiente de policía como para ayudarme, Johnny?

Hice solo una breve pausa antes de asentir. Era lo que ya íbamos a intentar Sefawynn, Ealstan y yo de todos modos. Con Ryan y sus «alegres hombres» a bordo, nuestras posibilidades de detener a Ulric subían como la espuma.

Pero, por algún motivo, me decepcioné un poco.

Sí, había estado yendo hacia una situación desconocida sin probabilidades realistas de éxito. Pero... había sido *mi* lucha. Mi forma de demostrar que no era propiedad de Ulric.

Y ahora se había involucrado alguien *capaz*, por lo que en realidad la lucha ya no era mía. Por fuerza tenía que ser así, estando Ryan cerca. Era todo lo que Sefawynn y Ealstan *creían* que era yo. Era...

Un momento.

¿Podía aprovechar eso?

Empezó a cobrar forma un plan en mi mente. No para ocuparme de Ulric, ni para descubrir qué leches pasaba con los espectros. No. Era un plan que arreglaría algo más crucial para mí: la relación que tenía con aquella mujer silenciosa sentada al fuego, cuya luz se reflejaba en sus prietos rizos rubios.

¡Si quería reparar nuestra relación, solo tenía que echarlo todo a perder! Objetivo que, por una vez, encajaba a la perfección con mis talentos personales.

Seguí a Ryan de vuelta hacia el fuego. Con más tiempo para prestar atención, distinguí varios aparatos modernos. Placas solares instaladas en un árbol, casi invisibles en el cielo nocturno. Un portátil cerrado sobre un tocón cerca de una tienda. Una multiherramienta híbrida entre pala y hacha como las que usaban en el ejército apoyada en un árbol.

Ryan estaba preparado para la vida en la Edad Media, y siempre le había gustado colaborar con la gente que encontraba. Se comportaba menos como un invasor de espacios urbanos que como un recurso para enseñar a los lugareños a librarse de enfermedades como los cárteles. Era perfectamente creíble que hubiera reclutado a todo un equipo de bandoleros de la zona.

A la gente le caía bien Ryan. Era más que el policía perfecto: era un ser humano perfecto. De fiar, responsable, sincero hasta la médula.

Y eso era algo que un tipo como yo podía explotar.

—Eh, Sefawynn, Thokk, Ealstan —les dije a los tres—, tengo

buenas noticias. Ryan está dispuesto a ayudarnos contra Ulric.

—Tenemos poco tiempo —añadió Ryan, sacando un macuto militar negro de las sombras junto a su tienda—. Habrá que salir temprano si queremos llegar mañana a Maelport. Agradeceré toda ayuda.

—Ryan y yo éramos compañeros en nuestro mundo —dije señalándolo con el pulgar—. Yo era el pequeño padre y él era mi hogareño.

Ryan compuso una sonrisa, la sufrida de cuando tenía que soportarme.

—Eso no es del todo cierto.

—Vale, sí, éramos más bien iguales.

—Él era un alumno —dijo a los demás—. Lo llevé conmigo un solo día, cuando sabía que no habría jaleos.

—Te impresionó lo bien que me iba en la escuela —repuse—, y lo buen poli… esto, guerrero, que iba a ser.

Ryan siguió con la misma sonrisa en la cara, negando con la cabeza, como si no quisiera contradecirme en voz alta pero a alguien como él le resultara doloroso dejar un embuste tan descarado flotando en el aire.

Estaba mejorando, a juzgar por cómo se contenía. De verdad era buena persona. Pero en esos momentos me hacía falta un poco más de su antiguo yo. Así que redoblé las pullas.

—Fui yo quien lo convencí para hacerse guerrero —expliqué a Ealstan—. No habría empezado a entrenar de no ser por mí.

—Vale, vale, Johnny —repuso Ryan—. Sabes que esa no puedo dejarla pasar.

Lo miré con inocencia.

—Johnny es un ladrón —dijo Ryan a los demás—. Es verdad que mi gente son unos bandidos...

—En rehabilitación —matizó uno de ellos—. Es lo que querías que dijéramos, ¿no?

—Exacto —dijo Ryan—. Así que salta a la vista que no pongo pegas a trabajar con gente obligada a tener los oficios más feos. Pero a Johnny lo conozco desde que éramos unos críos, y no lo obligó nadie a tener un oficio feo: se dejó resbalar él solito. Deberíais saber que antes trabajaba con Ulric.

Me encogí de hombros y aparté la mirada, como si me diera igual. La gente que rodeaba el fuego se quedó callada un momento. Luego, por suerte, habló ella.

—¿Qué clase de persona era? —preguntó Sefawynn.

—Era...

Ryan titubeó.

—Era lo bastante bueno para que Jen me eligiera a mí —le solté.

Me daba repelús utilizarla así. Pero estaba muerta, así que no le importaría. Además, aquel tema era la única forma de meterle el dedo en la llaga a Ryan. Suspiró.

—Johnny es un mediocre crónico. Ha fracasado en todo lo que alguna vez se propuso. No era un gran guerrero. Era un timador. La única vez que creí que iba a hacer algo bueno con su vida, descubrí que era un fraude.

»Entre los nuestros, la gente paga bastante dinero por ver a hombres luchando entre ellos, y hacen apuestas sobre el resultado. Johnny traicionó su confianza. Perdía peleas a propósito para que sus amigos apostaran contra él y ganara. Al final perdía tan a menudo que nadie quería ir a verlo ya. Y ni siquiera se hizo rico con tantos tejemanejes, ¡porque se lo llevaba todo Ulric!

Sus palabras me dolieron, pero era lo que había querido que dijera. Lo había pinchado para que…

—Johnny es un lastre para toda persona que conoce —siguió diciendo Ryan—. Me pide dinero *todas* las veces que hablamos. Sus relaciones se acaban viniendo abajo. Sus padres terminaron mudándose. Su hermana no le dirige la palabra por la cantidad de dinero que le debe. Es agotador tenerlo cerca.

Vale, ahí se había pasado. Quizá debería dejar de mencionarle a…

—Y además —añadió Ryan, levantando las manos al aire—, en todo lo que me propongo, ahí está él, haciéndome sombra. ¿Se me ocurre estudiar Bellas Artes? Pues Johnny se matricula primero. ¿Me gradúo en la academia de policía? Ahí se presenta él la semana siguiente. ¿Le cuento que me gusta una chica? Esa misma noche le pide salir. ¡Me meto en una condenada *dimensión alternativa* y aquí está!

Parpadeé, sorprendido por la acometida.

Ryan respiró hondo.

¿Era lo que pensaba de verdad?

¿Era lo que *siempre* había pensado? ¿Que yo era un lastre? ¿Una persona cuyos fracasos… lo hundían también a él?

Tampoco es que me extrañara. En el fondo ya sabía esas cosas. De algún modo, ser un *don nadie* sin recuerdos había resultado más satisfactorio que ser yo mismo.

Pero oír que alguien lo decía…

Oír que *Ryan* lo decía…

Me fui. Salí a la oscuridad, donde no me viera nadie. No me alejé tanto. Era solo que no quería mirarlos a la cara, o endosarles mi presencia, supongo.

O puede que solo fuera un cobarde.

Me senté con la espalda apoyada en una piedra. Seguro que Ryan se sentía fatal, el muy insoportable. Le había amargado el día haciendo que él me amargara el mío.

Di con la coronilla contra la piedra y solté el aire en una exhalación larga y lenta. Al terminar apagué la visión nocturna y abrí los ojos. Así pude mirar entre los árboles sombríos y ver la noche. Aquella extraña oscuridad, viva, indómita, de un género que no había encontrado nunca antes de llegar allí.

El mismo bosque estaba despierto con los crujidos de las ramas y el rozar de las hojas. Tanto los matorrales como las copas de los árboles raspaban contra el mundo, inadvertidos. El viento soplaba a través de todo, frío pero vigorizante. Y los aromas… tierra y hojas, agua estancada y mohosa.

Las sombras que tenía cerca parecían mecerse y temblar. ¿Serían imaginaciones mías o era algo más? Casi alcanzaba a distinguir formas.

—¿Puedo ir con vosotras? —les susurré—. Querría perderme de vista. Es para lo que vine aquí.

Se lanzaron en mi dirección. Desde fuera del bosque, aquellas sombras antinaturales me habían aterrorizado. Allí dentro no me molestaban tanto. No parecían tan alarmantes como… curiosas. Se quedaron un ratito cerca de mí y luego, una tras otra, se escabulleron a la oscuridad más profunda de los troncos y el sotobosque.

—Tu presencia les hace daño —me dijo una voz al oído, una voz de hojas secas muertas en las ramas, tiritando a finales de otoño al liberarse y caer por fin.

—Conque a ellas también, ¿eh? —respondí.

—No eres solo tú —explicó el espectro—. Es toda la gente del otro mundo. Tenéis un aura que nos hiere, que nos mata despacio. Vuestro mundo se infiltra en el nuestro y envenena a los espectros.

—¿A ti no? —pregunté.

—A mí también —susurró—. Es solo que soy lo bastante fuerte para sobrevivir a un poco de veneno.

¿La gente de mi mundo... hacía daño a los espectros? ¿Qué era lo que ponía en el libro?

—Tenemos sustancia —dije—. Nuestro mundo puede imponerse al vuestro.

—No es sustancia. Veneno. Un opuesto a nosotros. Mortífero.

—¿Y qué pasará si Ulric establece una base permanente aquí? —pregunté.

—Muerte para los espectros —susurró—. Para el ryro. Para los dioses.

—Maldición. No podemos dejar que controle la probabilidad, ¿verdad? Terminará destruyendo lo que intenta dominar.

—Sí.

Las pequeñas sombras aleteantes danzaban a mi alrededor, venían de repente y se alejaban tímidas. Como cachorritos salvajes, curiosos pero también asustadizos. Las contemplé mientras escuchaba al bosque charlando consigo mismo.

Si Ulric se salía con la suya, todo aquello se marchitaría.

Tenía que detenerlo. O intentarlo al menos.

De verdad podía *hacer* algo. *Cambiar* algo.

El sonido de hojas aplastadas a mi espalda me sobresaltó. Di media vuelta y miré al otro lado de mi roca. Sefawynn estaba a medio camino entre el límite del bosque y yo, sosteniendo una frágil vela cuyo fuego protegía con la mano.

Con los ojos muy abiertos, susurró:

—¿Runian? ¿Eres tú?

—Sí —dije, provocando que las sombras huyeran.

—Vuelve al fuego, por favor —me suplicó—. Estar aquí no es seguro.

—¿Y estar en el claro sí?

—Sí —dijo ella con suavidad—. Es por el otro aelv, ese al que llamas Ryan. —Desvió la mirada al lado cuando algunas sombras se acercaron a ella—. Los espectros y las cosas oscuras le tienen miedo.

—De mí se apartan también —respondí—. La gente de mi mundo les provoca dolor.

—No es verdad. Llevas a uno contigo.

—Es el que me ha contado lo del dolor —dije.

Sefawynn dio un paso adelante, haciendo titilar la llama de su vela.

—¿Te ha hablado?

—Sí.

Se acercó más.

—¿Y a qué sonaba?

—A... algo natural —dije—. No sé explicarlo muy bien.

Le hice un gesto para que viniera conmigo. Dejó la precaria vela con su palmatoria de bronce en la roca, a su lado. La miré a través de la tenue luz. Nos quedamos sentados un poco en silencio, rodeados por un perímetro de sombras, a unos tres metros de distancia.

—Ryan el aelv —dijo por fin—. Tenéis un pasado en común.

—Me conoce mejor que nadie. Puede que hasta mejor que mis padres.

—¿Los aelv tenéis padres? Supongo que tiene sentido. Los dioses los tienen. Aún no he podido averiguar si los espectros también o no.

—Ryan y yo no somos lo que crees, Sefawynn —le aseguré.

—Las cosas que puedes hacer...

—¿Crees que eres mejor que los demás porque ves a los espectros?

—No, pero eso es distinto. —Me observó—. Siento que haya dicho esas cosas. He visto el daño que te hacía.

—Lo he provocado yo —respondí—. Quería que lo entendieras. Que supieras lo que soy.

—¿Son ciertas, entonces?

—Sí.

—¿Engañabas a la gente que apostaba por ti?

—Tal cual, aunque no era yo quien tomaba las decisiones.

—¿Te manipulaba ese hombre, Ulric?

—Me consumía —dije—, y luego me puso a vigilar su puerta. Sobre todo para reírse de mí.

—Eres de lo más bajo entre los aelvs.

—Ajá.

—Prácticamente un mortal.

Sonreí. Me devolvió la sonrisa.

—Me dijiste que no eras un estafador… y es verdad —dijo—. Pero también es mentira.

—Existo como ambas cosas a la vez —convine—. En un estado de probabilidad cuántica.

—No tengo ni idea de lo que significa.

—Créeme, ha sido profundo.

—Anda, mira —dijo, poniendo los ojos en blanco—. Han salido las estrellas.

—No se ven entre los árboles —señalé.

—Sé que están ahí. —Sefawynn se levantó y me tendió la mano con timidez—. Todas las historias aconsejan evitar a los aelvs, sobre todo a los que son guapos.

Sonreí, le cogí la mano y me puse en pie.

—Por tanto —añadió—, supongo que tú eres más o menos inofensivo.

—Que sepas que se me considera *increíblemente* guapo entre mi gente.

—¿Ah, sí?

—Sí. Lo sé de buena tinta, por mi madre.

Su sonrisa se ensanchó, pero entonces Sefawynn se paró a pensar.

—¿Tus padres de verdad te abandonaron?

—Se jubilaron y se mudaron a Atlanta. Así que sí y no. —Le apreté la mano—. Lo que ha dicho Ryan *es* verdad, Sefawynn, pero esa persona ha quedado atrás. En tu mundo, hasta un aelv desastroso puede ayudar.

Regresamos juntos hacia la hoguera. Sefawynn me apretaba fuerte la mano, quizá por las sombras del bosque, pero me daba igual. Yo aferraba la suya por un motivo distinto. Era la primera vez desde hacía años que me alegraba de ser yo. De algún modo, ser un pringado había servido para arreglar una relación.

Quizá, desde el principio, lo único que necesitaba era a alguien que se viera a sí misma como un poquito pringada también.

# (¡ACTUALIZADO!)
# EXPERIENCIAS
## MEJORES QUE LA VIDA REAL™

En esta nueva edición revisada del manual, queremos presentaros nuestra innovación más increíble de todas: ¡el Desafío Dimensional Competitivo™![1,2] (Nuestras Experiencias Mejores que la Vida Real™ de siempre siguen disponibles,[3] y podéis leer sobre ellas en el siguiente apartado).

1. Los D.D.C. pueden añadirse a cualquier paquete, aunque no están recomendados para principiantes.

2. Los D.D.C. están disponibles con un quince por ciento de descuento a partir de la segunda adquisición. ¡Viaja y ahorra!

3. Excepto nuestra muy solicitada experiencia Guerra Zombi de Nanoide Mutágeno™, que hemos tenido que posponer a consecuencia del lamentable cierre de MutaTech. ¡Confiamos en volver a ofrecer esta experiencia en el momento en que dispongamos de un nuevo proveedor de nanoides zombis! (O en el momento en que los miembros de MutaTech terminen de cumplir sus respectivas condenas).

Inspiradas por nuestro popular programa de telerrealidad *Mago contra Mago: La conquista de Gran Bretaña*, los D.D.C. están pensados para que los experimenten dos o más magos a la vez.

Con cada dimensión de D.D.C. asignaremos un árbitro neutral a tu grupo durante un periodo de un año (extensiones disponibles). Ese árbitro inspeccionará tu dimensión y determinará los criterios del desafío, individualizados según el terreno, las culturas y el panorama político de tu mundo. Sin embargo, las normas básicas son de aplicación obligatoria. Por ejemplo, no puedes hacer daño a ningún mago adversario. No puedes llevar a tu dimensión armas ni recursos aparte del equipamiento inicial. No puedes salir de la zona de juego para reclutar a otras naciones. Solicita una lista detallada para más información.

Ofrecemos cuatro juegos de D.D.C.:

## CONQUISTA CLÁSICA

A cada uno de los dos jugadores se le asigna una cantidad fija de recursos y una región inicial. El objetivo es obtener el control político de tu ciudad, crear un ejército... ¡y conquistar las tierras de tu oponente antes de que ocurra al revés!

## CAPTURAR EL CASTILLO

Una variante en la vida real del juego de «Captura la bandera», en el que varios jugadores o equipos compiten por controlar diversos puntos estratégicos. Suele consistir más en contratar a mercenarios que en crear un ejército completo.

## JUEGO DE PATRONOS

Solo para dos jugadores. A cada contendiente se le asigna una región que conquistar y aparece en ella sin ningún recurso. El juego es una carrera por ostentar el control político total sobre la zona asignada, definido como que todos los lugareños te acepten como su monarca. Está prohibido declarar la guerra al adversario, aunque se permiten ciertas interferencias. Véase las últimas actualizaciones a las reglas oficiales en nuestra página web.

## LOCURA INCREMENTADA

¡El juego de guerra más definitivo y demencial! Los jugadores o equipos reciben un surtido aleatorio (y diferente) de ventajas modernas, como armas actuales o inyecciones de nanoides transitorias. ¡Proporciona esas ventajas a los lugareños y veamos quiénes saben utilizarlas mejor en el campo de batalla!

No te pierdas la cuarta temporada de *Mago contra mago: Gran Bretaña en llamas*, donde seguiremos de cerca a los tres apasionantes equipos que pugnan por convertirse en los gobernantes definitivos de Gran Bretaña. ¡Ahora en una dimensión de la Edad de Piedra, con auténticos mamuts vivos!

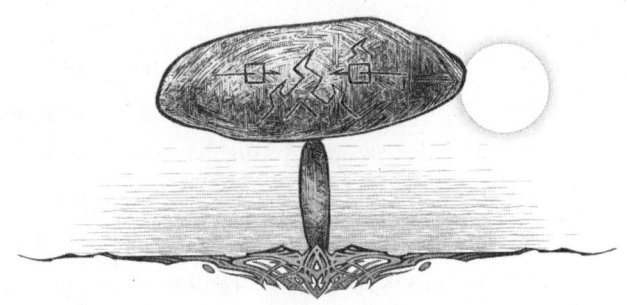

Cuando volvimos al campamento de los bandoleros, la gente ya empezaba a irse a dormir. Habían apiñado esterillas y Ealstan estaba acomodándose con el grupo, aunque Thokk había sugerido que Sefawynn y ella durmieran en la pequeña choza donde me habían dejado hasta que se me pasaran los efectos de la granada apagadora.

Me quedé algo cohibido junto al fuego. Mis nanoides estaban reactivándose y el sistema me informó de que no necesitaría dormir esa noche. Pero quedarme despierto significaba enfrentarme a Ryan, que estaba sentado en silencio al lado de su tienda, tecleando en el portátil. Alzó la mirada mientras lo observaba.

—Qué hay —saludé.

—Vale, hum… —dijo Ryan—. ¿Nos concentramos en cómo vamos a atacar a Ulric?

¿Elusión completa y absoluta de las emociones incómodas? Eso se me daba de lujo. Me senté en el suelo y Ryan giró el portátil para enseñarme la pantalla.

—Esto es lo que tengo sobre Maelport —dijo, abriendo el plano detallado de una pequeña ciudad.

—Vaya, ¿solo eso? —pregunté—. ¿Solo el plano completo del lugar?

—También tengo modelos tridimensionales de la mansión del conde y sus edificios asociados —añadió pulsando una tecla—. Al conde lo tienen en un hoyo que hay aquí. Esta gente no está nada al día en técnicas de encarcelamiento. He marcado las rondas de guardia aquí, en verde.

Tomé un pantallazo del plano con los ojos. Ryan había resaltado un gran salón de reuniones que había junto a la mansión.

—¿Qué es eso? —pregunté.

—La sala de seguridad y almacén tecnológico de Ulric —dijo Ryan—. Es donde instaló el portal, en el único edificio con un sistema de seguridad moderno. Por eso sospecho que es donde tendrá la baliza, si no es portátil y la lleva encima.

Asentí despacio.

—Tiene un campo de seguridad con alarmas detectoras de micromovimiento —añadió—. He marcado su perímetro estimado en azul. Recorre la muralla interior de la ciudad y lo avisa si la cruza cualquiera que tenga nanoides o mejoras. Es como me descubrió a mí la última vez.

—Eres tan competente que a veces das un poco de náusea —comenté.

—No me lo dirías si supieras lo poco preparado que estoy —respondió Ryan—. Solo tenía intención de explorar el terreno, así que vine con el equipo mínimo y cuatro armas mal contadas. La última granada apagadora era la que hemos usado contigo.

Me quedan dos armas de fuego, el portátil con las placas solares, un *walkie* y mi chaleco antibalas. Una vergüenza, ya lo sé.

—Yo llegué con una capa, un boli casi gastado y un manual que resultó ser un noventa por ciento de publicidad.

—Cómo no —dijo Ryan—. ¡Ahí tienes la espontaneidad marca de la casa de Johnny West!

—Te refieres a la *incompetencia* marca de la casa de Johnny West, Ryan. Dilo y ya está. Antes no te has cortado ni un pelo.

Sí, eludir las emociones incómodas se me daba de lujo. Pero ¿decir algo incómodo en el peor momento? En eso era todo un *experto*.

—Johnny —dijo Ryan—, no estaba hablando en serio.

—Claro que sí. Los dos lo sabemos.

—La emoción era real —respondió—, pero fui más lejos de lo que pretendía. Tenía algo de rabia acumulada, supongo, ¿sabes?

Bueno, qué más daba.

—¿Podemos dejarlo sin energía? —pregunté señalando la pantalla—. ¿Desactivar la alarma?

—Complicado —dijo Ryan—. Tiene un reactor de fusión dentro de esa sala segura. Come hidrógeno, escupe oro.

¿Podéis creeros que antes la gente lo consideraba valiosísimo?

—Tenemos que neutralizar su baliza antes de la hora acordada a la que llega su equipo —dijo—. El wodensdai.

—¿El woden-qué?

—Perdona —dijo—. Se me pega la forma de hablar de aquí. Pero es de donde sale el «miércoles» en inglés moderno, ¿lo sabías? Del nombre de Woden.

—Claro. Desde luego. —En realidad acababa de enterarme—.

¿Seguro que el equipo de rescate llegará donde tiene la baliza? Yo acabé bastante al norte.

—La gente que viene a ayudar a Ulric sabe lo que se hace.

Esa sí que me la merecía.

—¿Y qué vamos a hacer *nosotros*? —pregunté.

—Saldremos al amanecer y cruzaremos el bosque —dijo Ryan, reduciendo el mapa para que mostrara toda la región—. Si apretamos el paso, llegaremos mañana mismo a última hora. Luego, el wodensdai temprano, lanzaremos un ataque doble. Avisaré al contacto que tengo dentro por el *walkie*. No podrá deshabilitar la alarma de perímetro, pero debería ser capaz de dejarme entrar por detrás. Entonces vosotros...

—Espera, ¿tienes un *topo* en la organización de Ulric? ¿Quién es?

—No puedo revelarlo, Johnny. Lo siento.

—No será Quinn.

—No es Quinn —dijo él.

Hasta el momento solo había visto a Quinn y al propio Ulric, pero tenía sentido que hubiera traído a más gente. Actuaba con una independencia chocante para lo poderoso que era, pero también comprendía el valor de los escudos humanos.

—Vale, tú entras por detrás —recapitulé—. ¿Qué hacemos los demás?

—Distraer a Ulric —respondió—. Llévate a mis hombres a la puerta frontal. La alarma hará que os preste atención a vosotros.

—O sea, quieres que dispare la trampa —dije—. Mientras tú entras por un sitio donde nadie va a dispararte. ¿No quieres que cambiemos?

—¿Sabes identificar una baliza? —preguntó Ryan—. ¿Sabes

apagarla sin destruirla? ¿Sabes usar estos datos para infiltrarte en el escondrijo de Ulric?

No. No sabía. En fin, solo era un ladrón mediocre. Un artista mediocre. Y un luchador un poco por encima de la media. Y Ryan tenía mejoras como las mías, las usaba incluso mejor y llevaba unas pocas más proporcionadas por la policía, como grabación de vídeo y escáner infrarrojo.

Pero sobre todo... Ryan sabía que no era conveniente asignarme la parte del trabajo que requería fiabilidad. Lo vi en su postura, en cómo fijó la mirada en la pantalla para no cruzarla conmigo.

«No puedo permitirme que la cagues», decía esa postura.

Se sacó algo del bolsillo. Un aparato metálico negro y con forma de diamante, que recordaba un poco a una granada muy puntiaguda.

—Esto es una baliza dimensional —dijo Ryan—. Si me pasa algo, tendrás que saber reconocerlas. La de Ulric será más grande. Cuando la destruyamos, podremos activar esta y entonces mi gente debería ser capaz de venir.

»Estos son buenos hombres —añadió con suavidad señalando los bultos durmientes—. Los desterraron porque no les hacía gracia que el conde se conchabase con forasteros. Están dispuestos a luchar para proteger su tierra natal. Eso lo respeto. Pero si se enfrentan a soldados modernos, los harán pedacitos.

»Me quedaré muchísimo más tranquilo si llevan a alguien con mejoras como deben ser. Cuando la baliza esté deshabilitada, nos retiraremos. No hace falta que luchemos contra él. Solo necesitamos aislarlo. Traeremos refuerzos y le ganaremos. Esto es importante, Johnny. Tu parte es importante. Aunque sea una sola vez, te suplico que cumplas.

Asentí. Dudaba mucho que a mí se me hubiera ocurrido nada ni la mitad de bien pensado y racional.

—Está bien —dije—. Es solo que no me gusta ser el cebo. Tres estrellas, que no están nada mal para el poco tiempo que tenemos.

—Sigues juzgándolo todo y a todos, ¿eh? —Negó con la cabeza—. Johnny, si vas a hacer cambios en tu vida, deberías tirar por ahí ese cuaderno y dejar de tomar notas sobre la gente. Para ti nunca hay nada lo bastante bueno.

—El cuaderno lo perdí. Y no juzgo a todo el mundo.

—Acabas de puntuar mi plan.

—Sí, pero...

—Y me juego lo que sea a que también has puntuado mi disfraz de Robin Hood nada más verlo.

Aparté la mirada hacia el bosque oscuro. Había dejado apagada la visión nocturna y distinguía a los espectros revoloteando por allí fuera.

—¿Es la impresión que te doy? ¿Que... juzgo a la gente?

—Johnny —dijo Ryan—, pruebas una cosa, decides que no es tan buena como te la imaginabas y la dejas. Pruebas otra y la abandonas también. Porque tienes unos listones demenciales que aplicas a todo y a todos excepto a ti mismo.

—Es solo que me cuesta tomar decisiones —respondí bajando la mirada—. Cuando perdí la memoria, no dejaba de preguntarme por qué puntuaba las cosas. ¿Sería crítico de arte? ¿Reseñador de restaurantes? Y entonces...

—¿Entonces recordaste que eres raro?

—Recordé que mi vida es un desastre —dije—. Todo el resto parecéis saber por instinto lo que adoráis. Así que, cuando empezó a irme mal en la academia, hice una lista de las cosas que me gustaban y las que no. Pensé que, si puntuaba las cosas, tendría el contexto adecuado para hacer comparaciones. Esperaba... que me llevara a la persona que soy. A lo que me gusta.

Ryan meneó la cabeza, pasmado.

—Johnny, ¿cómo puedes no saber lo que te gusta?

Ryan no lo pillaba, pero, típico de mí, tampoco me había explicado bien. De todos modos, sí que era ese el motivo por el que había decidido llevar esa lista. Para ver si había alguna tendencia en la que no me había fijado. En mí mismo, en el mundo.

No me había servido de mucho. Pero me gustaba hacerlo. Tampoco tenía por qué significar nada, en realidad. Había comenzado a hacerlo con un propósito en mente, pero luego había seguido porque me divertía. Me parecía interesante. Disfrutaba con ello.

Cinco estrellas. Ese soy yo. Es quien soy. Y no tenía que explicárselo a Ryan Chu.

El fuego empezaba a decaer, así que Ryan se acercó y echó unos troncos más. Mientras las llamas se avivaban, reparé en que algunos hombres habían dejado ofrendas junto a algunos trabajillos que hacer. Un zapato para remendar. Un cuchillo que afilar.

—¿Suelen hacer eso aquí fuera? —pregunté en voz baja.

—No. Pero esa mujer decía que tu grupo tiene un espectro, así que... —Negó con la cabeza—. Ya he probado a hablarles de sus supersticiones.

—El trabajo se hace, Ryan. Ya lo verás por la mañana. ¿Cómo explicas eso?

—Ya te lo dicho, es algún tipo de manipulación de la probabilidad cuántica —respondió él.

—¿Remendar zapatos es *probabilidad cuántica*?

—En nuestra dimensión no vemos que ocurran muchas cosas estrafalarias —dijo—, pero hay un montón de sucesos *posibles* que no ocurren nunca por lo *improbables* que son. Por ejemplo, todas las moléculas de oxígeno de una habitación podrían desplazarse a un lado al mismo tiempo, asfixiando a quien esté en el otro. Lo que pasa es que la probabilidad es tan infinitesimal que, en la práctica, resulta imposible en nuestro universo. Pero aquí esas cosas pasan mucho más a menudo.

—El remiendo espontáneo de zapatos no parece algo que pueda ocurrir al azar, por improbable que lo consideres.

—Tal vez —repuso Ryan—, pero tiene que haber alguna explicación. Ya sabemos que la probabilidad es rara en esta dimensión. Por eso ha venido Ulric.

—Hay una explicación. La gente hace tratos con los espectros.

Ryan se encogió de hombros, pero dejó el tema. Hurgó un momento en su mochila y dejó a un lado una pistola de las feas, capaz de atravesar placas hipodérmicas. Luego me lanzó algo blanco y esponjoso.

¿Una bolsa de malvaviscos?

—Sabía que iría de acampada —explicó—. Estaba reservándomelos, pero como solo nos queda un día...

—¿Y esta gente no querrá? —pregunté, señalando hacia los hombres dormidos.

—¿Has probado a darles dulces modernos? —preguntó Ryan. Negué con la cabeza.

—Dejémoslo en que no aprecian el azúcar igual que nosotros —afirmó mientras me lanzaba un palo.

Sostuvimos sendos palos sobre el fuego, como solíamos hacer cuando íbamos de acampada con el padre de Ryan. Me gustó. Las llamas crepitantes, el olor a malvavisco quemado cuando, cómo no, eché a perder el mío. Ryan me pasó uno tostado a la perfección, como de costumbre.

Contemplé el diabólico resplandor de las ascuas, que parecían respirar mientras se ennegrecían y llameaban al viento.

—¿Cuándo se torció todo tanto, Ryan?

—Posiblemente más o menos cuando te juntaste con delincuentes.

Negué con la cabeza.

—Estaba en la miseria, Ryan. Me junté con ellos *porque* estaba desesperado, porque las cosas *ya* se me habían torcido.

—Pues quizá debiste seguir entrenando.

Muy propio de Ryan decir algo así.

—Me echaron de la academia —dije en voz baja—. No lo dejé.

Ryan se volvió hacia mí.

—Dijeron que no tenía la actitud correcta —continué—. Dijeron que tenía... mentalidad de fracaso. De verdad que lo intenté, Ryan. *Seguí intentándolo.* Hice lo que me decían. Intenté hacer lo que habías hecho tú. Porque si me esforzaba lo suficiente, al final lo conseguiría, ¿verdad? Pero las cosas no parecían salirme bien nunca.

—Estás evitando responsabilizarte —dijo Ryan—. La vida no es solo suerte.

—¿Ah, no? —susurré—. ¿Y cuando suspendí el examen de OM3 por culpa de la actualización forzosa de nanoides que daba errores? ¿Te acuerdas de eso? Me retrasó el reloj una hora y no llegué.

—Eso fue un solo incidente, Johnny.

—Tú tenías a Vanessa en tu clase y te invitó a la fiesta que daba su padre —dije—. Y luego terminaste en su departamento.

—Eso se llama tener buenos contactos.

—Eso se llama tener buena suerte —repliqué—. Ryan, si es posible que todos los átomos de una habitación se vayan para un lado, ¿no puede ser que a un tío como yo se le estrellen cosas encima una y otra vez? No estoy diciendo que todo lo que me ha pasado sea mala suerte. Pero tuvo su papel.

—Un papel pequeño.

—Y una sola piedrecita empieza una avalancha —insistí—. La vida no es una partida de dados, en la que a cada tirada tienes la misma probabilidad de ganar que en la anterior. En la vida real, cuando pierdes un poco, empiezas a preguntarte si es que *mereces* perder. Te pones nervioso, cometes errores, sobrecompensas. Eso hace que pierdas más, y se va acumulando. Llega un momento en que la cosa está tan mal que...

Solté un suspiro. Pero ¿qué estaba haciendo? ¿Intentar justificarlo todo? ¿Echar balones fuera sobre mis malas decisiones?

«No —pensé—. Nunca has tenido problemas en aceptar la responsabilidad. Siempre has creído que eres despreciable».

No era una sola cosa concreta lo que me había echado a perder. Había sido... el amontonamiento.

—Supongo que en eso tienes razón —dijo Ryan, sacando del fuego otro malvavisco perfecto.

—¿Ah, sí? —me sorprendí—. Entonces, ¿estás de acuerdo?

—Bueno, es que planteado así —respondió él—, no me dejas más remedio que darle un par de vueltas. ¿Cuánto de la confianza que tengo yo se debe a que las cosas me salieron bien? Cuando miro a un pringado, y no te ofendas, supongo que quiero dar por hecho que se lo merece. Porque pensar así me ayuda a creer que a mí no podría haberme pasado jamás.

Asentí.

—Pero aun así —añadió—, la responsabilidad es importante, Johnny. Nuestra manera de reaccionar a los contratiempos es lo único sobre lo que tenemos algún control.

—¿De verdad lo tenemos?

—Por fuerza. De lo contrario, no hay elección posible.

—A lo mejor es que es complicado —dije—. A lo mejor es que todo es un desastre complicado, empapado y roto.

Nos quedamos un rato callados, escuchando el parloteo del fuego mientras devoraba troncos.

Por fin hablé, en voz incluso más baja.

—Hasta que Jen se marchó, no me había dado cuenta de que estaba envenenando a todo el mundo a mi alrededor. Pero es que la vida espantosa que llevaba no dejaba de perpetuarse a sí misma. Como un virus. No podía ser otra persona, al menos no mientras siguiera allí. Tenía que irme.

—¿Así que te compraste un solo libro y saltaste por un portal dimensional?

—No tenía la mente despejada —susurré—. La maté yo, Ryan.

345

—No. Para nada. No digas esas cosas.

—La ahuyenté. —Cerré los ojos—. Habría estado mejor contigo desde un principio. Los dos lo sabemos.

—Puede —dijo él—. Pero Johnny… no te culpo.

—Hablar de ella te altera mucho. Siempre ha sido así.

—Por otras razones —dijo Ryan—. No es por lo que crees.

Le lancé una mirada interrogativa.

—Eres muchas cosas —dijo—, pero no eres responsable de las elecciones de Jen. *Nunca*, jamás en la vida, te he culpado. Querer a Jen fue una de las cosas más comprensibles que has hecho en la vida, Johnny.

Lo miré a los ojos. Diablos, parecía sincero.

—Viniste aquí buscando una nueva vida —añadió Ryan—. Pues bueno, creo que tendrás tu oportunidad. Vamos a derribar a Ulric juntos, y luego siempre serás el hombre que lo hizo. Habrás logrado una cosa verdaderamente especial.

—¿Cuál es?

—Habrás salido de debajo de esa avalancha, Johnny. Habrás *escapado*.

**D**ibujar a personas no es tan difícil como crees —dije desde la silla de montar.

—Ya, el cræft no es tan difícil como creo —respondió Sefawynn, que caminaba a mi lado—. Claro.

—Esto no es cræft.

—Igual que desviar armas de acero con la piel no es cræft.

—Eso es un tipo distinto de no-cræft —dije sonriendo—. Escucha, si retrocedieras en el tiempo y hablaras con unos cavernícolas, seguro que pensarían que tu capacidad de controlar el fuego es mágica.

—Claro —respondió ella—. ¿Qué es un cavernícola?

—Eh…

Supuse que el comentario no tenía demasiado sentido sin conocimientos de arqueología y antropología moderna. La falta de experiencia de Sefawynn hacía aquella conversación más difícil que la que había mantenido con Yazad.

Pensé en ello mientras cabalgaba en mi plácida yegua. Casi

todos los animales estaban dedicados a cargar material, pero todo el mundo se había empeñado en que los dos «aelvs» fueran a caballo, y Thokk se había apropiado un tercero.

Por una parte, Ryan y yo no necesitábamos montura. Los nanoides hacían maravillas por nuestro aguante. Por otra parte, los demás estaban acostumbrados a recorrer largas distancias a pie. Incluso con mis implantes, sospechaba que iría más lento caminando. Así que, por avanzar hacia Maelport a buen paso, había aceptado.

Nuestra ruta era a través del mismo bosque, que no era tan sombrío durante el día. Por suerte, los inmensos árboles minimizaban la cantidad de matorrales en la zona. Traté de no pensar en el enfrentamiento final contra Ulric, pero mi mente no dejaba de volver a ello. ¿Estaba preparado? Era la misma persona que había permitido a Ulric mofarse de él. El cobarde que siempre se decía a sí mismo que la próxima vez le plantaría cara, de verdad de la buena.

Y la siguiente, y la siguiente.

«No», pensé, y me puse a rebuscar en las alforjas. Saqué un bloc que me había dado Ryan, acompañado de un lápiz. ¡Un lápiz, nada menos! Hay que ver qué cosas echas de menos cuando no las tienes. ¿De qué estaban hechos los lápices, por cierto? De madera seguro. ¿Y de… grafito? ¿Qué narices era el grafito? Intenté buscarlo, pero por supuesto el sistema no tenía acceso a la red.

—Fíjate —dije a Sefawynn volviendo el bloc hacia ella—. Dibujar consiste en dos conceptos básicos —le expliqué mientras los estabilizadores de las manos empezaban a compensar el movimiento de la yegua—. Son las formas y las sombras.

Hice un boceto rápido de su cabeza, usando trazos gruesos y firmes para las partes de la cara. Añadí algo de sombreado, trabajé un poco en los ojos y la ilustración empezó a asomar de la página. Siempre se me habían dado bien las caras, pero no me pidáis que dibuje manos.

—Ya había visto retratos —dijo ella con curiosidad—, pero ¿cómo consigues que queden tan reales?

—Uno de los trucos se llama perspectiva —respondí—. Siempre hay cosas que están más lejos, ¿verdad?, y otras que están más cerca. Pues a las partes del cuerpo también les pasa. Cuando miras una cara, hay elementos que están más próximos y otros más alejados. El truco está en que también lo parezca en el retrato.

»No puedes dibujar la cara como si fuera plana. Pero si usas sombras, y si colocas los ojos en una línea curva como esta, y si le pones un pelín de escorzo...

Cuando dibujas, al menos para mí, llega un momento en que la cara deja de ser un conjunto de formas y líneas y se convierte en una *persona*. Los ojos tienen mucho peso en eso, como los puntos de luz reflejados en ellos, pero los labios son importantes también. Ahí estaba.

—Cræft —suspiró Sefawynn.

—En ese caso —dije—, es un cræft que podrías aprender.

Le ofrecí el lápiz y el bloc. Sefawynn los aceptó, intrigada. La animé a probar el lápiz dibujando unas pocas formas comunes mientras caminaba.

—Qué suave es el pergamino —dijo—. Y esta pluma... no se agota nunca. Pero las líneas que hace están secas.

Me había visto alterar el color de mi piel, crear sonidos de trueno con la voz y bloquear armas con los brazos. Pero desde su punto de vista, aquella era la más extraordinaria de mis maravillas modernas. Dibujó espirales, probó con mi cara cuando se lo propuse y practicó el sombreado apretando poco con el lápiz.

Entonces titubeó, se detuvo y me hizo tirar de las riendas. Me tendió el cuaderno con dedos temblorosos.

—Quítamelo —dijo con un hilo de voz— antes de que haga alguna estupidez.

—¿Como escribir? —le pregunté.

Asintió. Sefawynn conocía las runas, por supuesto. Era depositaria de conocimiento e historias.

—Woden lo prohíbe —dijo.

—Woden se ríe de nosotros —terció Ealstan, que llegaba desde atrás—. Woden nos quiere débiles. Se divierte viéndonos así.

—Nos pone a prueba —objetó Sefawynn.

—¿Y por qué no pone a prueba a los hordaleses? —preguntó Ealstan—. Los bendice a ellos y nos maldice a nosotros.

—Ellos muestran más fe.

—Lo que pasa es que son más fuertes —dijo Ealstan—, y Woden recompensa la fuerza. ¿Por qué querría escuchar nuestras plegarias y no las suyas? ¿Qué interés puede tener en apoyarnos a nosotros?

—Nosotros nos sacrificamos más —repuso Sefawynn—. Y a él le encanta el sacrificio.

Ealstan no respondió a eso. Asintió y nos adelantó. Thokk pasó a caballo detrás de él, pero refrenó su montura para mirar a Sefawynn y negar con la cabeza.

—Necia —murmuró con intensidad antes de seguir adelante.

Sefawynn bajó la mirada. Notando que estaba avergonzada, bajé de la yegua y decidí llevarla un rato de las riendas. Estaba harto de sacarle tanta altura a Sefawynn.

—Eh —le dije—, no sabré gran cosa sobre tu mundo, pero estoy convencido de que no eres una necia.

—No, Thokk tiene razón —respondió Sefawynn. Envolvió mi brazo con el suyo—. Hablo como una skop, pero en realidad nunca lo he sido. Cuando digo cosas como estas a Ealstan, no estoy siendo yo misma. Estoy fingiendo ser alguien con la suficiente autoridad moral para reprender a alguien por decir la verdad. Y eso es ser una necia.

—O tener esperanzas —dije, acercándomela un poco hasta que se apoyó en mí mientras caminábamos—. Me gusta esa esperanza.

Seguimos un tiempo en silencio, limitándonos a… estar juntos. No estaba muy seguro de qué pensar sobre aquello que estaba empezando a chispear entre nosotros. Sabía que me gustaba, pero también me parecía un poco repentino. Seguí agarrado a ella de todos modos, manteniéndola tan cerca que casi se nos hacía incómodo caminar. Quizá los dos intuíamos que avanzábamos hacia algo inevitable y terrorífico. Y, desde luego, consideraba que nuestras capacidades, o al menos las mías, eran inferiores a las de aquella octogenaria que pasaba el rato divirtiéndose con los errores ajenos.

Por delante, vi que Ryan esperaba junto a un árbol. Ealstan se había parado con él, siempre atento por si pasaba algo.

Nos habíamos quedado demasiado atrás y Ryan quería comprobar que estuviéramos bien. ¿Cómo se las ingeniaba para tener un aspecto tan regio sobre su caballo? Sostenía las riendas con ligereza en una mano, llevaba un rifle a la espalda y su capa caía teatral a su alrededor. Lo lógico habría sido que estuviera tan fuera de lugar como yo. Pero en vez de eso, parecía un condenado héroe salido de una película.

—Hay que mantener el ritmo —nos dijo.

Asentí, pero no solté a Sefawynn ni volví a montar. Traté de apretar un poco el paso, eso sí.

—Esa arma que llevas, lord Ryan —dijo Ealstan—, ¿puede matar a otros de los tuyos?

—Sí —respondió Ryan, volviendo a ponerse en marcha—. Pero está codificada con la signatura de mis nanoides, así que nadie más puede usarla. Ni siquiera Johnny, me temo.

—Como las que empuñan Ulric y sus hogareños —dijo Ealstan.

—He oído historias sobre tales armas —afirmó Sefawynn—. La espada del Oso Negro tampoco puede empuñarla ningún otro hombre.

—Johnny —dijo Ryan—, iríamos más rápido si montaras.

—No os retrasaré —prometí.

Ryan miró hacia el escaso hueco que dejábamos Sefawynn y yo.

—Solo intento aprovechar bien el tiempo que me queda —le dije—. Ya sabes, *carpa...*

Dio un gemido.

—Por favor, no hagas tu chiste ridículo de la carpa.

—¿Por qué? Si es un clásico.

—Johnny, te juro que es el peor chiste que he oído en la vida. Requiere que la gente conozca una expresión concreta en latín.

—*Carpe diem* —dije, mirando a los demás—. Significa «atrapa el día». Lo sabe todo el mundo.

—No lo sabe nadie, Johnny —insistió Ryan—. Y además, aunque lo supieran, tampoco funciona. Si reemplazas *carpe* por «carpa», viene a ser «pesca el día». Tendría sentido que dijeras algo como *carpe diezmo*, «atrapa el dinero», pero *carpa diem* no significa nada. Es una idiotez.

A mí me parecía un chiste gracioso. Pero desmontándolo así, supongo que Ryan tenía razón.

Sefawynn me apretó el brazo.

—Qué cosas tan raras decís los dos. Runian, ¿cómo es vuestro mundo?

—¿Por qué lo llamas así? —preguntó Ryan.

—Es como me pidió que lo llamara.

—Otra bobada —dijo Ryan—. Se llama Johnny. Todo el mundo lo llama Johnny.

—Runian —repitió Sefawynn sin hacerle caso—, ¿cómo es tu mundo?

Ryan suspiró, pero llevó su caballo hacia delante para alcanzar a los demás. Ealstan se quedó con nosotros.

—Tiene un porte de lo más regio —me dijo—, pero ¿estás seguro de que es amigo tuyo?

—Más de lo que merezco —respondí.

Ealstan dio un gruñido.

—Bueno, yo también querría saber cómo es tu mundo. ¿Puedes contárnoslo? Para pasar el rato mientras caminamos, honorable… Runian.

Los nombres eran cosas simples. Pero que Ealstan estuviera

esforzándose en llamarme así, como también hacía Sefawynn, me emocionó un poco. Ryan me conocía de toda la vida. Pero nunca se había fijado en que yo no me llamaba Johnny a mí mismo. Mi nombre era John. Era como me presentaba siempre a los demás.

Sefawynn y Ealstan respetaban mis deseos. Si aquello les importaba lo suficiente como para llamarme por el nombre que les había dicho... a lo mejor era que de verdad les *importaba* también *yo*.

—Mi mundo es un lugar extraño —dije—. Dominamos el relámpago y lo hacemos trabajar para nosotros. Lo obligamos a brillar dentro de unos orbes de cristal a nuestro antojo, cuando activamos un interruptor para iluminar una habitación.

—¿Qué es un interruptor? —preguntó Ealstan.

—Una palanca muy pequeña —dije—. Y, en vez de caballos, usamos... ¿Aquí tenéis carruajes?

Negaron con la cabeza.

—¿Cuadrigas?

Tampoco.

—Tenéis barcos —dije—. Imaginaos un barco, solo que con ruedas y que navega por tierra. También lo impulsa el relámpago, y puedes sentarte dentro e ir a sitios.

—¿Y por qué no dejáis que el viento empuje las velas? —preguntó Sefawynn.

—No hay velas —respondí, rascándome la cabeza con el lápiz—. Espera, mejor os lo enseño.

Pasé la siguiente hora dibujando. Era más difícil yendo a pie, así que solté a Sefawynn de mala gana y dibujé en la silla la mayor parte del tiempo. Primero esbocé una habitación con luz emanando de las bombillas, una nevera con comida y un microondas para calentarla. Luego dibujé un rascacielos, y les indiqué dónde estaba esa habitación entre las numerosas ventanas. A continuación tracé el paisaje de Seattle, la versión de las postales, con la Space Needle y demás. En aquel tercer dibujo, mi rascacielos era solo una de las muchas sombras gigantescas que bordeaban la bahía.

Los ojos de Sefawynn se ensancharon al asimilarlo.

—Entonces —dijo Ealstan señalando el paisaje—, ¿cada uno de vosotros vive en una estructura enorme de esas? ¿Son un monumento a vuestra grandeza?

—No —susurró Sefawynn—. Cada ventana es una estancia, con uno de los suyos viviendo dentro. Hay cientos y cientos en cada estructura. Y hay docenas de esas estructuras...

—Y miles de otras más pequeñas —le aseguré—. Es muy probable que una ciudad de mi mundo ocupe más terreno del que hemos recorrido viajando desde Stenford.

Por lo menos si incluías los barrios residenciales, cuyos matices no me apetecía explicar en ese momento.

—Dioses —exhaló Sefawynn—. Lo imagino tan...

—¿Abarrotado? —sugerí.

—Pacífico.

¿Pacífico? *Eso* sí que no me lo esperaba.

—Toda esa gente viviendo junta —dijo ella—, pero sin pelearse. Incluso *tú* mismo aprendiste a luchar solo como competición, para que otros lo vieran. Podría haber entre vosotros quienes... quienes nunca hayan visto a nadie morir...

—La mayoría ni siquiera sabe pelear —confirmé—. Pensarías que somos todos unos debiluchos, Ealstan.

—Me malinterpretas, Runian —dijo él—. Matar es desesperación, no fuerza. Vivir sin matar… es lo que hace una sociedad fuerte. De lo contrario, mis tierras no estarían marchitándose como cultivos sin agua.

Maldita sea, qué profundo podía ser el tío. Y qué deprimente. Cinco estrellas. Debería dedicarse a narrar documentales sobre desastres como Chernóbil. O como mi vida amorosa.

Pero Ealstan estaba en lo cierto. Sus espectros, sus runas y sus ryros eran mágicos, especiales, hermosos. Pero la verdad, en su mundo no había mucho más que envidiar. El libro que había comprado hablaba de la «bucólica simplicidad» de la era medieval. De la «conexión natural» de la gente con la tierra y de la «sabiduría primitiva de las sociedades agrícolas», significara lo que significara.

El libro mentía. Aquel sitio no era simple ni bucólico. Era brutal. Terrible. Angustioso. De acuerdo, aparte de los vikingos asesinos, la gente era estupenda. Inspiradora. Más limpia, amistosa y lista de lo que podría haber imaginado. Pero ¿la sensación general de la época?

Era un asco. La vida de aquella gente era durísima, incluso sin tener en cuenta la constante amenaza de invasión. Sin medicina moderna, ¿qué sería de los amigos que había hecho allí? ¿Sefawynn moriría dando a luz? ¿Ealstan sobreviviría a incontables batallas solo para morir de una infección por hacerse un cortecito con un clavo, o algo por el estilo?

Quería protegerlos, ayudarlos. Llevarles tecnología, porque en eso sí que estaba de acuerdo con el libro. Con sus objetivos, ya que no con sus motivos. Pero ¿me atrevería a hacerlo? ¿Y si con ello destruía la magia que tan singular hacía su mundo?

«¿Sería posible tener las dos cosas? —me pregunté—. ¿Guiarlos hacia cosas como las vacunas y los antibióticos sin destruir a los espectros?». Para eso haría falta un catedrático o un ingeniero, no un púgil fracasado reconvertido en saco de boxeo para la mafia. Había otra cosa que me pinchaba al plantarme esas ideas. Algo que...

Un toque en la pierna me distrajo.

—Dejaste todo esto —dijo Sefawynn, que aún tenía mis bocetos— para venir a ayudarnos contra esos hombres malvados.

—Ni se te ocurra volver a ponerte reverente conmigo, Sefawynn —repliqué—. O esta vez haré algo muy *exagerado* para que veas lo necio que soy.

—Casi haces que me den ganas, solo para ver qué se te ocurre.

—Insultaré a los dioses.

—Eso ya lo hiciste —señaló.

—Vale, bien. Pues le diré a Ealstan lo estupendos que son los arcos —propuse—, y que las hachas son ordinarias y nada elegantes.

—Eh, eh —dijo él desde el otro lado de mi yegua—. A mí no me metáis en esto. Una cosa son las herejías y otra muy distinta insultar a Rowena.

—Un momento —respondió Sefawynn—, ¿le has puesto *nombre* a tu *hacha*?

—Hum, sí —dijo Ealstan apartando la mirada.

Sefawynn soltó una risita.

—¿No es lo suyo? —pregunté—. O sea, ¿no es algo que suele hacerse?

—No lo había oído mencionar en la vida —dijo ella.

—¿Rowena no es como se llama tu *esposa*? —recordé.

—Así es —dijo Ealstan en tono solemne—. Me gusta mi esposa. Lo más lógico es poner su nombre a otra cosa que me gusta.

—Solo si eres raruno —repliqué.

—Ryruno —dijo Sefawynn—. Un ryro. Ryr-uno. Significa alguien extraño, ¿verdad? ¿Con un ryro poco habitual? Me gusta. —Me miró—. Estando contigo tengo ocasión de usar un montón de palabras interesantes, Runian.

—Guapo —dije—. Brillante. Inspirador.

—Cuestionablemente guapo. Brillantemente extraño. Inspirador para otros roedores que se preguntan si podrían hacerse pasar por humanos.

Me sonrió de oreja a oreja. Si algo no había esperado de la gente en la Inglaterra anglosajona, eran los juegos de palabras. Sefawynn era *analfabeta* y aun así me daba mil vueltas hablando.

Lo otro que no me había esperado era… bueno, *aquello*. La forma en que me tocaba la pierna, la confianza y la naturalidad con la que charlábamos. El gozo que sentía.

Con Jen nunca había sido así. Siempre había tensión. Discutíamos muchísimo. Había pensado que eran cosas de la pasión, sin más. Pero allí estaba encontrando algo muy distinto, algo maravilloso.

«Qué poco adecuado era para ti, Jen —pensé—. Lo siento».

—Honorable Runian —dijo Ealstan—, no es por ser indiscreto, pero tú sí que eres un guerrero, más o menos. ¿Has presenciado la muerte?

—Por desgracia, sí —respondí—. Pero casi todos mis combates eran en el cuadrilátero.

—Como combates de prácticas —asintió Ealstan—. Aquí también los tenemos, pero no tan... formalizados como parecen ser en tu mundo.

—En mi punto álgido —dije—, atraía multitudes de decenas de miles.

—¿De *personas*? —se sorprendió—. Es un número... que no me entra en la cabeza. Pero ¿dices que tu misión era fracasar? —preguntó vacilante—. ¿Y... hacer trampa?

—Sí —reconocí en voz baja—. Aunque solo perdí a propósito un combate. Hacia el final, y por orden de Ulric.

—¿Por qué lo hiciste? —preguntó él.

—Porque era mi dueño, Ealstan —dije—. Pagó el dinero para darme mis poderes. Y aun así... me quitó muchos de ellos antes de ese último combate. Para que me apalearan a conciencia. Por eso puedo parar un hacha con los brazos pero un buen golpe en la cara me deja inconsciente.

Aún me sentía como un pringado por eso. No era que tuviese la mandíbula de cristal, pero claro, los tablones de madera no estaban permitidos en el cuadrilátero, así que no tenía mucha experiencia en encajarlos con la cara.

—¿Por qué te retiró los poderes, si de todos modos tenías orden de caer? —preguntó Sefawynn.

—Quería que quedara más espectacular.

—Yo creo que no quería dejarte opciones —dijo ella—. Mirándolo así, no es que perdieras para estafar a esa gente, sino que él lo organizó de forma que no pudieras ganar.

Era una racionalización bastante pobre, porque había ido a ese combate sabiendo que perdería y me había prestado a ello.

Pero, por otro lado, era cierto que no tenía otra opción. O al menos no otra viable.

Por desgracia, mis meditaciones se interrumpieron cuando vi a Ryan esperándonos impaciente. Habíamos vuelto a quedarnos atrás.

—Ya aceleramos —le dije a viva voz—. Es que...

Tuve un cortocircuito cerebral momentáneo cuando Sefawynn se izó a la silla de montar delante de mí. Me quitó las riendas y puso al animal a paso más rápido.

—Es que no sabe cabalgar como es debido —dijo a Ryan—. Yo me encargo de manteneros el ritmo.

La única manera de caber los dos en la silla era apretarnos pero que muy juntos. En otras palabras, fue genial.

—Tendrías que agarrarte, Runian —dijo Sefawynn—. Por si acaso.

Le rodeé la cintura con los brazos.

—¿Más fuerte? —pidió en voz baja.

Obedecí encantado. Ryan negó con la cabeza.

—Vosotros dos deberíais concentraros en la misión, no en tonterías propias de adolescentes.

Volvió su caballo y se apresuró a alcanzar a los demás. Me sonrojé, pero no pensaba soltarme. ¿Cómo narices se las apañaba para oler tan bien si se pasaba casi la vida entera de acampada?

Ealstan siguió a nuestro paso mientras llegábamos con el grupo. Al alcanzarlos, habló.

—No os avergoncéis de vuestra alegría —nos dijo con voz intensa—, opine lo que opine el aelv Ryan. No es motivo de bochorno. Es por lo que lucho. Es por lo que mis hijos sangraron. *Nunca* os avergoncéis de la alegría.

Solo él podía haberlo expresado así. Por muchos defectos que tuviera aquel lugar, creo que nunca había sentido una felicidad tan pura como en ese momento. Abrazado a Sefawynn. Gozando de la aprobación de Ealstan. Avanzando hacia algo en lo que creía, en vez de huir de lo que temía.

Y aun así…

Regresó la preocupación de antes. La verdad que debía admitir. El cuchillo que tenía contra los riñones, con la punta ya atravesando la piel.

No podía estar con ella. No podía quedarme allí. Mi presencia estaba estropeando su mundo.

Aquello tan hermoso que por fin había encontrado, tras años de buscar sin tregua, era justo lo único que no podría conservar. No sin destruirlo.

## FIN DE LA TERCERA PARTE

# CUARTA PARTE

# NO SE ADMITEN DEVOLUCIONES

# PyR:

## ¿Y si no me gusta mi dimensión?
## ¿Puedo devolverla?

 Hay quienes temen que su dimensión no satisfaga sus expectativas. ¡Pero no te preocupes! No podemos estar más orgullosos de nuestras dimensiones y creemos que te encantará la que escojas. ¡En caso contrario, tu compra incluye nuestra Garantía Supermago Cien por Cien ™!¹

---

1. Garantizamos al cien por cien que te liberaremos de tu obligación contractual de publicar en redes sociales lo estupendísima que es tu dimensión. En lugar de eso, tendrás prohibido hablar de ella. No puedes denigrar a Mago Frugal S. A.® en modo alguno, como se estipula en el apartado 2.003 de tu contrato. Todas las ventas son definitivas.²

2. Por desgracia, no hay mercado para las dimensiones de segunda mano. Vendemos a unos precios tan irrisorios que nos resulta imposible ofrecer más descuentos. En consecuencia, por desgracia no esta-

mos en condiciones de reembolsar el importe abonado en estos momentos. Sin embargo, ¡no dejes que eso te disuada de empuñar tu cayado! Estamos completamente seguros de que cuando experimentes la libertad, la emoción y el asombro en una de nuestras dimensiones, jamás querrás marcharte.

Nota: si alguna dimensión no cumple nuestra garantía triple, te entregaremos otra nueva según el artículo 131 de tu contrato. En caso de insatisfacción, te comprometes a no litigar y aceptar un arbitraje que se llevará a cabo en una dimensión elegida por nosotros. Este contrato es vinculante en todos los países que han suscrito la Ley Dimensional. Más te vale no provocar a Mago Frugal S. A.®

Esa noche hicimos un alto en el camino para que todo el mundo durmiera tres o cuatro horas mientras Ryan y yo ultimábamos nuestros planes. Luego despertamos a los demás y recorrimos los últimos dos kilómetros.

Mis nanoides comenzaban a operar de nuevo a pleno rendimiento y habían recuperado algunas funciones de emergencia. Podrían mantenerme vivo aunque recibiera un castigo bastante importante, cosa que me aliviaba en gran medida. Me había sentido casi desnudo teniéndolos tan bajos.

Nos aproximamos a Maelport mientras salía el sol. El bosque empezaba a ralear cerca de las afueras, pero encontramos una zona a cubierto con una vista decente que nos permitió estudiar nuestro objetivo. Ryan se subió a un árbol, desde donde usaría sus mejoras ópticas para estimar las distancias con más precisión. Yo llegué agachado al borde del bosque con Ealstan, Thokk y Sefawynn.

Juzgándola con la escala de las ciudades estadounidenses modernas, Maelport era apenas una mota de polvo. Sospeché que quedaría a la altura del betún incluso frente a ciudades contemporáneas de esa dimensión, como Roma. Pero teniendo en cuenta los recursos de que disponía aquella gente, Maelport era una metrópolis extensa e impresionante, con una muralla de piedra que la rodeaba *por completo* y unos doscientos edificios.

Vale, sí, los edificios venían a ser casitas. Y sí, la muralla no pasaba de los dos metros y medio de altura. Pero con esos muelles al otro lado del muro y los amplios caminos de tierra apisonada que llevaban a sus puertas, Maelport era una verdadera ciudad.

Entraba una niebla matutina desde el océano, pero se disipaba casi al contacto con la ciudad, por lo que no nos impedía observarla. Ryan me indicó el camino del norte. Había decenas de personas llegando a Maelport. Las enfoqué con mis mejoras visuales.

Gente con los hombros caídos, que arrastraba unos pies agotados. Cargaban con fardos o tiraban de carretas, y llevaban niños con ellos. Refugiados.

—¿Qué pasa aquí? —pregunté señalándolos—. Esa gente...

—Víctimas de ataques hordaleses —dijo Thokk—. Han estado atacando hogares por toda la costa.

Crucé la mirada con Ealstan, que estaba arrodillado cerca.

—Así que los que vimos no eran barcos aislados —dijo—. Es lo que me temía. Los hordaleses redoblan sus incursiones.

—¿De qué sirve todo esto, entonces? —preguntó Sefawynn—. Aunque detengamos a Ulric, caeremos ante ellos.

Le apreté el hombro. Quise convencerme a mí mismo de que las piedras rúnicas quizá empezaran a funcionar de nuevo si la gente de mi mundo se marchaba. Pero el declive de aquel pueblo llevaba en marcha muchísimo más tiempo del que podía atribuirse a nuestra llegada.

Ryan se dejó caer cerca desde el árbol.

—Estamos de suerte —dijo, volviéndose hacia sus seguidores—. Esos vikingos han atacado otro pueblo. Podréis esconderos en el flujo de refugiados. Dejad aquí el material que no necesitemos y los caballos, excepto uno, que llevará Hend. Si os separáis, este es nuestro punto de encuentro.

Todos asintieron. Hend era el más joven de la banda, con menos de veinte años. El tipo de la barba puntiaguda, Godric, desenvolvió un manojo de palos que llevaban a lomos de un animal de carga. Los hombres se los repartieron y empezaron a doblarlos y usar cuerdas para...

¡Eran arcos cortos! Qué bien. Una vez montados, los escondieron bajo una tela sobre un caballo, junto con... ¿Cómo se llamaba aquello? ¿Cargadores de flechas? Al terminar, se guardaron hachas bajo las capas.

—Podrías quedarte con Hend para asegurarte de que no se meta en líos —dijo Ryan a Thokk.

—No eres muy listo, ¿verdad? —replicó ella.

—Abuela —dijo Ryan—, esos hombres son unos asesinos temibles. Mi gente dice que lo normal sería que te dejaran en paz, supongo que por algo relacionado con el honor, ¿verdad? Pero Ulric y su banda no tendrán esos miramientos. Te matarán, créeme.

—¡Pues que lo intenten! —exclamó ella—. ¡Que puedan conseguirlo forma parte de la diversión!

—Pero...

—*Voy a ir* —zanjó ella—. Y no hagas que te eche una maldición, jovencito. Pareces tener más o menos buen fondo, aunque seas un poco meirde.

Esa palabra otra vez. Meirde. ¿Verde? ¿Por qué...?

Ah.

Mierda. Significaba mierda. Así tenía mucho más sentido. ¡Ya empezaba a entender ese lugar!

Ryan suspiró y se volvió hacia Sefawynn, Ealstan y yo.

—¿Aún estáis dispuestos a hacer esto?

—Lo estamos —dije mientras los demás asentían.

—Gracias —respondió él, y se dirigió a todo el mundo—. No os arriesguéis más de lo que requiera la misión. Si sale mal, retiraos. Cuando aparezcan Ulric o Quinn, dejad que Johnny se enfrente a ellos. Y recordad, el objetivo es la baliza. Cuando la inutilicemos, Ulric estará atrapado aquí dentro sin refuerzos, y eso lo volverá *infinitamente* menos peligroso.

Había temido que me molestara aceptar órdenes de Ryan. Empezaba a sentirme posesivo con aquel lugar, pero esa emoción era justo lo que me hacía preferir que hubiera alguien tan capaz como Ryan al mando. Además, había una parte de mí que llevaba tiempo esperando a que llegara ese día, a la oportunidad de ser su compañero.

Antes de separarnos, Ryan vino hacia mí.

—¿Tu reloj interno aún es exacto?

—Dice que son las 6.03 —respondí.

—Bien, el mío también. Necesito que inicies la distracción *exactamente* a las 7.15.

—Entendido.

Se acercó más.

—¿Me lo prometes, Johnny? *Por favor*, dime que puedo confiar en ti.

—Esto es importante para mí, Ryan —dije—. Más importante de lo que crees. No te preocupes por mi parte del plan. Tú encuentra la baliza y acaba con ella.

Asintió y sacó su P-330 con munición antiplaca de una pistolera en el muslo. Me pasó el arma con la culata por delante. Titubeé un momento, pero la acepté. Mi puntería no era nada del otro mundo, pero había hecho mis sesiones en el campo de tiro.

—Código 1929193 —dijo a la pistola—. Reasigna el control a la actual signatura de nanoides.

—Reasignado —ladró una voz desde el arma—. Signatura de nanoides registrada. Pistola activa.

—Gracias —dije.

—Ulric debe de tener a algún matón más aparte de Quinn. Juraría que vi a Janice cuando me infiltré la primera vez.

Asentí.

—Pero dudo que tenga un equipo completo. Habría cerrado la zona a cal y canto, en ese caso. Así que tenemos una oportunidad.

—Exacto —dijo Ryan—. Una oportunidad.

Me tendió la mano. En vez de estrechársela, le di un abrazo y unas palmadas en la espalda.

Nos separamos. Ryan entraría en la ciudad por lo que había llamado la poterna y establecería contacto con su infiltrado. Los demás deshicimos nuestros pasos durante algo menos de media hora y luego salimos con disimulo al camino. A partir de entonces anduvimos despacio, con la espalda encorvada y la capucha puesta.

Me sentía horriblemente expuesto. Pero antes de entrar en pánico, me recordé a mí mismo que nuestro plan consistía en que nos descubrieran. En crear una distracción mientras Ryan se ocupaba de lo importante. Y eso podía hacerlo, ¿verdad? Diablos, Sefawynn y Thokk no parecían nada inquietas, y eso que ni siquiera iban armadas. Aun así, al acercarnos a la muralla, cogí a Sefawynn de la mano.

—No tienes por qué venir —le dije—. No eres guerrera. Si te pasa algo, ¿qué será de Wyrm?

—Yazad cuidará de él —respondió. Volvió la cabeza y me sonrió bajo la capucha de su capa—. Estoy acostumbrada al peligro, Runian. Vivo en un mundo que no tiene sanación mágica, ni ciudades llenas de gente que nunca ha sabido lo que es matar. Quiero hacerlo. No seré guerrera, pero soy una skop. No te resultaré inútil.

Dudaba mucho que los secuaces de Ulric dieran mucha importancia a si era o no una skop, pero no insistí.

Hice lo posible por ajustar nuestra velocidad para llegar cerca de las siete en punto. Me daba la impresión de que los refugiados que teníamos cerca nos estaban observando. De que los guardias iban a reconocerlos al instante cuando llegáramos. ¿Cuál era la mejor ruta de huida? ¿Debería regresar camino abajo o correr campo a través, para volver antes al bosque?

«Tienes que cumplir», me recordé. Por una vez en mi vida, debía comprometerme con algo el tiempo suficiente para terminarlo. Cuando tuvimos la muralla a la vista, fingí un ataque de tos como excusa para retrasarnos unos minutos más. Luego miré al resto y asentí.

A las 7.15, ni un minuto arriba ni uno abajo, entramos en Maelport.

Mi último combate había empezado.

Empezó a sonar una campana, activada cuando el perímetro detectó mis nanoides, en el centro de la ciudad. Al oírla, los hombres de Ryan sacaron los arcos del caballo mientras Sefawynn y Thokk corrían a un lado con la cabeza agachada. Fingirían ser verdaderas refugiadas, pero estarían listas para apoyarnos. Ealstan alzó la mirada en busca de enemigos a los que combatir, y su atención se centró en los soldados que se congregaban sobre la muralla.

Soldados con arcos. Ealstan masculló una sucesión de maldiciones entre dientes y al momento echó a correr tras Sefawynn y Thokk. ¿Qué pretendía?

No tenía tiempo de pensar en eso. Saqué la pistola y me situé cerca de los hombres de Ryan. Seguramente debería disparar a los arqueros enemigos, pero maldita sea, sería muy injusto. En vez de eso, escruté la zona.

«Ahí», pensé al distinguir a alguien que corría entre la multitud. Janice Vault. Se detuvo al verme y alzó su pistola.

Disparé yo antes. Cayó salpicando sangre.

Caray. Ya había estado en algún tiroteo, pero nunca había matado a nadie que *conociera*. Tampoco es que tuviera *muchos* remordimientos por matarla a ella en concreto, sabiendo como sabía las cosas que había hecho al servicio de Ulric, pero aun así me dejó perturbado. Qué rápido había sucedido todo. Demasiado rápido para asimilarlo en ese momento.

«Muévete —pensó una parte de mí—. Confirma que está neutralizada».

Corrí hasta el cadáver, destruí su pistola y le descerrajé unos pocos tiros más en el pecho. No tenía bengalas desintegradoras, que se clavaban en un cuerpo para freírle los nanoides y quemar el cadáver, pero eliminar su arma debería protegerme un poco en caso de que tuviera las suficientes mejoras para sobrevivir al daño.

Dudaba que las tuviera. Janice había sido una lacaya de bajo nivel. Ni siquiera tenía placas completas.

Eché la vista atrás hacia los hombres de Ryan. Los arqueros estaban cubriéndose detrás de unos fardos que habían soltado los refugiados al huir. Llovían flechas a su alrededor, unas flechas que fui consciente de que no se habían vuelto contra mí al moverme. Los arqueros enemigos habían visto lo que era. Lo más probable era que prefiriesen no llamar mi atención.

Varios de nuestros hombres luchaban contra los guardias del portón mientras los demás devolvían el fuego (o como se llamara si eran flechas) a los arqueros de Ulric, que estaban divididos en dos grupos, uno a cada lado, sobre las plataformas más anchas de las murallas. El enemigo tenía la ventaja de la altura y disparaba desde ambas direcciones, mientras que nuestra gente estaba al descubierto en el centro de un patio de tierra. De acuerdo, el plan de Ryan consistía en que hiciéramos de cebo, pero...

Un remolino de furia se *estrelló* contra un grupo de arqueros enemigos, cercenando miembros y haciéndolos caer de la muralla en su impetuoso avance. Ealstan se las había ingeniado para subir hasta allí.

Sonreí. Entonces una piedra que había cerca de Ealstan explotó. El thegn se agachó mientras las esquirlas volaban a su alrededor.

Maldición. Eso había sido un arma de fuego. Traté de localizar el sonido cuando otro disparo casi le dio, pero las silenciosas armas modernas lo ponían difícil. Aun así, sabía dónde preferiría apostarme *yo*: en ese edificio a mi izquierda con la ventana tan grande.

Para comprobar mi hipótesis, disparé a la ventana. Apunté mal y arranqué un pedazo de la pared. Pero dejaron de sonar disparos contra Ealstan.

El enorme patio se había vaciado a excepción de combatientes, flechas y cadáveres. Era increíble lo rápido que habían desaparecido los civiles. Ni siquiera veía a Sefawynn y a Thokk. Un grupo de hombres armados con lanzas irrumpió en el patio desde una calle y algunos de los nuestros soltaron el arco y desenfundaron hachas o espadas. Veníamos a estar igualados en número con el enemigo, ahora que Ealstan se había ocupado de uno de los puestos de arqueros.

El propio Ealstan se levantó, con aspecto preocupado mientras escudriñaba la ciudad. Habría preferido que no presentara un blanco tan bueno. Ese tirador aún andaba cerca.

Pegué la espalda a un edificio y me alejé del cadáver de Janice, avanzando poco a poco hacia donde creía que iba a estar el tirador.

—Por la calle a tu derecha —me dijo al oído una voz como el crujir de las hojas—. Entre esas dos casas. Viniendo en esta dirección.

—Gracias —susurré mientras me situaba.

Al poco tiempo salió alguien del callejón. Le apunté a la cabeza, con el gatillo listo. Entonces vacilé.

Era Quinn.

Una hueste de emociones luchó por el dominio dentro de mí. Miedo atenazador, victoria exultante, acobardada vergüenza. Ya recordaba aquel día con toda claridad. Visualicé la sonrisa de Quinn al alzarse sobre mí. Victorioso. En más de un sentido.

Quinn se detuvo de sopetón.

—Ah. Hum, hola, Johnny.

—Suelta el arma, Quinn —le dije.

Tiró la pistola a un lado.

—Y la que llevas en la funda del muslo —añadí.

Hizo una mueca, sacó la pistola poco a poco y la dejó con cuidado en el suelo.

—Hacia allá, Quinn —le advertí.

Obedeció dándole la vuelta de forma que el cañón no me apuntara. Disparé contra ambas pistolas. Las balas antiplaca de mi arma las dejaron casi vaporizadas, y la munición moderna era resistente al impacto, así que no estallaron. Las pistolas podían responder a órdenes de voz, así que era una idea de lo más desaconsejable intentar recoger un arma enemiga.

Quinn levantó las manos.

—¿Y ahora qué, Johnny? ¿Vas a dispararme?

Tardé solo un momento en poner las emociones en orden y coronar a una ganadora. Quinn me había dejado escapar en nuestro anterior encuentro. Además, también era boxeador. Era como yo.

—No voy a dispararte —respondí—. ¿Qué diría Tacy? Diablos, Quinn, ¿crees que iba a dejar a los chavales sin padre?

Quinn se relajó a ojos vistas.

—Entonces, ¿puedo...?

Señaló con la cabeza callejón arriba.

—No —dije—. Estás... eh... detenido.

Me miró inexpresivo.

—Va en serio —le dije—. He encontrado a Ryan. Va a llevarse a Ulric. Volverás por el portal con él.

—¿Y con el poli? —repuso Quinn—. Johnny, ¿vas a enviarme a la *trena*?

—Flannagan te sacará —dije—. Venga, Quinn. Cumplirás solo unos meses.

—Aun así, está la humillación. Si los otros se enteran de que me dejé capturar por *ti*. —Me lanzó una mirada—. Hum, sin ánimo de ofender.

Suspiré. ¿Lo ataba o qué hacía? Las tropas que le quedaban a Ulric estaban retirándose por la muralla del patio, con la cabeza gacha. Aquella dichosa campana seguía tañendo fuerte, pero...

¿Habíamos ganado? ¿Tan deprisa? El plan no solo había salido bien: había funcionado mejor de lo que esperábamos.

No debería sorprenderme, sabiendo que lo había urdido Ryan. Pero no me decidía. ¿Deberíamos retirarnos también o seguir internándonos en la ciudad para darle apoyo? Solo habían venido dos personas con armamento moderno, y había conseguido neutralizarlas a ambas. ¿Habría más?

Ealstan venía corriendo hacia mí. Quizá tendría alguna sugerencia. Al mismo tiempo, Sefawynn salió del callejón por el que había bajado Quinn.

—¡Runian! —exclamó, agarrándome del brazo—. Pasa algo.

—¿Qué? —pregunté.

—He seguido a los soldados que huían del patio —dijo con el rostro adusto—. Están congregándose en la parte de la muralla que da al océano. Son los...

Ealstan llegó en ese momento, jadeando.

—Hordaleses —dijo—. Han venido.

Subimos a toda prisa por la escalerilla para llegar al camino de madera construido tras el parapeto de la muralla, llevando a Quinn con nosotros. Por los pelos, pero estábamos a la altura suficiente para ver los *cientos* de barcos repletos de hordaleses que salían deslizándose de la niebla.

Cientos.

A mi mente aturdida le costó demasiado asimilarlo. Llenaban el agua como los restos de una tormenta en la playa. Los primeros barcos ya habían llegado a la ciudad y estaban soltando un chorro de guerreros con hachas, escudos y unos cascos que parecían bastante prácticos. Muchos también llevaban jubón de malla o de cuero. Maldición.

Algo se volteó en mi cerebro. Aquello no eran los bárbaros descerebrados que había imaginado por las historias populares. No corrían hacia delante bramando. Formaron *filas*. Eran una fuerza combatiente hostil disciplinada y bien equipada, con la considerable ventaja tecnológica que les proporcionaban sus barcos. Por suerte, el puerto estaba fuera de la muralla y los portones estaban cerrados a cal y...

Un estallido y una lanza de relámpago rasgaron el cielo. El trueno que los siguió pareció que iba a tumbarme de espaldas. Parpadeé, boquiabierto.

Adiós a los portones.

—Woden está con ellos —susurró Sefawynn—. Y mira cuántos son...

—Aelv Quinn —dijo Ealstan volviéndose hacia él. Mi pistola aún apuntada hacia él, a pesar del rayo—. ¡Debemos convencer a Ulric de abandonar nuestro conflicto y unirnos contra esta amenaza mayor!

Quinn parpadeó también.

—¿Este hombre va en serio?

—Que yo sepa, sí —respondí.

—Ya, bueno —dijo Quinn—. Johnny, guárdate esa pistola. No vas a dispararme.

Titubeé.

—Son un *montonazo* de vikingos, Johnny —murmuró—. No vas a poder pararlos tú solo. Los nanoides y las placas tienen sus límites. Hará falta traer aquí al resto de la banda.

—Pero ¿cómo? —pregunté.

—Ryan está aquí, ¿no? —dijo él—. Llevará encima la baliza. Con eso podemos traer refuerzos.

Un momento.

*¿Qué?*

—¡Johnny, concéntrate! —me espetó Quinn—. ¡Suéltame o deja que arda la ciudad!

Quise discutir, pero en serio, la cantidad de hordaleses que había ahí fuera seguía sin entrarme en la cabeza. Estaba en medio de una verdadera guerra. Bajé la pistola.

Quinn se fue corriendo. Quizá hubiera cometido un error, pero... ¿qué era lo que había dicho sobre la baliza?

«Ryan se equivocaba —comprendí—. Ulric no tiene una segunda baliza. Pero sí que la necesita, para traer a gente a esta dimensión. Así que...».

Las piezas encajaron. Por eso Ulric había ido a Stenford en persona para investigar mi llegada. Por eso Quinn se había puesto tan ansioso por informar a Ulric sobre Ryan. Porque su única salida de aquel lugar era la baliza portátil que tenía mi amigo.

Ryan corría peligro.

Todos corríamos peligro. Qué narices, el país entero de Sefawynn estaba al borde del colapso. Aquello era una invasión en toda regla y los hordaleses dejarían el territorio calcinado y saqueado.

—Ulric no podrá detenerlos —dijo Sefawynn en voz baja—. Woden *ha traído* aquí a los hordaleses. Está haciéndolo a propósito.

Miré hacia el cielo y vi unos nubarrones negros chisporroteantes de relámpagos, viniendo a una velocidad sobrenatural. No iba a ponerle pegas a la experta. Aquello era obra de un dios.

—¿Por qué? ¿Por qué iba a hacerlo? —siguió diciendo Sefawynn, casi inaudible—. ¿Por qué apoya al bando contrario en nuestras propias tierras? ¿Acaso no somos lo bastante diligentes?

—Woden no premia la diligencia —respondió Ealstan—. Nunca lo ha hecho. Recompensa las ofrendas de sangre, la matanza y la conquista.

Sefawynn cerró los ojos con fuerza.

—No confío en Ulric ni en Quinn —les dije a los dos—. Si queremos impedir esto, necesitaremos el esfuerzo conjunto de los maderos de Seattle. Eh... Son un grupo de soldados de mi tierra natal.

—Eso nos destruiría —me susurró una voz al oído—. Sería otro tipo de invasión.

¡Maldita sea! No se me ocurría ninguna solución mejor.

—Vamos a buscar a Ryan —propuse.

Sefawynn aún tenía los ojos cerrados y Ealstan parecía pensativo. Le fruncí el ceño.

—¿Qué pasa?

—Podría hacer falta sangre para cambiar el favor de Woden —explicó—. Si muero como sacrificio, quizá lo convenzamos. No soy conde, pero sí la persona de más alta cuna que tenemos. Si mana sangre de mi corazón... podría ayudar.

Lo miré, pensando que sus palabras eran extremas en el mejor de los casos, ridículas en el peor. No podía estar abogando por hacer alguna locura como la de Wealdsig, ¿verdad?

No, sugería algo incluso peor. Vi dolor en los ojos de Ealstan. Era un hombre entre la espada y la pared, desesperado. Envejecía, derribado una y otra vez. Sí, claro que iba a intentar algo desesperado, porque había entregado su sangre cada día por su pueblo.

Y ahora, estrujado y seco, ya solo le quedaba su vida por entregar. Estaría dispuesto a intentarlo, porque no tenía más opciones.

O eso creía.

—Mejor ven conmigo —le dije—. Encontraremos otra solución. Por favor. Confía en mí.

—Runian —respondió—, te debo la vida, y las de todos los habitantes de Stenford. Te seguiré al mismo infierno si me lo pides, amigo mío.

Vaya. Lo había dicho con tanta sinceridad que... mi cinismo intentaba considerar sus palabras sensibleras o melodramáticas, pero terminó devorado y escupido de vuelta como aprecio.

—Gracias —dije.

—Voy hacia la piedra rúnica —anunció Sefawynn señalando hacia un pedazo serrado de piedra negra, más grande que los otros que habíamos visto, a cierta distancia.

No brillaba en absoluto.

—Las defensas de la ciudad podrían reforzarse con mis alardes —añadió—. A lo mejor los espectros nos ayudan.

Miré a los ojos a Ealstan, que negó con la cabeza. No creía que fuera a ocurrir, pero tampoco puso objeciones. La gente de Ryan ya se había incorporado a la fuerza defensora. Para ellos, combatir junto a otros anglosajones, por muy enemigos que fuesen, era la opción evidente.

Tenía que encontrar a Ryan e ingeniárnoslas para traer armas de verdad a la muralla. Solo que... ¿de qué serviría salvar esa tierra de los hordaleses, si íbamos a entregársela a gente de mi mundo? Ryan no iba a renunciar a aquel lugar; en eso sería como Ulric.

Dos opciones desastrosas. Me dejaron sin aliento al atenazarme el pecho.

Pero tenía que hacer *algo*.

—¿Alguien ha visto a Thokk? —pregunté.

Los otros dos se lanzaron miradas significativas.

—Venga, parad ya —dije—. Thokk me contó que creéis que es una bruja. Solo ha estado actuando para terminar de convencerlos. No sé muy bien qué pasa con ella, pero vuestro miedo es infundado.

—Lo que tú digas, Runian —respondió Ealstan—. Pero si vamos a ayudar, tendríamos que actuar rápido. Los hordaleses vienen a saquear. Cuando terminen, los afortunados serán quienes hayan muerto.

Bajamos por la escalera y corrimos hacia el complejo de Ulric. Abrí paso, guiándome con el pantallazo del plano sobreimpreso en mi campo visual. Las calles daban una sensación vacía, después de que todo el mundo hubiera salido en defensa de la ciudad. Oí gritos más adelante. Acompañados del ruido seco de armas contra escudos. No sabía cuántos soldados tenía la ciudad, pero los hordaleses seguirían gozando de una superioridad numérica increíble aunque todas las casas estuvieran llenas de ellos.

Tardamos poco en llegar al salón de reuniones que Ulric había convertido en su cuartel general de operaciones. Era una estructura gruesa y alta en el centro de la ciudad, no muy lejos de la piedra rúnica. Sefawynn se separó de nosotros en dirección a la plaza mayor.

Ealstan y yo nos agachamos contra la pared de la base de Ulric. Todas las ventanas tenían el postigo echado y estaban bien cerradas, pero ya había contado con ello. Dejé una baya en un alféizar y le pedí a Ealstan que mirara en dirección contraria.

—¿En serio? —susurró la voz—. ¿Una baya?

—¿Quieres que detenga a Ulric o no? —siseé en respuesta.

—Es por principios, más que nada. —Las cerraduras chasquearon a nuestra espalda—. Hecho. Ten cuidado.

Abrí una rendija en un postigo y escudriñé el interior del edificio. Unas luces eléctricas, que me resultaron extrañamente chillonas, caían sobre una sala abierta con paredes metálicas interiores reforzando la madera. Las cerraduras electrónicas de las ventanas no habían sido rivales para el poder del espectro.

Ulric estaba allí dentro y tenía atado a Ryan. Mis sospechas se confirmaron: lo habían *atraído* hasta allí. Ulric estaba todo sonriente y sostenía con orgullo la baliza en alto. Hubo un destello y aparecieron tres personas de la nada. Dos iban equipadas con armadura moderna completa, casco tintado y fusil de asalto. La tercera era una mujer sin protecciones que cargaba con una gran mochila. Marta, creía que se llamaba. Era la experta dimensional que Ulric tenía en nómina.

—Veo que estás teniendo algún problemilla, jefe —dijo a Ulric mientras se quitaba la enorme mochila. Supuse que estaría llena de equipamiento para el teletransporte dimensional—. Hemos venido en el momento en que la baliza se ha reactivado. ¿Qué pasa con el portal?

—Sabotaje. Vuelve a montarlo —ordenó Ulric—. Esta dimensión nos será muy útil, pero de momento estoy harto de su hedor.

La línea temporal encajó del todo. Ulric había llegado a aquella dimensión uno o dos meses antes para investigar cómo podía beneficiarse de su naturaleza alteradora de la probabilidad. Había establecido su base en Maelport. Pero Ryan lo había estado investigando y se había colado allí también con una baliza de emergencia para salir luego. Había conseguido sabotear el equipamiento de Ulric hacía una semana, dejándolo encerrado.

Pero si era así, ¿por qué no había podido salir Ryan? ¿Ulric había previsto que su enemigo llevaría una baliza portátil y había creado algún tipo de interferencia?

«No. Eso no tiene sentido. Pero, espera, ¿de dónde sacó Ryan su baliza?».

En todo caso, Ulric había anticipado que Ryan intentaría colarse allí de nuevo para terminar el sabotaje. Así que se había quedado esperándolo para atraparlo, y al hacerlo había conseguido justo lo que necesitaba para escapar. Ryan se lo había puesto en bandeja.

«¡Madre mía! —pensé—. ¡Al final va a resultar que no es perfecto!».

Ryan Chu, inspector superestrella, había fracasado. Entorné los ojos hacia él, sentado en la parte menos iluminada de la sala, al lado de... ¿otra persona? Debía de ser el topo de Ryan. Quien le había abierto la puerta de atrás y en teoría estaba en posición para echarle una mano contra Ulric.

Era una mujer. Ajusté mis mejoras visuales y amplié su cara mientras ella alzaba la mirada.

Era Jen.

J en estaba *viva*?

Tal vez esa mujer fuese algún tipo de versión de ella en una dimensión alternativa o algo.

Bajé al suelo y respiré hondo. No estaba preparado para ver su rostro de nuevo. Ealstan me cogió el brazo, con cara de preocupación. No se atrevía a hablar para no revelar nuestra presencia a los de dentro.

Y, de hecho, oímos sin ningún problema el portazo que dio alguien al entrar.

—¡Jefe! —exclamó Quinn—. Tenemos un problema de los *gordos*. Vikingos. Pero un montonazo de vikingos.

—¿Ahora?

—Sí —dijo Quinn—. Están atacando la ciudad a lo bestia. Un relámpago ha volado los portones. Es una invasión a gran escala.

—Vaya, hombre —respondió Ulric—. ¿Cuánto tardarás en tener listo el portal, Marta?

—Cinco o diez minutos —dijo ella.

—Que sean más bien cinco si no quieres acabar en el lado malo de una espada vikinga —repuso Ulric mientras se guardaba la baliza en el bolsillo—. ¿Pueden venir más soldados?

—No hasta que tenga esto operativo —dijo Marta—. No puede enviarse información por las balizas. Teníamos al equipo de emergencia listo para venir hoy, en la fecha acordada, pero...

—Deja de explicarlo —la interrumpió él— y ponte a *trabajar*. Quinn y vosotros dos, conmigo.

Y entonces, para mi sorpresa, se marchó. Una mirada rápida me reveló a Marta trabajando en un aparato circular, de más o menos un metro de diámetro, que había colocado en el suelo. Estaban solo ella, Ryan y... y Jen.

Tenía que saber lo que estaba pasando. Hice un asentimiento a Ealstan, doblamos juntos la esquina del edificio y puse a mi espectro a abrir la cerradura de la puerta. Entramos al cabo de un momento.

Marta levantó la mirada al instante, pero entonces se relajó.

—¿Johnny? —dijo—. No sabía que estuvieras en este trabajo. ¿Me pasas esa caja que asoma de la mochila?

Lancé una mirada a Ealstan, que tenía su hacha desenfundada y parecía confuso.

—Eh... claro. —Saqué la caja y se la pasé antes de hacer un gesto hacia Ryan y Jen—. El jefe quiere que me ocupe de estos dos.

—Que sea fuera, por favor —dijo Marta—. Ya sabes lo que opino de esas cochinadas.

—Vale, claro —respondí.

Fui hacia Ryan y Jen. Ealstan cortó las cuerdas que los retenían y yo hice un gesto vistoso con la pistola para que salieran de la estancia.

—Tienes muchas amistades, Runian —me susurró Ealstan mientras nos escabullíamos—. El afecto que sienten por ti te hace buen servicio.

—No les caigo bien —dije.

—No creo que sea verdad —objetó—. A juzgar la poca gente que parece tenerte miedo.

Qué va. Lo que pasaba era que me consideraban inofensivo. En el momento en que salimos por la puerta, Ryan se volvió hacia mí y dejó escapar un profundo suspiro de alivio.

—Gracias, Johnny —dijo—. No sé cómo, pero estaban preparados para nosotros.

—Ulric necesitaba tu baliza —le expliqué—. Era una trampa.

—Imposible —replicó Ryan—. Esa baliza no se me ponía en marcha. Es imposible que tuviera esto planeado. Lo normal es que pensara que pediría refuerzos, no que vendría aquí yo solo.

—Al hilo de eso —dije—, ¿de dónde sacaste la baliza, Ryan?

—De Rembrandt —respondió—. El intendente de la armería de comisaría.

Gemí.

—Ryan, Rembrandt es corrupto.

—¿*Qué*?

—Ya lleva años trabajando para Ulric —dije.

—¿Y por qué no me lo contaste?

—¿Como iba a saber que te proporcionaba él la tecnología? —repliqué con brusquedad—. Te dio una baliza bloqueada, supongo que por orden de Ulric. No funcionaba porque estaba codificada para no obedecer tus comandos y…

Dejé de hablar al darme cuenta de que había otras cosas mucho más importantes. Por ejemplo, la mujer que estaba al lado de Ryan, con aspecto terriblemente avergonzado.

—Hum, hola, Johnny —dijo.

Demonios. Sí que era ella.

—Ryan —dije—, más vale que me expliques de qué va esta mierda.

—Ah, eh… —respondió él—. Ulric necesitaba a un medievalista, ¿sabes? Para investigar sus dimensiones. Y Jen siempre había querido visitar un lugar como este. Hará unos seis meses, la pusimos en contacto con él para que se infiltrara en su organización.

—Hace seis meses tuvo el accidente —dije sin expresión.

Jen se apoyó en el brazo de Ryan.

La mirada que había en sus ojos. Y en los de él.

Ay, la leche.

—¿Desde cuándo? —pregunté—. ¿Desde cuándo estabais poniéndome los cuernos?

—Desde la segunda semana —admitió Jen, y desvió la mirada.

Es decir, ¿nuestra relación *entera*?

—¿Por qué? —dije—. ¿Por qué lo hiciste? ¿Por qué me dijiste que sí a mí, si ibas a estar con él en secreto?

—Por lo adorable que eres —respondió Jen—. Quería ver si funcionaba.

—¡Qué voy a ser adorable! ¡Pero si soy un gángster!

—Escucha —intervino Ryan—, igual no es el mejor momento para...

—Fingiste tu muerte —dije al caer en la cuenta.

—No exactamente —respondió ella—. La idea era pasar varios años como agente encubierta. Le conté a todo el mundo que iba a viajar. Y entonces mi abuela te dijo que había muerto cuando le escribiste. Ya sabes cómo te odia. Era incómodo, pero comprendí que así sería más fácil.

—¿Mas fácil para quién? —exigí saber—. ¡Podrías haber cortado conmigo y ya está!

—No quería hacerte daño.

—¿Y como no querías hacerme daño, me dejaste creer que habías *muerto*?

—Johnny —dijo Ryan con voz firme—, necesitábamos la relación que tenías con Ulric y las cosas que podrías contarle a Jen.

—¡Pero si era solo el portero! —exclamé, gesticulando hacia el cielo con la pistola—. ¡Ella sabía más que yo!

—Código 1929193 —dijo Ryan—. Reasignar de vuelta a mí.

—Reasignada a la signatura de nanoides de Ryan Chu —respondió el arma—. Actualmente en manos incapaces de utilizarme.

—¡*Venga ya*, hombre! —grité.

—Perdona, Johnny —dijo él—. Ulric me ha quitado el fusil. Y ahora mismo tu comportamiento es un poquito inestable.

—¿Y no te parece que tengo buen motivo? —pregunté.

Miré un momento a Ealstan, que estaba junto a mí con el rostro crispado, intentando hacerse una idea de lo que pasaba.

—Tenía que aprovechar la oportunidad, Johnny —me dijo

Jen—. Ya sabes lo mucho que quería viajar a dimensiones medievales. Y además, estaba lo de ser agente doble. Venga, no te enfades. Por favor.

—Ah, bueno, ya que lo pides con buenos modos… —repliqué, volviendo a alzar las manos al cielo.

—¿La pistola, Johnny? —insistió Ryan.

Se la arrojé. Ryan la atrapó en el aire y volvió al interior del búnker, supuse que para asegurar el portal.

Jen se quedó allí con cara de «tierra, trágame».

—Lo siento —dijo por fin—. Johnny, es que siempre has sido muy intrigante, ¿sabes? Desde el instituto.

—No nos hacíamos bien el uno al otro —le respondí—. Siempre estábamos riñendo.

—Ya —dijo, y miró a un lado—. Pero nunca me aburría. Ryan es estupendo, pero… ya sabes. Ni siquiera se pone mantequilla en la tostada. No es muy sana.

Me sonrió. Esa sonrisa siempre había funcionado antes. Pero ese día… nada. Excepto cierta ira residual.

Qué cosas.

La puerta del búnker se abrió un momento después. Marta estaba sentada en el suelo, atada, y una luz azul flotaba por encima del portal.

—Vámonos —dijo Ryan, haciéndonos señas para que entrásemos—. Saben que Jen estaba infiltrada. He configurado el portal para que nos lleve al cuartel general de la policía e informemos.

—Y vas a dejarte aquí a Ulric —repuse, incrédulo.

—¿Qué? —me espetó Ryan—. ¿Quieres probar a detenerlo tú solo? No seas idiota, Johnny. Eres *tú*. Además, ¿no lo has oído?

Invasión vikinga, ocurriendo ahora mismo. Ya volveremos para llevarlo ante la justicia, si es que sobrevive.

El fragor de la batalla se intensificó en la lejanía.

—Andando —dijo Ryan.

Jen se apresuró a saltar al interior de la luz azul y desapareció. Ryan levantó a Marta del suelo y la empujó a través del portal, pero se detuvo al ver que me acercaba.

—Oye —dijo—, muy buen trabajo el de hoy. Seguro que puedo librarte de la cárcel, si por fin aceptas testificar. Lo harás por mí, ¿verdad, socio?

—Claro. Socio.

Sonrió y cruzó el portal.

Apagué el interruptor de alimentación. Ealstan estaba a mi espalda como una montaña perpleja, cruzado de brazos, con un fruncimiento en su cara barbuda.

—Insisto —dijo, e hizo un gesto hacia el portal—. ¿Esos son tus *amigos*?

—Creía que sí —respondí—. No tenía un buen marco de referencia, supongo.

—Es posible que las historias sobre aelvs fueran exageraciones —dijo Ealstan—. Estoy pensando que tal vez no sean mucho más listos ni mejores que todos los demás.

—Sabias palabras.

—¿Y qué hacemos con los hordaleses? —preguntó.

—No lo sé. Ulric tiene la baliza, el aparato que puede traer forasteros a este sitio. Pase lo que pase, tenemos que quitársela. Y puede que destruirla.

—Como tú digas.

Salimos con la intención de rastrear a Ulric. Pero nos detuvimos nada más cruzar el umbral. Había hordaleses llegando en tromba por las calles a nuestra izquierda, entrando en la plaza mayor, persiguiendo a atribulados soldados anglosajones.

Una mujer se alzaba en el centro de la plaza. Sola. Desarmada. Entre la marea de hordaleses y la ciudad en sí.

Sefawynn.

Estaba radiante bajo la luz del sol que caía por un hueco en las nubes. Pero, maldita sea, la iban a *descuartizar*.

Y había dejado que Ryan se llevara la pistola. ¡Diablos!

Empecé a moverme hacia ella. Mis placas desviarían unos cuantos hachazos. Podía sacarla de la ciudad. Tenía que…

Una mano me cogió del codo. Suave pero inflexible.

—Espera —dijo Thokk—. Dale un momento.

Al instante, Ealstan inclinó la cabeza ante Thokk.

—¿De dónde sales tú? —le pregunté en tono brusco—. ¡Este lugar es peligroso, Thokk! ¡Tendrías que huir!

—Por todos los *truenos*, mira que eres espeso —murmuró—. Dale un poco de tiempo a tu chica, Runian. A lo mejor nos impresiona. Ya lleva tiempo acumulándose en ella…

—Honorable señora —le dijo Ealstan—, Woden está aquí, al servicio de nuestros enemigos.

—Sí —respondió Thokk—. Antes has dicho que solo le importaban el sacrificio y la sangre. Te equivocas. Lo único que le importa a mi hermano es quién va *ganando*. Siempre quiere estar en el bando que saldrá victorioso.

»No existen sangre ni sacrificio suficiente para saciarlo, Ealstan. Woden tiene miedo. Del dolor que traen esos extranjeros. De perder el control. Necesita que esta ciudad arda, que esta gente muera, para poder fingir que es el castigo por su desobediencia.

—Pero no le hemos desobedecido, honorable señora.

—Aún no —dijo ella.

Mi cerebro iba a trancas y barrancas.

—Espera, espera. ¿Tu *hermano*?

En la plaza, Sefawynn gritó un alarde:

> De métrica medida    mi maestría manó:
> tejí tonos de Woden    y tronaron las tropas.

—Eh... eh...

Calló y flaqueó contra la piedra rúnica mientras la plaza se inundaba de más hordaleses. Aunque no parecían importarles los alardes de Sefawynn, le dejaron algo de espacio: al parecer, atacar a un skop era tabú. Otros hordaleses empezaron a echar abajo la puerta de casas cercanas, y el sonido de mujeres y niños atemorizados se alzó en el aire.

A través de todo ello, no sé cómo, oí a Sefawynn.

—¿Por qué? —preguntó, levantando los ojos al cielo—. ¿*Por qué*? He difundido tus enseñanzas. He contado tus historias y tus cantares. ¿Por qué anhelas nuestra sangre?

—Tenemos que parar esto —dije mirando a Ealstan—. Tenemos que…

¿Que qué? No podía enfrentarme a un ejército.

—Observa —susurró Thokk—. Un momento, que te mejore la vista.

Al principio no cambió nada. Pero… ¿qué eran esas manchas de oscuridad que captaba por el rabillo del ojo? Podía ver a los espectros como en el bosque, solo que allí se escondían en las sombras de las casas. Bajo los aleros de los tejados. Apretándose contra las construcciones.

—Son los protectores de esos hogares —dijo Thokk en voz baja mientras le cambiaba la voz, adoptando un matiz de hojas crujiendo, de viento soplando. De un bosque en plena noche, lleno de cosas que acechan—. Saben que Woden está traicionando a la gente de esta tierra. Pero están asustados. Necesitan inspiración.

Miré de nuevo hacia el patio. Varios hordaleses avanzaban despacio hacia Sefawynn, espada en mano a pesar del tabú. El ruido de la guerra —no, de la masacre— me bombardeaba, sacudiéndome el alma. Sefawynn bajó la cabeza mientras los hordaleses se cernían sobre ella. Me zafé de Thokk y corrí al interior de la plaza, dispuesto a…

Sefawynn lanzó una mano hacia el firmamento.

—¡Yo te desafío! —chilló—. ¡Woden! ¡Oye mis palabras! ¡Te *odio*! ¡Siempre te he odiado!

Algo cambió.

Las sombras cercanas se volvieron hacia ella. Sus ojos estallaron ardientes, puntitos de blanco en la sensación por lo demás oscura y cambiante de sus formas nebulosas. Detrás de Sefawynn, la piedra rúnica empezó a resplandecer.

> ¡Yo te desafío!
> ¡Pasó mi postración    por no pagar el precio!
> ¡Yo te desafío!
> ¡Rechazo con rencor    esa realeza rancia!
> ¡Yo te desafío!
> ¡Medraré sin mentiras    de tu mando marchito!
> ¡Yo te desafío!
> ¡Basta de venerar    al vil bellaco Woden!

El relámpago partió en dos el cielo. El trueno me azotó y me hizo detenerme. Por toda la plaza se alzaron las sombras. Los espectros de la ciudad *escucharon*. Cuando el primer hordalés alzó la espada para descargarla contra Sefawynn, una negrura le trepó por las piernas y se le enrolló en el brazo con una explosión de velocidad increíble.

La espada se le desmontó entre los dedos. La hoja se separó del puño y la guarnición cayó en tres piezas separadas.

Sefawynn volvió unos ojos salvajes, como el corazón de una hoguera, hacia él. Aquella cosa oscura serpenteó a su interior. Igual que había visto cerraduras desarmadas y zapatos descosidos, en ese momento vi su *cuerpo* deshacerse. Huesos desenganchados, pelo liberado del cuero cabelludo, piel despegada de las capas inferiores.

Cayó como un puñado de trapos mientras manaba sangre y grasa de sus cuencas oculares. La marea se invirtió en cuestión de segundos. A lo largo y ancho de la plaza, las armas fallaron. Las hachas se dejaban la cabeza clavada en madera. Las armaduras se hacían pedazos, los eslabones de malla caían al suelo como un repentino aguacero. Los patidifusos anglosajones encontraban a sus oponentes desarmados, y en algunos casos desvestidos.

Por encima de todo ello, Sefawynn bramó su ira a los cielos.

—Yo. Te. ¡DESAFÍO!

—¿Lo ves? —dijo Thokk, de pronto a mi lado otra vez.

—¿Qué está pasando? —pregunté—. ¿Cómo...?

—Lo que te decía —respondió ella—. Los espectros necesitaban inspiración. Querían seguir a alguien que no lo temiera a él. Necesitaban un alarde potente que los animara.

—Mi espectro eras *tú* —le dije—. Desde el principio.

—Era el ser al que mangoneabas a cambio de unas míseras bayas —matizó—. *Supongo* que te lo perdonaré por tu ignorancia. El problema que causas es novedoso, Runian. Me lo he pasado bien. —Echó un vistazo hacia el cielo crepitante—. Pero no soy un espectro ni lo he sido nunca. Me extraña que no te dieras cuenta. Te dejé bastantes pistas.

Los hordaleses empezaron a chillar y a replegarse hacia el océano. Pero aquel cielo bullente...

—Está furioso —dije.

—Woden tiene muy mal perder —afirmó Thokk—. Pero ya me ocuparé yo de mi hermano. Tú aún tienes que hacer tu trabajo.

—¿Mi trabajo?

—El veneno de ese lugar tuyo rezuma aquí —dijo ella—. Si satura la ciudad, los espectros morirán. El ryro dejará de funcionar. Y entonces...

—Los hordaleses ganan —susurré.

—No puedo tocar las máquinas —respondió Thokk—. Ya fue bastante suplicio romper aquella tan pequeña que me hiciste desmontar en Wellbury. No pude volver a crear un cuerpo hasta el día siguiente.

»Los forasteros llevan demasiado tiempo aquí en Maelport. Su hedor nos trae sufrimiento a todos. —Respiró hondo—. Me disminuye, Runian. Como una tabla lijada hasta que se ve la luz entrando desde el otro lado. Yo no puedo detener a Ulric. Lo he intentado. Mi misma esencia se deshace estando cerca de él.

—Lo haré yo.

—¿Lo harás? —preguntó, escrutando mis ojos—. ¿Podrás?

—Sí —dije—. Lo prometo.

La mujer mayor, que con toda probabilidad era mucho más mayor y mucho menos mujer de lo que había supuesto, me sonrió.

—¡Pues ya está bien de perder el tiempo! ¡Venga, tira! ¡No hagas que me arrepienta de elegir tu bando! En serio, ahora mismo podría estar emborrachándome y castrando a gigantes.

Le hice el saludo marcial, porque me pareció lo adecuado, y pasé corriendo junto a Ealstan, que me siguió el paso.

—¿Lo sabías? —le pregunté—. ¿Sabías lo que era?

—¿La diosa Logna? ¿La madre de monstruos? ¿El heraldo del fin de los tiempos de los dioses? Pues claro. ¿Tú no?

Hay que ver cómo era esa gente.

Por lo menos tenía una cierta idea de lo que debía hacer.

—¿Sabes esa cosa redonda del suelo con un brillo azul? —dije a Ealstan—. Tengo que destrozarla.

Tendría que hacerme con la baliza de Ulric para interrumpir

de verdad el acceso, pero un portal roto retrasaría las cosas. Lo había desactivado pensando que quizá lo necesitase más adelante, pero ahora solo quería verlo hecho pedazos.

Paramos en la puerta del búnker.

—Que no entre nadie —dije.

—Defenderé esta puerta con mi vida —me prometió él.

Entré de nuevo y me dio la sensación de estar saltando adelante en el tiempo, abandonando una vida de tierra y heno por una de acero y electricidad. Cerré la puerta con llave y me volví hacia la máquina. Cuatro puñetazos bien dados con mis placas hipodérmicas deberían dejar el portal inutilizable.

Por desgracia, no estaba solo. Vi a Quinn arrodillado junto al aparato. Se levantó y se volvió hacia mí.

—Johnny —dijo—. ¿Qué le has hecho a este trasto? Las coordenadas están cambiadas.

—Crúzalo, Quinn —le aconsejé, avanzando—. Vete de aquí. La ciudad entera está a punto de caer.

—No hay problema —respondió—. El jefe tiene pensado hablar con esos vikingos. Les entregaremos la ciudad, los impresionaremos con nuestros poderes del futuro y nos aliaremos con *ellos*. Son gente más dura, y nos convendrá tenerlos de nuestra parte para conquistar este mundo.

—Vete a casa con Tacy y los niños. Olvídate de esta dimensión. Haz como si nunca hubiera existido.

Suspiró. Estiró un hombro, luego el otro.

—Le he contado al jefe que estás en la ciudad —dijo—. Me ha enviado aquí para ver cómo iba la máquina. Veo que has liberado a Ryan. Lo habrás enviado a casa, imagino.

Me detuve a escasa distancia de Quinn. Ryan estaría reuniendo a policías en el otro lado, pero no vendría de inmediato a ayudar. Era demasiado cauteloso.

Y aunque fuese a volver, no quería que lo hiciera. No si con ello perjudicaba a la gente de allí.

—Voy a destruir el portal, Quinn —dije—. Última oportunidad de irte a casa.

—Lo siento, Johnny —respondió levantando los puños—. Esto no es personal.

—¿De verdad te lo crees? —pregunté.

—Para nada —dijo—. Todas las peleas son personales. Pero yo qué sé, es lo que hay que decir, ¿sabes?

Asentí.

Quinn embistió.

Los combates de boxeo mejorado suelen ser un ejercicio de resistencia extrema. Pegamos más fuerte, esquivamos más rápido y aguantamos más palizas que un boxeador corriente. No perdemos fuelle, no nos quedamos aturdidos. No nos *derrumbamos* como la gente normal. No necesitamos guantes, ni mordedores, ni normas sobre dónde pueden pegarte. En la liga solo había dos reglas muy sencillas: nada de agarrones y nada de armas no aprobadas.

Los combates tenían un final espectacular, cuando el sistema de uno de los contendientes cedía y el dolor empezaba a colarse. Unos golpes más y el sistema se venía abajo del todo. El resultado no era bonito.

Por desgracia, aquel no sería un combate normal. Era vulnerable, como lo había sido en nuestro anterior enfrentamiento. Más que eso. Siendo sincero, estaba mucho peor que entonces. Me había abandonado un poco con los años. Es lo que tiene vigilar una puerta y que no paren de decirte que eres un inútil.

Aun así, me resultó natural, y hasta cómodo, alzar las manos en la tradicional postura de guardia. Había tenido días buenos en el cuadrilátero. Los mejores de todos. Aunque en esa época fingiera, igual que había fingido al llegar a esa dimensión.

Quinn empezó suave, con tres *jabs* rápidos. Un remanente de los tiempos originales del boxeo, cuando un golpe como ese podía hacerte algo. En el deporte mejorado servían solo para cogerle el ritmo al combate. Unos lances rápidos para probar los reflejos del adversario.

Desvié los golpes y retrocedí danzando, de puntillas, recuperando las poses acostumbradas. ¿Cuántas veces me había imaginado la revancha? ¿Cuántas veces había *soñado* con ella? Anhelaba demostrar que debería haber sido yo a quien Ulric permitiera ganar, quien debería haberse convertido en su mano derecha.

Había tenido muchas ocasiones de exigir esa revancha. Pero siempre había dado media vuelta. Y allí estaba, librándola sin pretenderlo y con mucho más en juego de lo que nunca había imaginado.

Siempre había creído que repetir el combate en algún momento me permitiría recuperar la dignidad. Pero resulta que la dignidad no puede quitártela nadie. Tienes que renunciar tú a ella.

Tras el encontronazo inicial y unos momentos de rodearnos uno al otro, tratando de colar fintas y amagos, Quinn vino con unos cuantos golpes de verdad. Fui lo bastante rápido para esquivar por debajo, pero al instante me lanzó un rodillazo al pecho. Sin las placas, tuve que hacer un bloqueo bastante desmañado con los brazos.

Placa contra placa. Sonó un *crujido*, inesperado para quienes preferían el boxeo tradicional.

Gruñí y retrocedí mientras mi sistema me daba unos pocos avisos. Iba bien, de momento. Pero en aquellos combates la clave era la resistencia. Las placas solo evitarían el daño hasta que los nanoides ya no pudieran lidiar con los golpes.

Recibí unos cuantos puñetazos en los brazos, que había juntado para protegerme las costillas. Las placas de la espalda deberían protegerme también los costados, teoría que me vi obligado a poner a prueba al encajar unos cuantos buenos golpes ahí.

Durante la descarga recibí también un *jab* en la cara. Las mejoras de fuerza que tenía Quinn, como las mías, eran mínimas. Un toque en la cara no bastaría para partirme el cráneo, pero... uf. *No* iba a aguantar mucho en esa pelea.

De momento, no me quedó otro remedio que ponerme a la defensiva, esquivar, bloquear, recular usando unos métodos que me habrían ganado abucheos en el cuadrilátero.

—Eres vulnerable, Johnny —dijo Quinn—. ¿Sigues sin placas en el pecho y la cabeza?

—No he adivinado la contraseña —respondí y, con un gruñido, puse el portal entre nosotros—. ¿Por casualidad no me la dirías para igualar la pelea?

—Anda ya, Johnny —dijo, rodeando la máquina sin perderme de vista—. ¿Te crees que tenemos guardado ese código?

—¿Cómo?

—El jefe pulsó un puñado de números a voleo. —Quinn se encogió de hombros—. ¿Para qué iba a preocuparse de recordar lo que tecleaba? Se reía mucho imaginando cómo probabas combinaciones distintas a lo largo de los años, eso sí.

En el momento en que Quinn lo dijo, supe que era verdad.

¿Para qué querría Ulric guardarse esa contraseña? Si le cortas la mano a alguien, no te la quedas por ahí para que vuelvan a coséresela.

El peso de comprenderlo por fin estuvo a punto de derrumbarme allí mismo. Porque en ese momento lo *supe*.

Nunca recuperaría mis placas. Había estado deseando algo imposible.

Quinn vino de nuevo a por mí, y caray, qué rápido era. Paré los puñetazos hasta que llegó uno un poco demasiado largo por un lado. Gruñí, encajando el grueso del golpe en el pecho. Se me partió una costilla y los recuerdos llegaron en tromba. Caer a la lona. Roto. Ensangrentado.

Empezó a presionarme más, pero solté un grito y le di mi primer buen golpe, una patada contundente en el costado. Me valió un gruñido de Quinn. El problema era que, con tantas mejoras, cada impacto en tu adversario te hacía un poco de daño a ti también. Lo mejor era ir a por las zonas sensibles, para que su sistema de nanoides tuviera que esforzarse más en proteger y reparar, pero de todos modos cada golpe que dabas te debilitaba.

Quinn avanzó, controlando el combate. Traté de impedírselo con otra patada, pero me empujó de lado y caí al suelo. Llegó un aguacero de puñetazos en la cara, que bloqueé a cambio de permitirle darme otra vez en el pecho. Los nanoides estaban volviéndose locos, y desde luego ese último puñetazo me había hecho daño de verdad. Por suerte, mis instintos actuaron. Rodé a un lado y me levanté con ímpetu mientras paraba una patada a la cabeza con el antebrazo.

Me aparté trastabillando y las advertencias de mi capa visual me dijeron que me arriesgaba a daños en los órganos internos. Logré volver a adoptar la postura de guardia y mantuve la distancia.

Siempre había sido un boxeador potente en el cuerpo a cuerpo. Prefería aporrear con fuerza el tronco que soltar *jabs* a la cara o patadas, aunque podía hacer ambas cosas si la situación lo requería. Pero era lento. Siempre había sido lento. Era...

Algo se empotró contra la puerta desde la calle. Paramos los dos y miramos hacia allí mientras la estructura reforzada se sacudía. Oí disparos fuera. Ealstan.

—Habrá vuelto el jefe —dijo Quinn, aún de puntillas—. Trae a Marshal y a Byungho. Ríndete. Como te pillen aquí peleando conmigo, van a dispararte.

Ataqué. Con un poco de suerte, si lograba darle unos pocos golpes serios en el tronco, igual ganaba. Superé una vez su defensa, pero me llevé un puñetazo en la cara a cambio. Según el informe superpuesto a mi visión, acababa de romperme la nariz. Mi debilitado sistema de nanoides estaba en pleno pánico, a juzgar por los mensajes de error.

La puerta siguió traqueteando. Avancé y solté otro puño, pero Quinn esquivó y me desequilibré con el impulso. Recobré la orientación, pero no antes de que arremetiera y me empujara con el cuerpo contra la pared. Me quedé sin espacio para maniobrar mientras él retrocedía un paso y entraba de nuevo atacando, lo que me obligó a bloquear. Aún no estaba acabado: mis nanoides estaban redirigiendo los vasos sanguíneos y manteniéndome en activo. Pero como había recibido tanto daño en zonas delicadas, estaban abrumados. Mis placas empezaban a perder la energía que les permitía redireccionar la fuerza.

La piel de los brazos se abrió y la sangre me impregnó la camisa. Me aparté de la pared a trompicones.

Vaya, hombre. Conque así era como se desarrollaba la revancha.

¿Qué estaba haciendo allí? No podía vencer a Quinn. Nunca había sido capaz de derrotarlo. Ya había fallado una vez, e iba a fallar otra. Porque fallar era lo mío. Adiós a todos esos sueños. «Boxeador derrengado casi ni se esfuerza —pensé—. Actuación de una estrella. Por lo menos sangra bien».

Esquivé. Ryan resolvería aquel desastre. ¿Podía cruzar el portal, buscar a Ryan y refuerzos y luego volver? Di un poco de espectáculo con las siguientes fintas, pero en realidad estaba buscando la forma de escapar.

*Otra vez.*

Avergonzado por mi capacidad artística, había recogido cable y huido. Abrumado por las clases en la academia de policía, y harto de las burlas de los otros cadetes, había buscado tecnicismos para que me expulsaran.

Y después, la liga. Había visualizado una carrera larga, un combate por el título y una jubilación triunfal. Había terminado con una derrota obligada y un chiste de vida. Y era culpa mía. Cuando Ulric me dijo que me dejara ganar, había obedecido. Porque incluso entonces estaba buscando una salida, preocupado por empezar a perder de todos modos.

Siempre buscando una salida. Así era Johnny.

Eché un vistazo a la máquina del portal.

Y pensé en Ealstan, que había estado dispuesto a correr hacia casa, aun a sabiendas de que moriría luchando contra vikingos en un intento de salvar a su familia y a su gente. Pensé en Sefawynn, plantando cara a la horda enemiga, chillando su desafío a un dios vengativo. Pensé en sus vidas, llenas de luchas imposibles.

Y pensé...

... que mi vida no había tenido ningún valor. Pero que... quizá mi muerte podría valer algo.

Apreté los dientes, me volví y corrí hacia la máquina. Mientras Quinn me maldecía, aticé un puñetazo al panel de control que lo partió en dos y destrozó los botones. Logré darle otro antes de que Quinn me arrollara.

Rodamos en el suelo y terminó encima de mí. Me cubrí la cara con los brazos mientras se ponía a aporrearme. Sobre todo me castigó los brazos, pero ya no importaba mucho a esas alturas. Los nanoides, demasiado ocupados solo en intentar mantenerme vivo, dejaron de impedir el dolor.

La agonía me recorrió el cuerpo entero.

Justo antes de acabar conmigo, Quinn paró y miró hacia la puerta. Parpadeé para que desapareciera la última tanda de mensajes de error y di un leve gemido. Me palpitaban los brazos, la nariz rota me dolía horrores y cada respiración era un suplicio punzante. Entre tanto dolor logré distinguir a Ulric, con su complexión de muro con cara, de pie en el umbral. Detrás de él vi a Marshall arrodillado sobre el cuerpo sanguinolento de Ealstan. Sentí un leve y efímero orgullo al pensar que Ealstan había resistido todo ese tiempo contra soldados mejorados.

Ulric cerró la puerta y frunció el ceño mirando el portal dimensional.

—¿Qué es esto? —preguntó.

—Lo siento, jefe —dijo Quinn. Se levantó pero no me quitó el ojo de encima—. Ha soltado un puñetazo al panel de control. No he...

—Da igual —lo interrumpió Ulric—. Vendrá otro equipo de rescate.

Claro. Aún tenía la baliza. Mientras estuviera activada con el código de Ulric, sus equipos podían llegar hasta allí, pero el de Ryan no. Mi lucha había sido en vano. Había fracasado otra vez.

—Fuera pasa algo raro, Quinn —dijo Ulric—. Los vikingos han tenido que retroceder, no sé por qué. Están reagrupándose en el puerto, y hay una loca corriendo de un lado a otro y escribiendo runas en las puertas.

—Pensaba que esta gente no escribía —dijo Quinn.

—Y yo —respondió Ulric.

No. Romper la máquina no había sido en vano.

Nada de aquello era en vano.

Por una vez, lo significaba todo.

Me levanté con esfuerzo y alcé los puños.

—Eh, Quinn —dije, notando el sabor de la sangre—. Cuando quieras seguimos.

Quinn vaciló y miró la pistolera que Ulric llevaba en la cintura. El jefe se cruzó de brazos.

—Adelante —dijo.

Siempre le había gustado ver un buen combate de boxeo. Quinn suspiró.

—No me obligues a volver a hacerte esto, Johnny —dijo en voz baja mientras se acercaba—. Ya me dejaste escapar una vez. Quédate en el suelo y acepta la derrota.

Se abalanzó contra mí y atacó. Conseguí bloquear, así que lo intentó de nuevo, con un poco de temeridad. Le hundí el puño en la tripa, ganándome un «Uf» y unos ojos desorbitados.

Retrocedió bailando, con el ceño fruncido.

—¿Sabes una cosa, Quinn? —dije, y escupí sangre a un lado—. Una amiga mía opina... opina que en realidad no me dejé ganar aquel combate. Porque no tenía opción. Sí que la tenía, porque acepté. Pero aun así, no puedo evitar preguntarme...

Quinn rugió y puso más cuidado en su siguiente acometida. Tuve ocasión de darle un rodillazo en el pecho, pero él también la tuvo de castigarme el costado unas cuantas veces más. Cada puñetazo era un destello de dolor que me agitaba la visión. Estaba al límite de lo que mi cuerpo era capaz de resistir.

Pero el caso era que, por primera vez, no tenía *escapatoria*.

—Hace que me pregunte... —susurré, empujándolo hacia atrás—. ¿Por qué me quitasteis las placas, si ya había aceptado perder? Dijisteis que queríais más sangre, para que quedara más realista. Pero en realidad os arriesgabais a que fuese *menos* realista. Demasiada sangre. Demasiadas heridas.

Vino a por mí y empecé a sacar puños, primero uno, luego el otro, una y otra vez en sus costados. Recibí unos pocos golpes. Saltaron alarmas.

«Nada de huir», pensé.

Lo empujé contra la pared y seguí pegándole.

«No hay escapatoria».

Se apartó, pero no sin que le metiera otra buena patada en el costado. A esas alturas ya debería estar viendo advertencias él también. Sistema bajo de energía. Densidad de nanoides reducida. No tardarían en dejar pasar también el dolor a su sistema nervioso.

—Venga, Quinn —dijo Ulric—. ¡Si es solo *Johnny*!

—Solo Johnny —repetí, mirando a Ulric a los ojos—. Querías que me viniera abajo, ¿verdad?, cuando exigiste que perdiera el combate. Me iba *bien*. Por una vez en la vida, estaba triunfando. Así que tenías que derrumbarme.

Ulric no lo negó. Quinn se obligó a acometer de nuevo y danzamos, intercambiando *jabs* y patadas medio bloqueadas. Vi algo en Quinn. Esos ojos ensanchados, esos movimientos bruscos, esos ataques cada vez más desesperados.

¿Era... miedo?

Recordé lo que me había dicho. «Si los otros se enteran de que me dejé capturar por ti...».

Al darle otro golpe, vi que se encogía. Ya estaba sintiendo el dolor.

Ulric chasqueó la lengua decepcionado mientras inspeccionaba los controles rotos del portal. Quinn lanzó un puñetazo a lo loco. Esquivé de lado, entré y le di en los mismos riñones, con un impacto que atravesó sus placas.

Reculó de puntillas con una maldición entre dientes. Yo estaba en las últimas, aunque procuraba que no se me notase. Exhausto, dolorido y sangrando por varios cortes en los brazos, necesitaba alguna ventaja.

Oye...

El boxeo no era lo único que se me había dado bien jamás.

¿Y si...?

—Ulric —dije mientras Quinn y yo trazábamos círculos—.

Quinn me ha contado que pulsaste un montón de dígitos aleatorios para la contraseña de mis placas. Y que te olvidaste de ellos al momento. ¿Es verdad?

—Sí —respondió Ulric sin apenas mirarnos—. Las perdiste del todo, Johnny. No me acordaría del código ni aunque quisiera.

—Ya, pero esta dimensión tiene algo —dije mientras abría la pantalla de introducir la contraseña para las placas—. Algo sobre la probabilidad. Y los números. Y la estadística.

Quinn titubeó. Hasta Ulric se volvió hacia mí de nuevo, curioso.

—¿Qué probabilidad habría de acertar el mismo código que metiste si pulso ahora un puñado de números al azar? —pregunté—. ¿Crees que desbloquearán mis poderes?

Se quedaron los dos callados. Introduje una cadena de cifras.

Contraseña denegada, apareció en mi campo visual. Pero ellos no lo veían.

Me erguí más recto. Sacudí las manos y sonreí con malicia mientras adoptaba una pose de boxeo agresiva.

—Qué cosas pasan —dije en voz baja, con tanta malevolencia como pude—. Pero qué *cosas* pasan.

Era un artista fracasado, un policía lamentable y un boxeador decente.

Pero era un mentiroso de primera.

Quinn se puso a la defensiva, creyendo que acababa de obtener ventaja.

*Una sola piedrecita empieza una avalancha.*

Le rodeé la cabeza con las manos y le aticé un señor rodillazo en toda la cara. Retrocedió a trompicones y comenzó a sangrar.

Los nanoides ya no estaban evitando las pérdidas casuales de sangre.

*Cuando pierdes un poco, empiezas a preguntarte si es que mereces perder.*

Golpeé una y otra vez. Recordé las risas forzadas de la banda cuando Ulric se burlaba de mí.

*Eso hace que pierdas más.*

Quinn dio contra la pared y lo envié al suelo de un puñetazo en el estómago. Lo recordé el día en que fui yo quien cayó. Y en ese recuerdo de su cara vi algo que se me había escapado, centrado como estaba en mi propia miseria.

Una expresión de alivio. Quinn había temido que lo venciera, hasta con las mejoras deshabilitadas. Hasta habiendo aceptado amañar el combate.

Sabía, tantos años atrás, que yo era mejor boxeador que él.

*Y se va acumulando.*

Mi cuerpo sabía qué hacer. Liberé una andanada contra su cara.

*Vas por detrás, por mucho que te empeñes en evitarlo.*

Me quedé quieto al oír que gemía, derrotado, hundido en el suelo.

*Estás demasiado acabado.*

Lo miré, y luego a Ulric, que activó algo en la base del portal. La luz azul regresó.

—Control manual —comentó mientras sacaba la baliza y la enganchaba a una pieza que había a un lado de la máquina. Se sacudió el polvo de las manos antes de mirarnos—. Ay, Quinn, cómo me decepcionas.

Era lo que siempre me decía a mí.

Diablos, ¿cómo no me había dado cuenta nunca? Al humillarme no había pretendido castigarme a mí en particular. La idea era conservar su poder. Ulric me había derribado en mi mejor momento para recordar a los demás lo que podía hacernos.

«Trabaja en esto —pensé—. Arréglalo». Ealstan había muerto por todo aquello. No podía dejar que fuera en vano.

Todo dependía de mí. De que cumpliera.

—*Te dije* que podía con él. —Agarré a Quinn por la camisa—. ¡*Te dije* que debería haber sido yo quien ganara aquel combate! Y él quien comiera lona.

Ulric me observó un momento. No era tonto. Pero sí creía que me comprendía. Creía saber quién era yo.

Manejaba información caducada.

—Supongo que debí dejar que lo demostraras, Johnny.

Arrastré a Quinn más allá de Ulric, que se apartó, haciendo bien en no confiar en mí. Pero tampoco me disparó.

—Creo que a lo mejor tienes un portero nuevo —dije.

Ulric dio un bufido, y entonces tiré de Quinn hacia mí.

—Dale recuerdos a Tacy —le susurré—. Te portaste bien conmigo, Quinn. Cuando salgas de la cárcel, hazme un favor. Empieza una vida nueva. Mereces el esfuerzo.

Me miró con ojos inyectados en sangre mientras le guiñaba el mío, y a continuación lo arrojé por el portal. Eso iba a enviarlo a la misma comisaría. Si su sistema tenía algún fallo catastrófico, le salvarían la vida.

Ulric no debería haber dejado en la vida que me acercara tanto a la máquina. Di un fuerte pisotón en el interruptor del control manual y oí cómo crujía. La luz se apagó mientras arrancaba la baliza de su puerto.

Ulric me disparó.

La bala me dio en pleno pecho. Me salió sangre a borbotones de los cortes mientras caía al suelo y mis nanoides ponían todo el empeño en mantenerme vivo.

Ulric dio un paso hacia mí.

—Conque mentías. Nada de placas en el pecho, por lo que veo. Supongo que tampoco en la cabeza.

Me apuntó con el arma a la frente.

Pero… aún tenía… la baliza entre los dedos. Forcé toda la energía disponible hacia las mejoras de mi mano.

—Johnny —dijo él—. Suéltala.

—Lo siento, Ulric —susurré—. He aprendido a tener más miedo a otra persona que a ti.

Frunció el ceño.

—¿A quién?

—Al hombre… que era antes.

Apreté y machaqué la baliza.

Sonó un disparo.

*Ulric* dio un respingo, con un agujero abierto en el pecho.

El siguiente disparo le vaporizó la cabeza. No había nanoides que pudieran mantenerlo con vida después de eso.

El cadáver sin cabeza se derrumbó de lado, y miré más allá de él hacia la puerta recién abierta. Donde Ealstan estaba apoyado en el marco, ensangrentado por lo que parecían cien cortes. Sostenía un fusil y un *brazo amputado*, con el dedo todavía encogido sobre el gatillo.

Tras él, en el patio, yacían dos cadáveres con equipo antidisturbios.

¿Qué *leches* estaba pasando allí?

—¿Cómo? —le pregunté—. ¿Cómo has podido vencer a dos soldados modernos bien armados y con mejoras moderadas?

—No llevaban arco —dijo Ealstan, y se hundió junto al marco de la puerta dedicándome una sonrisa cansada.

No pude evitar devolvérsela.

# LA CARGA DEL MAGO

El siguiente texto es un extracto de *Mis vidas: La autobiografía de Cecil G. Bagsworth III, el primer Mago Interdimensional™* (Ediciones Mago Frugal™, 2102, 39,99 \$. Ejemplares firmados disponibles para suscriptores del club Fans Frugales™).

La vida del mago es extrañamente solitaria.

No escribo esto para deprimir ni desanimar. Viajar por las dimensiones se cuenta entre las experiencias más apasionantes de mi vida, excepcional según toda definición. Desde que los científicos identificaron el perímetro del mismo universo hemos estado preguntándonos qué hay al otro lado. ¿Existe alguna otra cosa aparte de esta burbuja en la que vivimos?

Sí, hay más. Del mismo modo que no hay límite al ingenio humano, tampoco hay límite a la propia realidad. Allá donde vayamos existe otro horizonte.

La Tierra era solo el principio. Puedes explorar, descubrir y viajar a lugares que ninguna persona (de nuestro nivel de sustancia) ha conocido jamás. La autopista infinita se extiende a tus pies.

Pero cuando hayas viajado tanto como yo, quizá empieces a sentir una apesadumbrada soledad. ¡Tantísimas dimensiones llenas de incontable gente sin la más remota idea de que existe algo fuera de sus aldeas! Gente que no tiene ningún concepto sobre la amplitud de la realidad. Resulta pintoresco verlos allí en sus pequeñas casas, con sus pequeñas familias, creyendo que de algún modo eso es el centro del universo.

Tú llevas una carga. Porque lo sabes.

De nuevo, no hablo de esto para deprimir ni desanimar, sino tal vez a modo de advertencia. Prepárate para esa sensación. La carga del conocimiento caerá sobre ti, trayéndote consigo su inevitable soledad.

No puedes tener igual. Ni, por tanto, nadie a tu altura.

Eres un mago.

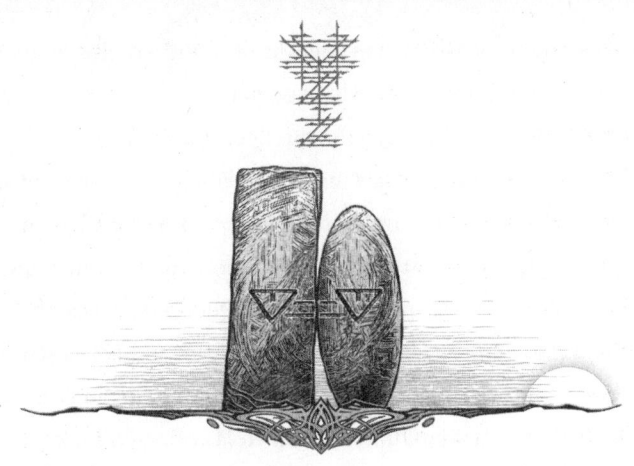

Unas horas más tarde estaba sentado en los muelles de Maelport, contemplando el océano, ya sin los barcos a la huida de los hordaleses visibles en el horizonte. Una agotada Sefawynn se apoyaba en mí, y el brazo que me rodeaba la espalda se aferraba a mí tanto como el mío a ella. Mi sistema de emergencia me había parcheado lo suficiente para moverme, pero tenía una costra inmensa en un costado, y la cara…

—¿*Seguro* que las cicatrices faciales están de moda por aquí? —pregunté.

—Si no vas a llevar barba, sí —dijo ella—. Las cicatrices quedan bien.

No le expliqué que mis nanoides terminarían curándomelas. ¿O podía ordenarles que no lo hicieran? Tenía que ser configurable.

Solo que… no iba a estar allí el tiempo suficiente, ¿verdad?

—Siento lo del círculo aélvico —dijo.

Se refería al portal. Por lo visto, los círculos de setas o piedras en el bosque se consideraban accesos al mundo de los aelvs. Sefawynn creía que eso había sido el portal.

¿Y por qué no? Tampoco iba tan desencaminada.

Tendría que buscar otra salida. Los daños que había causado en el portal y la baliza eran extensivos. A lo mejor alguien más listo habría sabido repararlos, pero yo no. Aunque antes quería estar pegado a Sefawynn un poco más. Qué *calentita* estaba. No me había dado cuenta de que los nanoides me impedían sentir la calidez de otras personas. Al regular mi sistema, los muy imbéciles me arrebataban algo fundamental en la conexión humana.

—Lo que has hecho antes ha sido asombroso —susurré—. Ahora toda Weswara estará protegida. Gracias a ti.

—Hasta que Woden me fulmine.

—Si no lo ha hecho ya, no lo hará.

No parecía muy convencida, pero una sonrisa se impuso a su fatiga. Me besó, y su aliento en la cara, sus labios en los míos... también eran cálidos.

Cuando nos separamos, susurró:

—Quiero aprender toda la escritura que conoces. Las palabras de tu mundo. Las de todas las tierras, todos los pueblos.

Sonreí, aunque se me caía el alma a los pies por saber lo que venía.

—Eres lo más maravilloso que me ha pasado en la vida —susurré—. Gracias por ser tan increíble.

—Bueno, me tenías *mal* informada —dijo—. No eres de lo más bajo entre los aelvs, ¿verdad, Runian?

—No —respondí—. En absoluto.

Y lo creía.

—De hecho —añadí—, soy bastante alucinante. Se me dan bien las mujeres, ya sabes. Siempre ha sido uno de mis talentos.

Su sonrisa se ensanchó.

—Anda, mira —dijo—, nubes normales. Qué bien.

Le bajé la barbilla con mucha suavidad hasta que me miró a los ojos. Entonces la besé otra vez.

—No es que me moleste —dijo una voz a nuestra espalda—. De hecho, me gusta mirar. Pero *de verdad* que deberíais mostraros más respetuosos en mi presencia. Es lo tradicional.

Nos volvimos para encontrar a Thokk, a Logna, de pie en el muelle. Mantenía la forma de una anciana bajita con un cesto de palos a la espalda. Nos apresuramos a levantarnos.

—Diosa —dijo Sefawynn, pero ni se inclinó ni mostró sumisión—, ¿cómo está Ealstan?

—Aún respira —respondió la mujer—. Y es probable que siga haciéndolo un tiempo. Aún no sabe que Ulric ha matado al conde. Se lo tomará mal.

—Necesitaremos un nuevo conde, entonces —dijo Sefawynn.

—Por suerte, tenéis un buen candidato.

Sefawynn vaciló y me lanzó una mirada. Sonreí despacio.

—¡Me refiero a Ealstan, pedazo de meirde! —exclamó Logna.

—Oh —dijo Sefawynn—. Por supuesto.

—Sí —convine—. Mucha mejor elección.

—Sois los dos unos zopencos —dijo Logna—. Pero supongo que sois mis zopencos.

—Disculpa, diosa —replicó Sefawynn, aún con el mentón alzado—, pero somos dueños de nosotros mismos. *Nuestros propios* zopencos.

Lorna gruñó.

—Ve a ver cómo está Ealstan, niña —dijo a Sefawynn—. Y come algo. Tengo que hablar con el aelv.

Sefawynn me miró.

—Ve —dije—. Con todo mi amor.

Sonrió de oreja a oreja, me besó y subió por los peldaños hacia la ciudad. En el centro titilaba un poderoso fulgor: la nueva piedra rúnica, inscrita con unas letras de aspecto líquido que había tallado Sefawynn.

Seguí mirándola hasta que desapareció entre las casas. El puerto estaba ya bastante limpio de sangre. Se estaba tranquilo allí, con el sol poniéndose al oeste y haciendo tiritar un poco las aguas sobre el mar.

—Sé por qué Woden renunció a esta gente —dije a Logna.

—Ah, ¿conque te has vuelto listo de repente?

Asentí.

—Quería dar ejemplo con esta ciudad, con esta gente. Lleva años haciéndolo. Los apalea para que sus otros adoradores tengan miedo de lo que pueda hacerles a ellos.

Woden era a grandes rasgos Ulric con un sacerdocio.

—Parece que sí eres un *pelín* listo —dijo ella—. No voy a hacerte más encargos, por cierto. Eso era temporal, para poder ocultarme de ojos fisgones. Tu aura tiene un efecto interesante en los míos.

—Tranquila —respondí—. No estaré por aquí mucho tiempo más haciéndoos daño.

Contemplé de nuevo el océano. Con mis nanoides a niveles peligrosamente bajos, no serían capaces de activar los protocolos antisuicidio ni mantenerme vivo cuando el agua me inundara los pulmones.

No saber nadar era una ventaja, en esa ocasión. Pero no podía esperar a que el sistema se regenerara. Había llegado el momento de *cumplir*.

—Por los truenos —dijo Logna—, ¿qué idiotez estás planteándote, Runian?

—Mi gente destruye las protecciones de esta tierra —susurré—. Mi existencia desbarata la magia de Sefawynn. Si me quedo, esta tierra muere. Y con ella, todos mis seres queridos. Así que... gracias. Por ayudarme a encontrarme a mí mismo. Ha estado bien conocerlo durante unos días.

Me tiré desde el muelle.

Me incorporé un momento después.

—Aquí solo hay como medio metro de profundidad —dijo Logna—. Serás lelo. Entiendes que por eso los muelles son tan largos, ¿verdad? Tienes que ir mucho más hacia fuera para llegar a la parte profunda.

—Pues nada —dije levantándome.

Me volví hacia el mar para seguir andando.

—Es muy valiente por tu parte —dijo Logna—. Valiente, ya lo creo. Estúpida, asombrosa y *ridículamente* valiente.

Me volví y le lancé una mirada furiosa.

—¿No puedes dejarme hacer esto con dignidad?

—Has intentado ahogarte en agua que te llega a las rodillas —dijo ella—. La ocasión de tener dignidad ha pasado.

Suspiré. ¿Por qué había terminado en la dimensión de los dioses irritantes?

—Pero tienes razón —añadió Logna—. Tu veneno... tu substancia... contrarrestará el poder de los alardes. Fermentará y deshará las runas en todo lugar donde permanezcas. Durante más de un mes o así.

Titubeé.

—¿Un mes?

—Ajá —dijo ella—. Es el tiempo que llevaba Ulric aquí, lo cual me impedía hacer nada al respecto. Si te quedas demasiado tiempo en un lugar, sí, envenenarás la tierra. Pero si no dejas de moverte, en realidad será como si nada. Eres solo un hombre. Pero no, no, tú tira. Muerte noble. Muy propio de un guerrero. Lástima que Sefawynn ya no tendrá tu protección.

—Un momento, ¿mi protección?

—Claro —dijo Logna—. ¿Crees que puedo encararme a Woden yo solita? Niño, si pudiera, habría intervenido hace eones. Tuvo que llegar tu gente y trastocar su poder para que viera una apertura.

»Si estás cerca de ella, deberías ser capaz de impedir que Woden le toque ni un pelo. Mi hermano *aborrece* que le recuerden que, a pesar de ser un dios, un día morirá. El dolor lo ahuyenta, y el dolor que provoca tu presencia basta para eso. Por poco, pero basta.

»Si decidieras, por ejemplo, no dejar de moverte y viajar de pueblo en pueblo, protegerías a Sefawynn con tu presencia y además evitarías que tu veneno matara a ningún espectro o afectara a las runas. Pero entonces no tendrías esa noble muerte de guerrero tuya. ¡Así que venga, andando! Cuando mis skops cuenten la historia, nos saltaremos la parte en que te tiraste en plancha a un charco.

La miré furioso. Entonces sentí una calidez casi eléctrica.

¿Podía quedarme?

*¡Podía quedarme!*

Me ofreció la mano, y tenía un agarre sorprendentemente fuerte cuando me sacó del agua. Supongo que era por eso de ser una diosa.

—Gracias —le dije.

—Eh, eh —replicó—. Yo solo me meto en estas cosas por las historias. No sabes lo aburrida que se hace la eternidad. Sobre todo cuando los parientes que te quedan son imbéciles. ¿Has oído hablar de aquello del árbol?

—Sí —dije.

—Pues ya sabes con qué clase de genios me relaciono. Vete, Runian. Busca comida, date un festín y deja de estar tan tristón. Besa a la chica. Has hecho algo muy grande aquí. *Con ayuda.* Mereces disfrutar de ser una persona que te cae bien... durante más de unos días, al menos.

Sonreí.

—¿Qué están preparando para cenar, por cierto?

—Pescado.

—Entonces creo que... atraparé unos pocos, ¿eh?

Sonrió y todo al oírlo. Como si de verdad tuviera gracia. ¡Chúpate esa! Me volví hacia la ciudad y mi mente, siendo el trasto ridículo que era, se puso a pensar qué calificación dar a la experiencia completa.

Decidí no calificarla. El sentido de hacerlo había sido descubrir lo que quería en la vida. Ahora que lo tenía... bueno, a lo mejor era el momento de repensarme todo el sistema.

(... Cinco sobre cinco. Me has servido bien, sistema de estrellas. Disfruta de la jubilación).

Con un aullido de puro deleite, corrí a reunirme con Sefawynn
y Ealstan. Resulta que hasta un cobarde puede salvar el mundo.
Siempre que no le dejes ninguna otra opción.

## FIN DE LA CUARTA PARTE

# EPÍLOGO

**P**ocos meses después, Logna observaba inadvertida mientras la skop y su marido forastero narraban el relato de la defensa de Maelport al pueblo de Treewall. Sefawynn pronunciaba las palabras y Runian las representaba a través de una cosa que llamaba espectáculo de títeres.

Logna lo aprobaba. No solo estaban las cantidades ingentes de voces tontas, sino que además el títere de Woden era bizco. Al principio mucha gente del pueblo se había mostrado indecisa, hostil. Pero a medida que avanzaba la historia, comenzaron a inclinarse hacia delante. Empezaron a comprender. Empezaron a *creer*.

Sefawynn no era tan buena contando historias como Logna, ojo, pero para ganarse la recitación de una diosa había que hacer muchos méritos. En teoría salvar el mundo contaba, pero esos dos no se lo habían pedido, así que peor para ellos. En todo caso, Logna estaba satisfecha de tener una acólita con un ápice de habilidad. Había pasado décadas buscando a alguna skop con las agallas para enfrentarse a Woden. Tener a una que por fin lo hiciera, y que para colmo de verdad supiera tramar un alarde...

Bueno, bastaría.

Su pariente iba a lamentar haber abandonado a aquel pueblo. Que Woden se quedara con sus hordaleses. Siempre se había dejado encandilar demasiado por los juguetes nuevos y relucientes. Pero eran quienes construían, no quienes tomaban, la gente que cambiaba el mundo. Logna ya lo sabía con certeza.

Runian hizo que el títere de Woden se escondiera cuando le dieron pie las palabras de Sefawynn. Usaba sus extrañas capacidades para crear efectos de sonido, así que Logna no tenía que añadir truenos ni nada así. Casi que mejor. Los truenos en realidad no eran lo suyo. Sí que avivó el fuego cuando llegó otra parte suya de la historia.

Se dijo: «Él fue una elección de lo más acertada».

Tampoco era que ella lo hubiera *elegido*, la verdad. Le había enviado números cuando lo había visto buscarlos. Una... baliza, podría decirse. El ryro afectaba incluso a los dioses. Logna no había sabido quién era, ni para qué servía aquello, o ni siquiera que su intromisión haría que llegara al mundo en el lugar donde lo hizo. Solo había sabido que eran actos que debía llevar a cabo. Con eso era suficiente.

Sabía el código de sus placas. Runian la había pifiado en esa parte. Tendría que haberle pedido a un espectro que escogiera los símbolos correctos, en vez de teclearlos él mismo. A lo mejor algún día se los haría llegar. Si se portaba bien.

Con la historia llegando a su fin, la gente se emocionó, animada. Sí, esa era la parte que dejaba pasmado a todo el mundo. La historia del valeroso nuevo conde, el mataaelvs. Logna no había mencionado a nadie que perturbó durante un rato las maquinitas de la sangre de los forasteros contra los que el conde había combatido ante la puerta. No había sido fácil. Logna había estado enferma durante semanas después de eso.

Pero Ealstan se había ganado la victoria, de todos modos. Había sido superado en número y en armamento, como debía ser. Lo único que había hecho ella era colar un minúsculo granito en la balanza para ayudar a equilibrarla.

Se notaba que la gente estaba descartando sus inquietudes. Permitirían que Sefawynn restaurase su piedra rúnica, y después quizá enviarían a una hija o dos —o a algún hijo, porque Logna no era tan quisquillosa como creía la gente— hasta Maelport para formarse como skops.

Y pronto cambiaría la forma en que se hablaba de Woden. Pasaría de ser su héroe a ser el dios de sus enemigos. Lo cual era justo. *Siempre* había sido su enemigo.

Logna se metió a hurtadillas en la cámara que los lugareños habían asignado a Runian y Sefawynn para que la usaran mientras estuvieran en el pueblo. La pareja había tendido esteras en el suelo y colocado unos cuantos objetos curiosos. Unos cables descendían de las placas solares del techo hasta el portátil que habían recuperado del material que se dejó Ryan en el bosque.

En ese aparato, Runian estaba escribiendo sus memorias. Logna revisaba sus progresos a diario para confirmar que su papel quedara bien plasmado. Runian no había logrado abrir ningún fichero cifrado de los que había dejado Ryan, porque no sabía las contraseñas. Logna sí, claro. Podía robar cualquier palabra. Eso sí que era lo suyo, entre otras cosas. Entre esos archivos había una enciclopedia completa que Ryan se había descargado antes de partir a su misión. Era poca cosa. Solo la suma total del conocimiento humano en su mundo.

Creó un cuerpo para sí misma, en esa ocasión el de un joven delgado, y se acomodó con el portátil en el regazo. Tenía el vago recuerdo de un tiempo anterior... de llegar a esa tierra desde un profundo, profundísimo, más allá. De las simas de lugares distantes, de otros más allá, otros tiempos, otras *realidades*. De nadar corriente arriba tan lejos como pudieron llegar, hasta ese sitio. Pero entonces, un muro de dolor. Y la imposibilidad de seguir adelante.

Al menos, hasta donde ellos sabían.

Abrió los archivos cifrados, con una mueca cuando el contacto con la máquina le quemó las yemas de los dedos. Lo soportó, sin embargo, y retomó la lectura donde la había dejado la noche anterior.

En una sección titulada «Portales dimensionales: esquemas mecánicos y reparaciones».

## FIN

# POSFACIO

Bueno, ¿y de dónde diantres salió este libro?

Este es el que más contrasta con las demás novelas secretas que escribí a lo largo de 2020 y 2021. No está ambientado en el Cosmere, es en primera persona y tiene más de ciencia ficción que de fantasía.

La idea original podría rastrearse hasta una historia que me conté a mí mismo de noche en algún momento de 2019. Veréis, cuando me voy a la cama, tiendo a imaginarme una historia. Es como contarme a mí mismo un cuento antes de ir a dormir. Mi cerebro funciona así. Cuando cierro los ojos, empiezan a reproducirse películas. La que me conté a mí mismo esa noche no es el libro que tenéis en las manos, pero se le parecía. Era la historia de alguien que participaba en un concurso televisivo consistente en viajar atrás en el tiempo e impedir que el *Titanic* se hundiera.

Me gustó bastante la idea, sobre todo desde que se me ocurrió el concepto de la dimensión alternativa para sustituir al verdadero viaje temporal. Así podía jugar con que «retroceder en el tiempo» no cambiaba el futuro, y con que de verdad era posible hacer un concurso así, incluso con varias temporadas y distintos grupos de participantes. Eso me llevó a la idea de comprar una dimensión alternativa.

El autor falso de unos volúmenes que se citan en este libro, Cecil G. Bagsworth III, es un personaje que ya había aparecido en otras novelas escritas por mí. (También es el editor de la serie de Alcatraz dentro de su ambientación). Lo comparto con mi amigo Dan Wells, dado que el aventurero y escritor interdimensional se nos ocurrió entre los dos cuando estudiábamos juntos. Es como Indiana Jones pero si se dedicara al negocio editorial en vez de a la arqueología. Y tiene el mismo aspecto, por pura casualidad, que mi hermano Jordan. (Así que ahora Jordan es oficialmente modelo profesional, porque adquirimos la licencia de su imagen para la ilustración de Cecil en este libro). Al principio de darle vueltas a la idea de escribir esta novela, Cecil tenía un cierto papel en ella.

A principios de la década de 2010 se me ocurrió un título que me gustaba cómo sonaba: «La guía del mago frugal para Londres». Me daba la impresión de que era un poco demasiado Harry Potter, así que lo archivé, pero cuando empecé a ponerme en serio con esta novela comprendí que añadirle insertos de la guía sería una forma graciosa de explicar la ambientación y conferir algo de ligereza a lo que podría ser una historia muy sombría si la llevaba por otros derroteros.

Cambié lo del *Titanic* porque me dio la sensación de ser, primero, un poco manido, y segundo, un acontecimiento histórico del que en realidad tampoco sabía tanto. Como estas novelas secretas las escribía sobre todo para mi esposa y para mí, quería divertirme con ellas, y soy muy fan de la Inglaterra anglosajona. (Es un orgullo para mí que Michael, mi experto en historia, no tuviera que hacer *demasiados* cambios para corregirme los hechos. Los que no eran inventados, claro).

La última pieza que encajó en su sitio fue plantear este libro como lo que yo llamo una historia de sala blanca, en la que un personaje despierta sin recuerdos y tiene que descubrir quién es en compañía del lector. Nunca había hecho una de esas en formato de novela, pero siempre me había apetecido desde que leí *El caso Bourne* hace mucho mucho tiempo. (*Proyecto Hail Mary*, de Andy Weir, es otro ejemplo excelente de este motivo muy bien desarrollado, y desde luego influyó en mi decisión de utilizar el concepto para esta novela).

¡Todo eso junto, removido en una cazuela, se convirtió en el libro que acabáis de leer!

BRANDON SANDERSON

# DESCUBRE EL UNIVERSO DE
# BRANDON SANDERSON

# Trilogía Original Mistborn

La saga imprescindible para los fans de la fantasía actual

# Mistborn. Wax & Wayne

# EL ARCHIVO DE LAS TORMENTAS

La saga épica que marcará un antes y un después
para los amantes de la fantasía

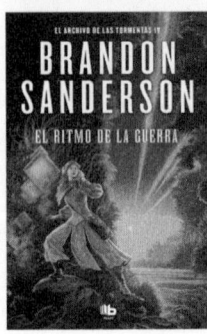

# DESCUBRE EL COSMERE

Las obras clave para disfrutar del universo de
Brandon Sanderson

# ESCUADRÓN

## La serie juvenil para los lectores de la ciencia ficción